今日も俺達のアシュレイ・ブフ&ソレル咒式事務所は破産寸前だ。
そうでもなければ、港で小物の犯罪者を待つなんてことはしない。
されど罪人は竜と踊る Ⅲ
災厄の一日

08月26日 11:56:21
せっかくの休みだというのに、非常識なギギナと買い出しとは……。
こいつの無駄遣いや、女癖を考えるとなかなか最低の気分になっていく。

11月07日 17:05:59
俺達の事務所は、報酬をたくさんくれる依頼人を募集中だ。
わけの分からない依頼や、性格の歪んだ依頼人はもういらない。
ギギナ
ぎぎな

ガユス

モルディーン
ベルドリト

イェスパー
春のエリダナは楽しかった。また、ガユス君やギギナ君と遊びたいね。
そう思わないかい。イェスパー君、ベルドリト君。

エリダナ全図
ツェベルン龍皇国側
工場街
アシュレイ・ブフ&ソレル
咒式事務所
ラズリー建材
プロウス軽飯店
工場跡地
トレル川
新カルナ駅
ロルカ屋
オラクル・スタジアム
エリダナ中央病院
イエテデ運河
ツァマト第2ビル
エリダナ港
タリムン駅
パルディナ川
BAR蒼い煉獄
リンツホテル
オルテナ橋
市庁舎
エリダナ東署
時計台
大音楽堂
エリダナ中央駅
銀鱗亭
セビティア記念公園
ゴーゼス経済特別区
高架道路跡地
オリエラル大河
ラズエル島
ラルゴンキン咒式事務所
海鳥亭
ラペトデス七都市同盟側
N

されど罪人は竜と踊るIII

災厄の一日

浅井ラボ

角川文庫 13166

口絵・本文イラスト　宮城
口絵・本文デザイン　中デザイン事務所

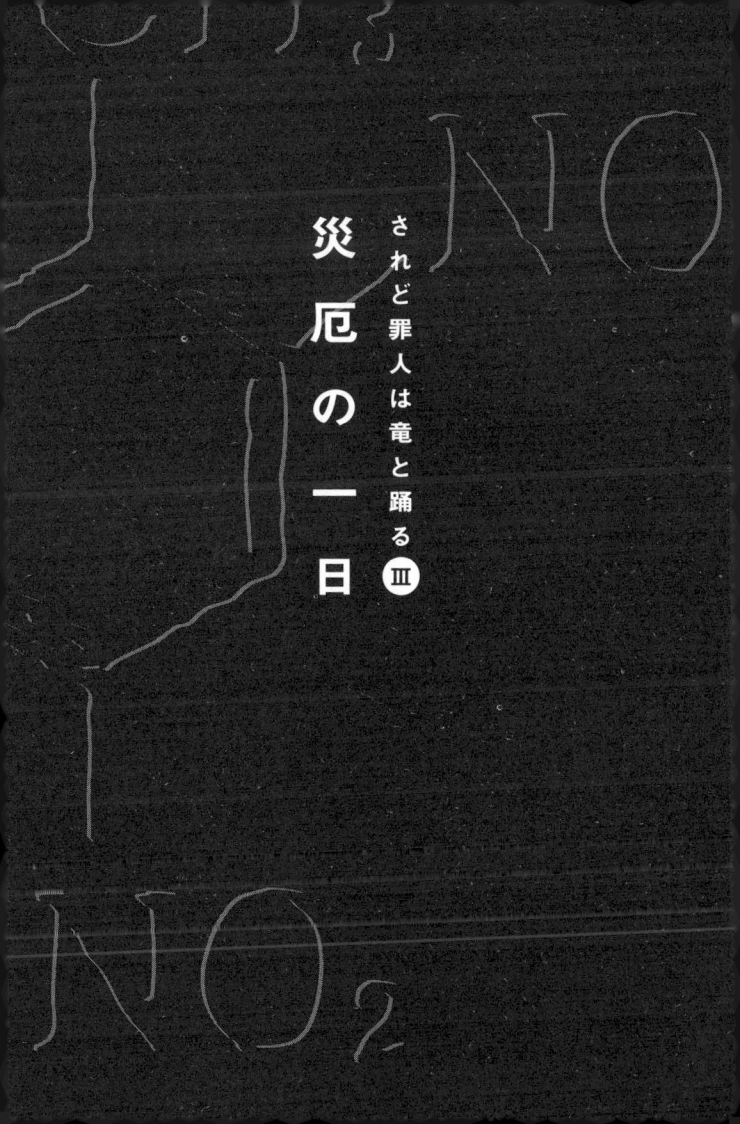

されど罪人は竜と踊る Ⅲ

災厄の一日

目次

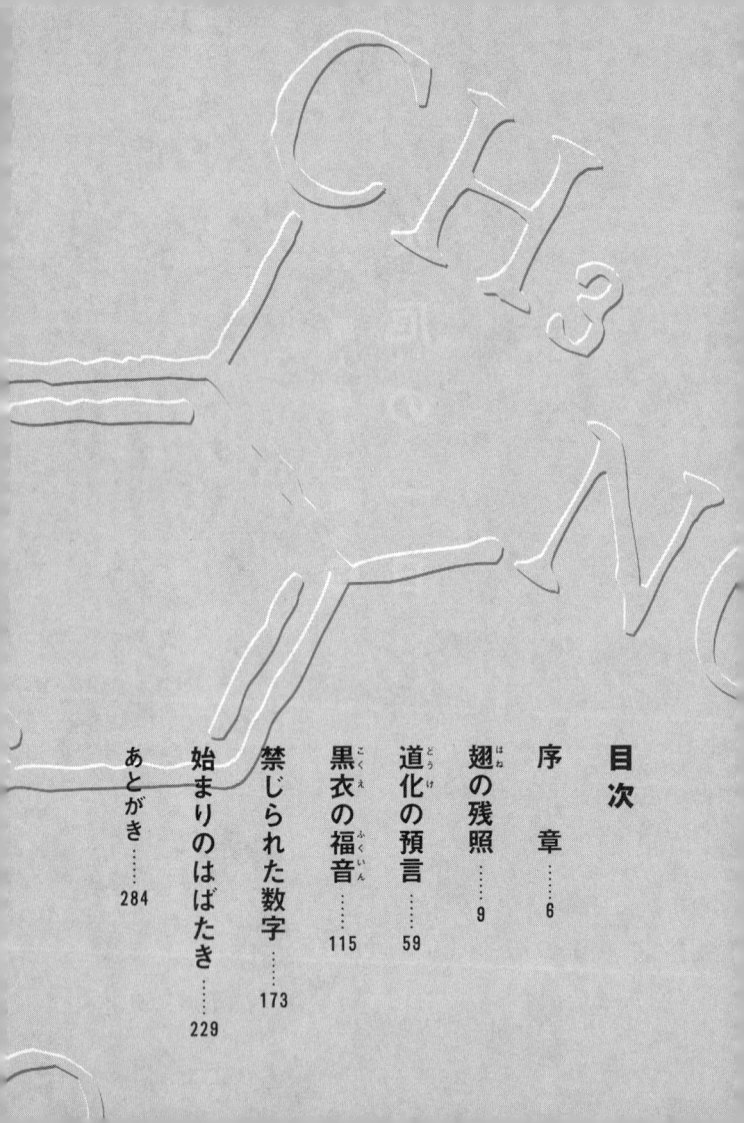

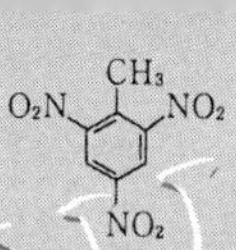

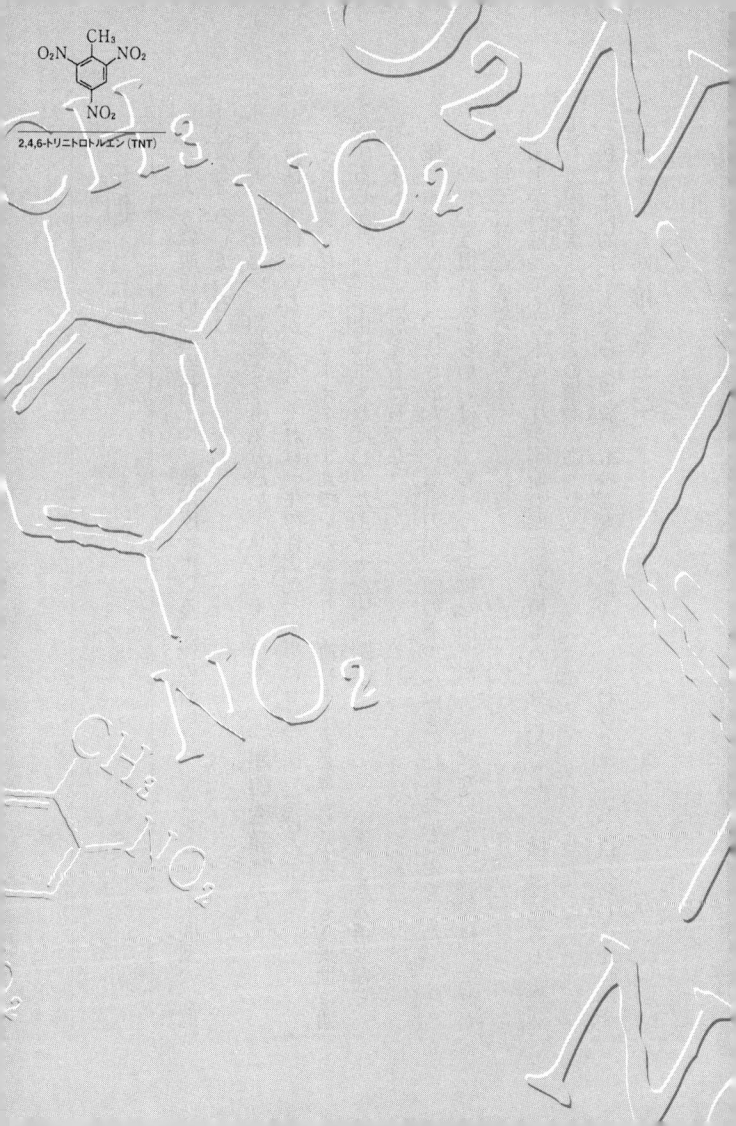

2,4,6-トリニトロトルエン（TNT）

序章

プロウス軽飯店前の待合椅子《いす》に、俺が座っている。俺の隣《となり》には、ギギナという人間型の災厄《さいやく》が腰《こし》を下ろしている。

「あー、気分悪い。朝起きても気分悪い。息しても気分悪い。一年中気分が悪い」

「貴様が貴様でいるかぎり、それは一生の伴侶《はんりょ》だ。大事にして、添《そ》い遂《と》げろ」

「それ正解。だけど、おまえがおまえでいるかぎり、俺はギギナが嫌《きら》いだから、もう来世に期待するしかない。芋虫《いもむし》に生まれ変わったギギナを俺が踏《ふ》み殺すという、素敵《すてき》すぎる再会なら、おまえもいいヤツに思えるだろうな」

　俺が頭を下げると、抜《ぬ》き放たれた屠竜刀《とりゅうとう》が、頭のあった位置の柱に食いこんでいた。

「いや、もう慣れたからいいけど、ちょっと刃物《はもの》を出すには早すぎないか？　普段《ふだん》は、これから一言二言は遊ぶだろうが？」

　頭上から降ってくる木の破片が、俺の頭に降り積もる。身を起こしつつ横目で見ると、憮然《ぶぜん》として刃を戻《もど》す、ギギナの横顔があった。

「私も無目的に、人やら〈異貌《いぼう》のものども〉を斬《き》っているわけではない。自分らしさを強調するために、今回は少し早めに」

「そうか、人を真っ二つにするのも役作りのためには必要かって、萌《も》えるか、止《や》めろ」

「喧嘩《けんか》するなよ、これでも食って元気出せよ」

主人のホートンが、紙で包んだポロック揚《あ》げを差し出してくるのを、背後から受け取る。

「元気か？　これって元気の問題なのか？」

「というわけで、ホートン占《うらな》い開始！」

振り返った俺とギギナの視線の先、プロウス軽飯店の持ち帰り窓口。ホートンの真剣《しんけん》な表情が浮《う》かび、手元には水晶《すいしよう》球が安置されている。

「今後のガユスは死……」

最後まで言わせず、俺はホートンの胸元を摑《つか》む。

「その先は続けるな。嘘《うそ》でもいいから、幸福な未来を予測しろ」

襟元《えりもと》を摑んだ手を離《はな》すと、ホートンが咳《せ》き込みながらも水晶球に手を翳《かざ》す。気になって、ホートンが掌《てのひら》を翳している水晶を、知覚眼鏡《クルークブリレ》の基本調査咒式《じゆしき》、偏光《へんこう》二枚の間に挟《はさ》むのと同じ原理で調べてみる。

水晶は珪素《けいそ》と酸素という二種類のイオンが、六方晶系《ろつぽうしようけい》の結晶構造を取り、複屈折《くつせつ》性があるはずだが、ない。つまり、人工水晶ですらない珪素と酸化ナトリウムと石灰から作られた硝子《ガラス》の塊《かたまり》。何か見えたとしたら、安い未来だ。俺の不安を無視ぎみに、ホートンが硝子球からの託《たく》宣《せん》を厳《おごそ》かに垂れる。

「裏切りと蛇《へび》は希望をもたらし、雨と狼《おおかみ》は和解の前兆。子供と手を取ると安らぐ。幸運の数字は九十七と百。御告《おつ》げはおまえを幸福にする」

「本当かよ」

「いや、嘘だけど」

「嘘って言うなよ」

「いや、だって、嘘でも言えって……」

俺は裾《すそ》を翻《ひるがえ》し、その場から離れる。ギギナも歩きだす。

道端には、三日前から転がっている犬の死骸と、不法投棄され部品を盗まれた車が、骨格だけを晒し、仲良く並んでいた。

いつもの風景を眺めながら事務所前まで戻ると、傾《かたむ》いた「アシュレイ・ブフ&ソレル咒式士《じゅしきし》事務所」の看板が出向かえる。

「今日の仕事こそは、美女からの依頼《いらい》で最後は幸福な結末だと願うよ」

「ドラッケンの諺《ことわざ》では〝刃を置いて願った瞬間《しゅんかん》、その願いは必ず叶《かな》わない〟とある」

ギギナが鼻先で笑いやがった。俺は空を仰《あお》いだ。ビルの間から覗《のぞ》いたエリダナの空は、糞《くそ》ったれた青だった。

俺の右手が延ばされ、事務所の扉《とびら》を開ける。

翅の残照

ガユス&ギギナ

建設中断された高架《こうか》道路が遠くそびえ立つ、夜の街の群像。闇《やみ》すら届かぬそのビルの峡谷《きょうこく》の底。

建造物の狭間《はざま》から洩《も》れるネオンの光が、男の輪郭《りんかく》を浮かび上がらせる。男は自らの魔杖剣《まじようけん》を杖《つえ》代わりにし、ようやく立っているほどに疲労《ひろう》していた。

男の足元、裏路地の冷たいアスファルトの上に人間たちが倒《たお》れていた。

死者たちの胸や腹部、瞳《ひとみ》や喉《のど》に夥《おびただ》しい微細な穴《あな》が穿《うが》たれ、湯気をあげる黒血を零《こぼ》し、血溜《ちだ》まりを湛《たた》えていた。

男には、自分を囲むように倒れるその屍《しかばね》たちが巨大《きょだい》な弾劾《だんがい》の指先のような、死者の虚《うつ》ろな瞳が嘲笑《ちようしよう》し哀《あわ》れんでいたあの眼《め》のような気がした。

男にはこうなることも、そしてこの先の結末も分かっていたのかもしれない。

天を望んだはずが、その翅《はね》は遠く届かず、愛する者と地を歩こうとしたが、その想《おも》いは夜風に吹《ふ》き散らされた。

背中の背嚢《はいのう》の帯紐《おびひも》が、堕落《だらく》と背信の責め苦となって男の両肩《りようかた》に食い込む。

何かを振《ふ》り切るように男は首を振り、遠くに覗く巨大な斜面《しやめん》へと歩きはじめた。

街の谷底から見上げた夜空には月はなく、星もなかった。ただ、夜空に突《つ》き出た街灯の白色光に、蛾《が》が集《つど》い、鱗粉《りんぷん》を散らしているのが見えた。

俺はいつも不機嫌《ふきげん》だ。

不機嫌ついでに魔杖剣〈断罪者ヨルガ〉の咒弾《じゅだん》弾倉を出しては入れるという、空気分子を数えることにも匹敵《ひってき》する、最低のヒマつぶしをしていた。

空気中の酸素と窒素《ちっそ》の、一つ一つに名前をつけようかと、理性が半減期を迎《むか》えた時、傍《かたわ》らから悲鳴があがった。鼻先に引っかけた知覚眼鏡《クルークブリレ》を指先で上げ、視線を向ける。

俺の不機嫌の原因の不動の第一位は、相棒の存在に栄冠《えいかん》が輝《かがや》く。

相棒とは、眼前のギギナ・ジャーディ・ドルク・メレイオス・アシュレイ・ブフという無駄《むだ》に長い名前の、つまり存在が無駄な人間のことだ。

「おーい、そこら辺にしとかないと死ぬぞ」

やる気のない俺の呼びかけに振り向いたギギナの顔は、鋼色《はがねいろ》の髪《かみ》と瞳に銀嶺《ぎんれい》の鼻梁《びりょう》。雪原の額と頬《ほお》を、青い竜《りゅう》の刺青《いれずみ》が跨《また》ぐ、無駄な美貌《びぼう》であった。

その手に握《にぎ》られた、屠竜刀《とりゅうとう》ネレトーの長い柄《つか》、柄の先のガナサイト重咒合金《じゅうじゅごうきん》製の九三五ミリメルトルの巨刃《きょじん》。さらに切っ先の前方で、肩口から血を零し怯《おび》えた顔の男が壁《かべ》に追いつめられていた。

「私はまだ肩を少しつついただけだ。それともガユス、私の死刑執行《しけいしっこう》の栄誉《えいよ》を貴様にも与《あた》えて欲しいのか？」

ギギナが長大な刃《は》をこちらに向ける。俺は重金属のように重い息を吐《は》く。

「あのなぁ、結婚詐欺師《けっこんさぎ》と言っても勝手に死刑執行とかするな。依頼者《いらい》はそいつを捕《つか》まえて、金を取り戻《もど》してくれと言っただけだ」

エリダナの寂《さび》れた裏町。閉鎖《へいさ》された商店が並び、空き缶《かん》と紙屑《かみくず》が散乱する路上。脳の存在が疑わしい相棒との会話に疲れた。見上げた空も、今どき使われもしない電線や、文字が抜《ぬ》け落ちた看板で分断されて、狭《せま》く見える。

ギギナがその軽量級頭脳で思案をまとめたらしく不満げな声を上げる。

「女を食い物にする屑は、滅殺《めっさつ》しておいた方がいいという結論しか出ないのだが」

「エリダナ中に女を作りまくっている、おまえだけは言う資格がないと思わないか？」

「私はすべての女を可愛《かわ》いがってやっている。しかし、結婚話などどの女も言いださない」

「女がそう言いだすヒマすらなく、ギギナが音速で別れているからだろうが。じゃ、譲歩案《じょうほ》。いつもの問題で勝負。『こんなのあったら嫌《いや》だ』でかかってこい」

ギギナは長大な柄を肩に担《かつ》ぎ、世界の真理を思索《しさく》する哲学者《てつがく》の顔をしていた。やがて返答を吐いた。

「ツェベルン龍皇国《りゅうおうこく》の死刑裁判に陪審《ばいしん》制度導入。ただし陪審員は、全員不景気な葬儀屋《そうぎ》」

「身振り手振りで癌《がん》告知し、患者《かんじゃ》の余命日数を平方根で教える、優《やさ》しいのか実は悪意なのか微《び》妙《みょう》な医者」

俺とギギナは顔を突き合わせて、相手の冗句《ジョーク》がよりくだらないと責め合っていた。

ギギナを責めながら俺は、右手の魔杖剣〈断罪者ヨルガ〉を掲《かか》げて引き金を引き、呪弾《じゅだん》が火を吹く。柄元の法珠《ほうじゅ》が位相転移を励起《れいき》し、呪式《じゅしき》が発動した。

「爆炸吼《アイニ》」

化学練成呪式《かがくれんせいじゅしき》第三階位の呪式は、TNT火薬、所謂《いわゆる》トリニトロトルエンの淡黄《たんおう》色柱状結晶《けっしょう》を合成し、爆裂《ばくれつ》を起こす！

その爆発は、俺たちの会話の隙《すき》に逃走《とうそう》しようとしていた詐欺師の進路の先の壁に穴を穿ち、いまだ白煙《はくえん》を上げていた。

「ちなみにおまえ、俺を除いたどっちの冗句がくだらないと思う？」

「て、てめえら、まさか攻性呪式士《こうせいじゅしきし》か！」

詐欺師が膝《ひざ》を震《ふる》わせ怯えた声で叫《さけ》び、小雨のような微細な破片が一拍遅《いっぱくおく》れてその足元に降る。

現代社会を支える呪式技術。作用量子定数と波動関数に干渉《かんしょう》し、超常《ちょうじょう》現象を励起せしめる法を使役《しえき》する呪式士。

中でも、企業《きぎょう》や個人に傭《やと》われ、炎《ほのお》や雷《かみなり》を従え爆薬や毒薬を合成し、肉体さえも作り替《か》える俺たちのような攻性呪式士は、一般人《いっぱんじん》にとって恐怖《きょうふ》と畏怖《いふ》の対象だろう。

「魔杖剣を恰好《かっこう》つけて下げている偽物《にせもの》とでも思ったのか？　それとも魔杖剣を見たこともないほどの箱入りの詐欺師か？」

返事代わりにしては、まったく言葉になっていない悲鳴をあげ、結婚詐欺師は逃《に》げだした。

「だから殺さないってのに」

俺は、3ーキヌクロジニルベンジラートやジアゼパム等の無力化ガスが適切かな、ハロタンでは過剰摂取《かじようせつしゆ》が危険すぎるなと考えつつ、呪弾《じゆだん》を装塡《そうてん》し魔杖剣《まじようけん》ヨルガを掲げた。

俺の傍らを突然《とつぜん》の颶風《ぐふう》が走り抜け、風圧で裾《すそ》が翻《ひるがえ》る。風は疾走《しつそう》するギギナだった。

逃げる詐欺師が振《ふ》り返りながら、今どき旧式な火薬拳銃《けんじゆう》を引き抜き乱射する。

生体強化系咒式《せいたいきようかけいじゆしき》第二階位〈飛迅燕《セエレ》〉により、神経伝達物質アセチルコリンとそのエストラーゼ酵素《こうそ》を合成、脳神経系を改変し、反射速度を上げたギギナは、銃弾の軌道《きどう》すら予測し跳躍《ちようやく》して回避《かいひ》。

ギギナは商店の壁に足を突《つ》き立て、そのまま壁を水平に疾走。重力に逆らう加速で迫《せま》る剣舞士《けんまいし》という、異常な光景に硬直《こうちよく》する詐欺師。

壁を蹴《け》りつけてギギナが飛翔《ひしよう》、一気に間合いを詰《つ》めて屠竜刀ネレトーを逃亡者の脳天に打ち降ろしていく。

俺は右手の魔杖剣〈断罪者ヨルガ〉を掲げ、引き金を絞って咒式を紡《つむ》いだ。

「銀嶺氷凍息《クロセール》！」

氷点下一九五・八度の液体窒素の奔流《ほんりゆう》がギギナに激突し跳躍軌道を曲げるが、相棒は宙空で体を捻《ひね》って歩道へと無音で着地。その手前で、冷気の余波を足元に浴び、低温火傷《やけど》を負った結婚詐欺師が、悲鳴をあげて転がる。

無音で着地したギギナの全身は、蟹《かに》や蠍《さそり》のような奇妙《きみょう》な鎧《よろい》で覆《おお》われていた。

生体強化系呪式第三階位《せいたいきょうかけいじゅしき》〈蝲蟹殻鎧《ドラメルク》〉の、強化キチン質と強化筋肉の甲殻《こうかく》鎧を瞬時《しゅんじ》に全身にまとい、凍《い》てつく奔流を防禦《ぼうぎょ》したのだ。

筋肉や骨格の高分子を自在に支配する生体強化系呪式士。その頂点たる剣舞士に対しては、手加減した第四階位の化学練成呪式《じゅしき》程度では致命傷《ちめいしょう》にならない。

「腐《くさ》れ化学呪式の錬金術師《れんきんじゅつし》め、貴様はよほど超特急で、首と胴《どう》の間に刀を挟《はさ》みたいらしいな」

氷塊《ひょうかい》が剝落《はくらく》していく甲殻兜《かぶと》の下から、修羅《しゅら》の声が響《ひび》く。

生粋《きっすい》の戦闘《せんとう》民族たるドラッケン族のギギナを止めるには、論理ではなく実力行使しかなかったのだが、相棒は俺に感謝すらせず、真剣《しんけん》に殺意を抱《いだ》いている様子だ。

大地を蹴りつけ、怒濤《どとう》の疾駆《しっく》で間合いを詰めるギギナ。俺は下げた魔杖剣の引き金を引いて、ただ立っていた。

その長大な刃が俺の脳天を割ろうと振り上げられ急停止し、横へと飛翔する。

着地したギギナの顔が苦痛に歪《ゆが》む。

ヤツは酸欠状態になっていたのだ。俺が密《ひそ》かに展開しておいた化学練成系呪式第二階位〈窒息圏《チヤクス》〉の力で。

この呪式は、限定空間内の大気中の酸素に炭素を結びつけ、一酸化炭素や二酸化炭素を合成させる。

合成されたそれらは、酸素より強力に血液中の赤血球ヘモグロビンに結合し酸欠と中毒を起こし、含有量《がんゆう》が大気の二〇％を超《こ》えると数呼吸で死亡させることもある。

喰らったギギナは、生体強化系咒式《せいたいきようかけいじゆしき》第二階位〈活息醒《フ・ハー》〉で合成した酸素を全身に行き渡《わた》らせ、トリサミンやカンフルやカフェイン等で活性化し、すぐに回復しやがった。

普段《ふだん》なら完璧《かんぺき》に対処する、子供騙《だま》しの低位咒式に引《ひ》っ掛《か》かるほど冷静さを失っていたとさすがに気づいたらしく、ギギナは無言のまま屠竜刀《とりゆうとう》を分離《ぶんり》。刃《は》を背中へ、柄《つか》を腰《こし》へと納めた。そして不機嫌な表情で歩み去っていく。

そういや最近の仕事と言えば、役所の下請《したう》けでの小物の〈異貌《いぼう》のものども〉の駆除や、こんな人探し程度しかしていない。

派手《はで》な戦闘にありついていないギギナは、欲求不満で苛々《いらいら》しているのだろう。

そんな平穏拒否症《へいおんきよひ》と組んで仕事している自分を、自殺志願かとも思う。答えを自らの胸に尋《たず》ねると、優柔不断《ゆうじゆう》という言葉が反響《はんきよう》してきた。

無駄《むだ》思考をしていると、ギギナが思い出したかのように背中越《ご》しに言い放ってきた。

「ガユスよ、死にたくないなら、今夜は眼《め》を開けて寝《ね》た方がいいぞ」

横顔には疑問の表情が浮かんでいる。

「それと、おまえの咒式の効果範囲《はんい》に、その結婚詐欺《けっこんさぎ》師も入っていたようだが、それはいいのか？」

路上で酸欠と中毒の痙攣《けいれん》を始めている詐欺師が眼に入り、俺の顔から血液が急速降下しだした。

エリダナの空はそれでも青かった。

ツェベルン龍皇国の東端《とうたん》、エリウス郡エリダナ市。東西の文化が出会う水と橋の街。夕闇《ゆうやみ》が落ちるそのエリダナの川沿いの道を、俺の運転するヴァンが疾駆していた。悠久《ゆうきゆう》のオリエラル大河の向こうに林立する高層建造物群は、エリダナを共同統治するラペトデス七都市同盟系企業《きぎよう》のビルだろう。

オルテナ橋を渡り、オリエラル大河に浮《う》かぶ中州《なかす》の島、ゴーゼス経済特別区に入る頃《ころ》には、夜の帳《とばり》が美しい景色を覆いはじめていた。色彩《しきさい》の変化以上に景色が一変する。

夜を昼に変えるネオン灯が、猥雑《わいざつ》なまでに街の上空を埋《う》めつくしていた。光の文字の乱舞《らんぶ》の中で、金髪《きんぱつ》美女が服を脱《ぬ》ぐ動作を繰《く》り返す立体映像の下世話な看板が娼館《しようかん》を飾《かざ》る。娼館の隣《となり》は賭《と》博《ばく》場、道向かいは酒楼《しゆろう》と、街並みはその不道徳な連鎖《れんさ》を無秩序《むちつじよ》に繰り返していた。

街角ごとに立つのは、客引きか娼婦か賭博師か薬売り。歓楽の街角を進む人々の表情も享《きよう》楽《らく》と刺《し》激《げき》を求め、欲望に輝《かがや》いていた。

風営法とともに郡警察の法支配も緩《ゆる》い、ゴーゼス経済特別区特有の表情だろう。

ときおり、遠く咒式《じゅしき》の爆裂《ばくれつ》音や悲鳴が聞こえ、それでも厳然として存在する歓楽《かんらく》街の無法の中の法を、どこかの誰《だれ》かに説明している。その誰かが学ぶ機会はないが、それ以外の住人たちが血の法の遵守《じゅんしゅ》を胸に刻んでいく。

一軒《いっけん》の寂《さび》れた雑居ビルの前に車を停めて、俺とギギナはその入口へと向かう。

妙に丈夫《じょうぶ》そうな鉄扉《てっぴ》の左右には、黒背広と筋肉で全身を包む硬質《こうしつ》の眼の男たちが立ち、招待されたと告げる俺に険しい眼を向けてきた。

ギギナが紫《むらさき》がかった鋼色《はがねいろ》の瞳《ひとみ》を向けると、屈強《くっきょう》の門番たちは気圧《けお》されたかのように下がり、無言で扉《とびら》を開いていく。

蛍光灯《けいこうとう》が喘息《ぜんそく》のように明滅《めいめつ》し、剝《む》き出しのコンクリ床の廊下《ろうか》が続く。突《つ》き当たりに先《さき》ほどの入口と酷似《こくじ》した鉄扉と門番がいた。

これも同じような姿の二人の門番により扉が開けられ、俺たちは内部へと進む。

室内には三度目の黒背広の男二人と、長外套《コート》に暗緑色の服の女が、杖《つえ》を突いて立っていた。

女の目が俺たちを舐めるように眺める。

「随分《ずいぶん》と遅《おそ》いわね」

「蛇女《へびおんな》レジーナの呼び出しだからなるべく急いだんだが、存在しない叔父《おじ》さんの遺産の使い道を考えるという非常に重大な用事があってね」

言い終わると同時に、俺たちが入ってきた扉越しに悲鳴があがった。大の男があんな悲鳴をあげるなんて、信じたくないほど悲痛な断末魔《だんまつま》だった。

「ああ、気にしないで。マヌケを処分する作業をしているだけだから」

レジーナの退屈そうな言いぐさに、俺は苦い言葉を吐《は》き捨てる。

「人間を過去形にする作業だろ」

俺の返事に女は細い顔を歪《ゆが》めて笑った。

その白い額から整った鼻筋、赤い口唇《こうしん》を縦断し、喉《のど》まで達する蛇のような傷痕《きずあと》をも歪めて。

「人間を過去形にする作業、ね。貴方《あなた》は本当に愉快《ゆかい》な皮肉屋ね。おまえたちも見習ったら？」

レジーナにそう言われた部下の男たちは、戸惑《とまど》った表情を浮かべた。

「それじゃ、私もこう言うべきかしら。『紳士《しんし》方、優《やさ》しい蛇女の巣へようこそ』とね」

レジーナは床《ゆか》に付きそうな長い外套の裾《すそ》を翻《ひるがえ》し、杖を突いて歩きはじめ、仕方なく俺たちと護衛が続く。

レジーナ・ケブ・ウラガナン。

エリダナの暗部、ゴーゼス特区の娼婦や賭場《とば》や売人を支配する黒社会。その三大派閥《はばつ》の一つ〈ロワール〉の武闘派幹部。そして〈蛇女〉〈血の淑女〉〈傷痕の拷問吏《きょうふ》〉と、石器時代の恐怖映画の題名みたいな異名が、主に墓の下の過去形の人々によって付けられていた。どの人生でも知り合いたくない類の女だ。

「さて、お二人さん。ここはロワールの経営する賭場や娼館の売上げを管理する金庫でね。セドリオって会計役が管理していて、攻性咒式士《こうせいじゆしきし》のユーゴックを頭に九人の護衛がいたわけ」

中央には応接机と向かい合わせの椅子《いす》があり、壁《かべ》に備えつけの金庫が空虚《くうきょ》な内部を晒《さら》しているだけの、殺風景な内装だった。

しかし、その部屋を地味だと思う者はいないだろう。

壁や床や椅子や机に、一面の赤と黒が塗《ぬ》りたくられた斑《まだら》の血泥《ちどろ》の海。まだ片づけられていない人間の臓物の破片が点々と転がり、鉄と潮と糞便《ふんべん》の臭《にお》いが鼻孔《びこう》を刺《さ》した。

レジーナは酸鼻な光景に何の感慨《かんがい》もないらしく、床のいまだ凝固《ぎょうこ》していない部分の黒血を、杖の先端《せんたん》でつつきながら説明を続ける。

「四時間前にそのユーゴックが裏切って、セドリオと他《ほか》の護衛七人を殺したらしくてね。偶然《ぐうぜん》三階にいた生き残りの連絡《れんらく》で私が駆《か》けつけた時には、金庫の三億イェンも消えていたわけ。まったく、何が不満だったのだか。

さっきの元気な悲鳴は、生き残りの無能な護衛に責任を取らせたわけ」

レジーナが杖の先の血で描《えが》いていたのが、目に入る。煙突《えんとつ》つきの小さな家と可愛《かわい》い子猫《こねこ》の串《くし》刺《ざ》しの絵だと気づき、俺は気分が悪くなった。

しかも、自分の組織の非常事態に何が面白《おもしろ》いのか、口の端《は》に薄《うす》ら笑いまで浮かべてやがる。

「私とガユスにその背信者を追って金を取り返せと？　低能どもの垂れた糞《くそ》の不始末を私にや

らせると？」

ギギナが退屈そうに吐き捨てると、レジーナの傍《かたわ》らの部下二人が憤怒《ふんぬ》の表情で腰《こし》の銃把《じゅうは》に手を掛《か》ける。魔女《まじょ》が杖を上げて制する。

「止《や》めておきなさい。相手は咒式士《じゅしきし》階梯《かいてい》十三のギギナと十二階梯のガユス。〈竜〉や〈異貌《いぼう》のものども〉をも狩《か》る、本物の高位攻性咒式士《こうせいじゅしきし》よ。おまえたちが熱烈《ねつれつ》な挽《ひ》き肉志願者というなら、私は止めはしないけど」

「ぎ、ギギナだって？　マルプス社の咒式士傭兵《ようへい》部隊三十人を一人で斬《き》り殺した、あの凶剣士《きょうけんし》ギギナか⁉」

「悪名高い連続殺人咒式士ロエップスを、逃《に》げ込んだ装甲《そうこう》車ごと両断した、ドラッケン族の剣《けん》舞士《まいし》！」

黒社会の凶暴な男たちの顔に、不似合いなまでの恐怖と畏怖《いふ》が浮《う》かぶ。

その脅《おび》えも当然だ。レジーナなど比べようもないほどに、ギギナの所業は鳴り響《ひび》いている。先年には俺と組んで五〇〇歳級の竜を狩ったこともあり、そこらの咒式士では相手にもならない、エリダナ最強の咒式剣士。

先程から俺の逸話《いつわ》が挙がらないのは、自分が控《ひか》えめだからだ、と思いたい。

欠伸《あくび》を噛《か》み殺しているギギナから俺に視線を戻《もど》し「じゃ話を戻すけど、いい？」と、レジーナが続ける。ギギナを交渉《こうしょう》相手にする愚《ぐ》を避《さ》けただけなのだが、注目が少し嬉《うれ》しい。

なんだこの俺の思考の侘《わび》しさは？

「ロワールの頭主グセノンは、この不始末に激昂《げっこう》してね。他の幹部や私に追撃《ついげき》を命じて追手を放たせたわけ。

だけどユーゴックは金庫の護衛主任を任されるほどの腕利《うでき》き。殺しが専門な上に、自分の手口を秘密にしているほど用心深い男でね。対策もなしに追った組織の咒式士《じゅしきし》どもが、全員仲良く死体安置所に並んでいるわけ。私としても不本意だけど、腕利きの貴方たちを外部から傭《やと》うしかないわけ」

俺は重い息とともに言葉を吐き捨てる。

「俺は、おまえたちみたいな黒社会の人間が大嫌《だいきら》いだ。ギギナの意見と同じなのは不愉快だが、おまえらの不始末を俺が手伝う理由が、この地上に存在すると思うか？」

レジーナは傷痕を歪めた。

それは人間性がまったく含有《がんゆう》されない氷点下の笑いだった。

「でもね、相棒は戦闘《せんとう》に飢《う》えていて、あなたは年中お金に困ってるわけ。特に今はね。何でも、捕《つか》まえるはずの結婚詐欺《けっこんさぎ》師を殺しかけて、闇《やみ》医者ツザンに治療《ちりょう》させてボッタくられたそうじゃないの。つまり、断るくらいなら、最初からこんな場所には来ていない。そうじゃないかしら？」

俺はさらに重くなった息を吐いた。

俺の基本状態が貧民《ひんみん》たる原因は、相棒の浪費《ろうひ》が原因で、事務所を共同会計にしたのは痛恨の失敗だ。

ギギナは勿論《もちろん》、他人の弱みに付けこむレジーナも絶対に好きにはなれない。

俺の弱みを売ったヤツにも、何となく心当たりがあるのが嫌だ。

ゴーゼスの夜の歓楽《かんらく》街。

俺たちを乗せた車が渋滞《じゅうたい》に捕まる。客引きや街娼《がいしょう》や薬売りが一層溢《あふ》れる時間だったのを失念していた。

寄ってくる物売りの手を、俺が車の窓で挟《はさ》んで追い返していると、助手席のギギナが俺に呼びかけてきた。

さらに寄ってくる医療の反対の薬の売人を轢《ひ》き殺そうと忙《いそが》しい俺が無視すると、まだ呼びかけていやがった。

「眼鏡《めがね》のおまけのガユスよ、事態をどう見ている？」

「いいこと教えてやろうか？　おまえの屠竜刀《とりゅうとう》の刃先《はさき》には敵が刺さっているが、その反対側にはバカが付着しているから、今度捨てておけよ」

俺の揶揄《やゆ》にギギナが鼻先で笑い、まったく気にせずに続ける。

「私に当たるな。話を続けるが、ゴーゼス特別区の二つの橋と港は、ロワールどもが押さえているとしても、ユーゴックはすでに島から出ているのではないか?」

「かもしれないな。だが、事件後すぐにエリダナ市全域にまで包囲網《もう》が敷《し》かれ、市内から出る時間はない。しかも、手口がどうも突発《とっぱつ》的だ。もしかすると、島から出ていないのかもしれない」

　渋滞を避けるため車輛《しゃりょう》を右折させると、俺の懐《ふところ》の携帯咒信機《けいたいじゅしんき》が鳴る。

「今どき携帯型か。身体《からだ》に内蔵しろ」

「体内通信は常に犯《おか》されているみたいで嫌なんだ。ああヴィネルか、すまんな。隣《となり》にいる相変わらず気の毒な子が、宇宙電波を受信しては怪鳥音《かいちょうおん》を出していてな」

　携帯咒信機の画面から浮かび上がったのは、拳大の、夜会用の白塗《ぬ》り仮面の立体映像だった。

　アルリアン人やノルグム人にランドック人、ドラッケン族のギギナまで揃《そろ》う種族の坩堝《るつぼ》たるエリダナと言っても、こんな顔の人間は存在しない。

　情報屋ヴィネルには、絶対に素顔《すがお》を見せない秘密主義を貫《つらぬ》く理由があるのだ。

「よお、ヴィネル。相変わらず顔色悪いな」

「ああ、おまけにこんなに小さくなってしまったよ。偏食《へんしょく》が原因かな?」

　まったく表情のない仮面から、電子合成された声が発せられる。

「俺の経済困窮《こんきゅう》状態の情報を、蛇女《へびおんな》に売ったのが原因だとは思わないか?」

「あれ、そんなこともあったたっけなぁ?」

馴染《なじ》みの客だろうが平気で売るからこそ、ヴィネルは絶対姿を見せられないのだ。

「じゃ、こういうのはどうだい？　レジーナがグセノンに送った通信を盗《ぬす》み見したんだが、ユーゴックの裏切りと金庫襲撃《しゅうげき》しか伝えていない。これはちょっと失策だ。ユーゴックを逃《に》がせば、護衛責任者の厳罰《げんばつ》の他《ほか》に、蛇女にも多少の処罰が下るよ」

「そうしたいが、別の追手に金をくれてやるほど俺の心も広くない。というか、他人の弱みで自分の借りを無しにしようとするなよ」

「純粋《じゅんすい》な善意の交換だよ。では、本題だ」

声とともに、空中に文字と映像が並ぶ。

「あんたの注文通り、ユーゴックを調べた。本名はユーゴック・ナザ・ラスム。呪式系統《じゅしき》は生体生成系。呪式生物を生むあの系統だ。鋸《のこぎり》みたいな魔杖剣《まじょうけん》〈哭《な》き叫《さけ》ぶメレイン〉からの呪式が奥の手らしい。静かな場所での単独暗殺しか行わず、組織にも秘密にしている、その呪式の正体はさすがに調査不可能だ。

ただ、ヤツが作る死体には、すべて夥《おびただ》しい穴が開けられている。死体の中に残存した凶器《きょうき》の分析《ぶんせき》結果だけ送るよ」

「つまり何も分かっていないと言えよ。しかも、レジーナも詳細《しょうさい》を知らないらしいしな。俺も数体だけ死体を見たが、どうやってだか背後や足元からも穴を開けていやがった」

俺は操縦環《ハンドル》の横の、小物入れからはみ出ていたものに視線を落とした。現場から拝借した白い涙滴《るいてき》のような物体だった。

　報告を見ても、炭素とカルシウム等から構成される生体骨組織のような組成の、恐《おそ》ろしく頑《がん》丈《じょう》な物体で、これを飛ばすとしか分からない。

「それでユーゴックの居場所の方は？」

「短気は損だ。あんたの愛《いと》しいジヴーニャも、昨夜のあんたの可愛《かわい》がり方の短さに朝から不満を言っていただろ？　ついでにあんたの上着の後ろ裾《すそ》に穴が開いている」

　俺は上着を捲《まく》って穴を確認《かくにん》し息を呑《の》む。

　数法系咒式士《すうほうけいじゅしきし》のヴィネルは、電脳網のどこにでも侵入《しんにゅう》し情報を引き出す。つまり誰《だれ》でも持っている撮影《さつえい》機や街中の監視《かんし》機がヤツの眼《め》で、役所や企業《きぎょう》の電脳端末《たんまつ》の個人情報が奴の耳という、恐るべき情報収集能力を誇《ほこ》るのだ。

「で？」

「結論。ユーゴックの所在地はまったく不明」

　俺は通信を切ろうとする。

「待て切るな、短気は損だと言っただろうが。調査のため、郡警がエリダナ街中に置いてる車の登録番号識別機を、不正作動させても引《ひ》っ掛《か》からない。港や駅の顔相《がんそう》識別機にもな。ということはエリダナ市内ではなく、まだゴーゼス地区にいる可能性が高い」

「それは俺も予想した。しかしその程度の情報に、世界より大事な金は払《はら》わんぞ」

「世界の方を大事にした方がいいと思うが。報告を続けると、組織にも隠《かく》していたが、ユーゴックは最近ユナという娼婦《しょうふ》を情婦としているらしい。ついでにそのユナの所在地も四時間前から不明。恐らくユーゴックと一緒《いっしょ》に逃走していると思われる。

ユナの店はナズカン通りの〈夜蝶の楽園〉だ。直《じか》に会って話を聞き出すのは、あんたら現場の仕事だ」

そこまで言って、ヴィネルが通信を切ろうとしたが、俺が疑問をぶつける。

「ちぃっと噂《うわさ》を聞いたけど。おまえって本当は病院の寝台《しんだい》で植物状態で横たわり、意識だけが電脳空間に飛んでいるって本当か？」

立体映像の仮面の口の端《はし》が吊《つ》り上がる。

「その情報の真偽《しんぎ》調査は、かなり高い料金になるが？」

「自分の命運にまで値札を付けるとはおまえらしいよ。それより頼《たの》んでおいた、ギギナの弱みの方はどうなっている？」

「ドラッケン族に喧嘩《けんか》を売るほど、愚《おろ》かにも無謀《むぼう》にもなれないね」

そこで通信は途絶《とぜつ》した。横のギギナが俺を殺そうと決心する前に、偽《いつわ》りの楽園へと車を急がせるに越《こ》したことはない。

「ユナは休みだよ。行き先なんか知らないね」

ナズカン通りの娼館〈夜蝶の楽園〉の化粧部屋《けしょう》で、娼婦は言いやがった。

俺の倍以上はありそうな体重と横幅《よこはば》の娼婦が成立するのだから、男女の性癖《せいへき》の世界は広大かつ深遠すぎる。

俺の周囲では、半裸《はんら》の衣装《いしょう》の娼婦たちがそれぞれに座ったり化粧したりしている。その半数の視線が俺を刺《さ》しているのが感じられた。視線に質量や熱量が存在しないことを感謝したい。

どうやら同僚《どうりょう》のユナの逃走《とうそう》を助けるため、知らぬ存ぜぬを通すつもりらしい。

娼婦にとって、男と手に手を取って逃げる駆《か》け落ちは御伽話《おとぎばなし》だ。そんな仲間を、夢物語を、自分に重ねてしまうのだろう。

「ギギナ、無駄《むだ》に整った顔の、対女懐柔兵器のおまえが交渉《こうしょう》しろよ」

振《ふ》り返ると、娼婦の残り半分は入口に寄り掛かるギギナの輝《かがや》く容貌《ようぼう》を見ており、当人は無言でそんな女たちを見下ろしていた。

実はギギナは女をまったく見ていない。女が座る椅子《いす》の方を見ていると断言できる。

相棒は女を夜のヒマつぶしの道具にしか思っていないが、椅子や箪笥《たんす》などの家具は熱心に蒐《しゅう》集《しゅう》しているのだ。

娼館の椅子というのが蒐集家心をくすぐり、欲しくなっているのかもしれない。

いつもどおり、つまり戦闘《せんとう》以外の全雑事担当の俺が情報を引き出すしかないようだ。

「いいか、ユーゴックを組織が、しかもあの蛇女《へびおんな》のレジーナが追っている以上、いずれ必ず捕《つか》まり殺される。ユナが一緒なら、引き離《はな》さないと殺されるんだ」

俺の現実的な指摘《してき》に娼婦たちは黙《だま》りこむ。

「ユーゴックが逃《に》げきれれば、それからユナが合流すればいい。だが先に保護しないと、ユナは組織に拷問《ごうもん》されて行方《ゆくえ》を吐《は》かされる。そうなればおまえたちもただでは済まない」

肥満体に反比例した細い眉《まゆ》を寄せて、娼婦は沈黙を守る。だが、俺の言葉は嘘《うそ》だ。

ユナがユーゴックの女であると分かった以上、強奪《ごうだつ》に無関係であっても見せしめに殺される。

それこそレジーナの異名が存分に発揮された、悪夢が気を悪くするほど無惨《むざん》な拷問の末に。

俺が身体《からだ》を張ってまでそれを止める理由は、残念ながら特にない。

ギギナが「貴様、性格悪いな」と雄弁《ゆうべん》に語る眼で俺を見やがった。だったら一回でいいから、おまえが汚《よご》れ役をやれよ。

女は誰に聞かせるともなく言葉を零《こぼ》す。

「ユナはいい娘なんだ。ちいっと臆病《おくびょう》が過ぎるけど、泣いているあたしの隣《となり》に、無言で寄り添《そ》ってくれるようないい娘なんだ。

殺しが専門のあのユーゴックも、ユナといる時だけは、ただの男の顔に戻《もど》っていた。そんな娘なんだ」

女の肉厚の掌《て》が開いたり閉じたりし、葛藤《かっとう》を振り切るように続けた。

「あたしらはどうなってもいい、でもあの娘のためと言うのなら……」

「ああ、標的はユーゴックだけだ」

お互《たが》いに嘘だった。いくら心を許せる知り合いであっても、自分が拷問の木に惨殺されると分かっていてまで守ることはできない。

ユナの夢は所詮《しょせん》、他人の夢なのだ。

だからこその戯《ざ》れ言《ごと》。互いの罪悪感を減らすための薄《うす》っぺらな嘘の手続き。

巨漢《きょかん》の娼婦は一度決心したことを今さら止《や》めるわけにもいかず、絞《しぼ》り出すように吐き出した。

「ユナの最初の男が西区の出身でね。そいつの影響《えいきょう》で、困った時は西のランカム街の角の第八廃《はい》ビルに隠れてることが多いわ」

俺とギギナは急いで立ち上がる。相棒に続いて扉《とびら》から出ようとした俺だが、肥満女への慰《なぐさ》めが口を衝《つ》いて出た。

「あんたもいい人だよ」

女の大きな顔に悔恨《かいこん》の陰《かげ》が射《さ》した。

生きるための哀《かな》しい嘘に、俺は皮肉を言うつもりはなかった。

だが、俺の安っぽい優《やさ》しさの裏側は、微小《びしょう》な刃《は》となっていた。

全《すべ》ての諦念《ていねん》を受け入れる娼婦の表情に戻るのを見る前に、俺は急いでギギナの背中を追った。

夜の街を切り裂《さ》き、俺の運転するヴァンが疾走《しっそう》していた。轢《ひ》かれかけた賭博《とばく》師が外れ馬券を撒《ま》き散らしながら悪態をつくが、風とともに背後へと飛び去っていく。

「ユーゴックは、なぜ組織を裏切ったんだろうな」

俺のつぶやきに、隣のギギナが答えた。

「さあな、先《さき》ほどの娼館《しょうかん》の名が脳裏《のうり》をよぎったのか、蝶《ちょう》のように飛んで腐《くさ》れ人生をやり直せると勘違《かんちが》いしたのだろう」

「腐れ人生か……」

情報屋ヴィネルの送ってきたユーゴックの経歴は、黒社会の攻性呪式士《こうせいじゅしきし》の典型だった。

異端《いたん》の呪式《じゅしき》を学んだ辺境の青年が、偏狭《へんきょう》で無知な周囲に認められず夢を抱いて都市へと出る。若き呪式使いは呪式士としての高みを目指すが、学院や師匠《ししょう》による裏づけや、実績のまったくない彼を受け入れる企業《きぎょう》や事務所はどこにもない。

結果、実力のみの攻性呪式士の世界、さらには黒社会へと吸い寄せられる。そして敵対するものを殺せば出世し、金と女が手に入る分かりやすい力の世界に魅《み》せられる。

その当然の結末も知らずに。

どこかで聞いたような陳腐《ちんぷ》な物語だ。

車を左折させながら、俺はふと尋《たず》ねてみた。

「そう言うギギナは、すべてをやり直したいと思うか？」

「私の生は、ドラッケン族の戦士として闘争と死を全《まっと》うするだけだ。生きている限り、いや、たとえ死してもドラッケン族以外の何者にもなれない」

　ギギナのそれは、民族帰属意識を元にした決定論的な人生観だ。

　だが、どこまでも自分は自分でしかないというその堅牢《けんろう》強固な信念が、曖昧《あいまい》な懐疑《かいぎ》論者の俺には眩《まぶ》しく、そして苛立《いらだ》たせてくる。

「貴様こそどうなんだ。中退とはいえ皇立学院に在籍《ざいせき》していたのだろうが。国や企業に飼われる咒式士《じゅしきし》に、戻ろうとは思わぬのか？」

　視線を夜の街へ向けたままのギギナの言葉だった。俺を攻性咒式士《こうせいじゅしきし》に引き込んだ時のことでも思い出しているのだろうか。

「蝶のように飛ぶには、血塗《ちまみ》れの生の利息が翅《はね》の重しとなる。今さら支払《しはら》い切れるとも思えないしな」

　俺の言葉にギギナは「蝶というより、汚《きたな》らしい毒蛾《どくが》だがな」と、退屈《たいくつ》そうに返してきた。

　車はさらに速度を上げた。俺自身に跳《は》ね返ってくる言葉が嫌《いや》になったわけではない。

　そういえば、人工的に造られたゴーゼス島には、自然繁茂《はんも》する花も木もなく、蝶がまったく生息していないことを思い出した。


　三時間四十七分前。

　廃ビルの冷たい階段を上り、ユーゴックは錆《さび》の浮《う》いた鉄扉《てっぴ》を開けた。

三階の一室にユーゴックが足を踏《ふ》み入れると同時に、床《ゆか》に座っていたユナが腰《こし》を浮かせようとするが、眼前に背嚢《はいのう》が投げられた。コンクリの床に重い音が響く。

だが、ユナは真《ま》っ直《す》ぐにユーゴックに駆《か》け寄り、悲痛な叫《さけ》びを上げる。

「ああユーゴック、あなた、血が！」

「大丈夫《だいじょうぶ》、これは返り血だ」

自分の無事に安堵《あんど》するユナに、眩しげに眼を細めるユーゴック。そのまま自分の血を拭《ふ》くユナの手を引いて床の背嚢へと屈《かが》ませ、その側面の留め金具を開く。

ユナの可愛《かわい》らしい翠色《みどりいろ》の瞳《ひとみ》が大きく見開かれる。

背嚢の中に、隙間《すきま》なく詰《つ》まった銀の貨幣《かへい》の山。それを見てしまったユナの手が震《ふる》える。

「組織の金だ」ユーゴックは続ける。「ユナ、この金で俺たちの夢を叶《かな》えるんだ。東のラペトデスか、南のバッハルバへ逃げよう。約束通り、そこでおまえがやりたがっていた花屋を一緒《いっしょ》にやろう」

ユーゴックは自分の考えに酔《よ》ったかのように喋《しゃべ》りつづける。そして床にへたり込むユナを抱え上げて、夢を語りつづける。

「俺はくだらない攻性咒式士《じゅしきし》を捨てる。それで二人で家庭を持とう。子供もいいな。そうだな、最初は女の子で、次は男の子がいいな。それで家族で花屋をやろう。そこでおまえは夜の蝶ではなく、本当の花園の蝶になるんだ」

　ユーゴックは胸の中のユナを覗《のぞ》きこんだ。

　だが、女の瞳にあったのは恐怖《きょうふ》と絶望の深い淵《ふち》だった。ユナは双眸《そうぼう》から涙《なみだ》を零《こぼ》しそうになりながら、首を左右に振《ふ》る。

「本当にやるなんて。あれは単なる寝《ね》物語だったのよユーゴック！　ロワールに反逆するなんてそんな。レジーナが追ってくる。あの蛇女《へびおんな》が！」

「レジーナなんて糞《くそ》だ！　蛇女の部下に俺の呪式《じゅしき》に対抗《たいこう》できるヤツはいない！」

「レジーナの噂《うわさ》は知ってるわ、あの女は敵を捕《つか》まえたら、蛇が小鳥を飲み込むように足の指先から硫酸《りゅうさん》の池に沈《しず》め、顔に刃《は》を走らせるの。

　そしてこう言うの『これで私の傷痕《きずあと》より綺麗《きれい》な顔になったわ。じゃあ治療《ちりょう》して、来週また最初から』と。何年もそれを続けて飽《あ》きた後に、やっとあの杖《つえ》を目玉に突《つ》き入れて、脳を掻《か》き混ぜて殺すのよ」

　歯まで震わせ怯《おび》えるユナ。

「大丈夫だ、すでに脱出《だっしゅつ》用の船は手配してある。いつも二人で行った、あの場所の先に来ているんだ」

　ユナはユーゴックの手を払いのけ、冷たいコンクリ床に尻《しり》を落とし、嗚咽《おえつ》を漏《も》らす。

「大丈夫だ。さあ行こう」と、ユナの亜麻色《あまいろ》の髪《かみ》を優《やさ》しく撫《な》でるユーゴック。ユナの手が男に応《こた》えるように伸《の》び、そして男の腰を突き飛ばして離《はな》れた。

女の小さな両手の中には、ユーゴックの鋸《のこぎり》にも似た、魔杖剣《まじようけん》〈哭き叫ぶメレイン〉が握《にぎ》られていた。

ビルの外から、遠い列車の音が響《ひび》いた。

「ユナ？　大丈夫だって、さあそれを俺に返して、な？」

ユーゴックは戸惑《とまど》ったように手を伸ばすが、ユナは震える切っ先を突きつけて逆らう。

「俺を」ユーゴックの声が硬《かた》くなる。「俺を裏切るのか」

「愛している、愛しているわ！　でも、でも、私は怖《こわ》いのっ！」

ユーゴックの手足の先に血液が届かなくなり、冷気が駆け登る。

「私は今までのままでよかったの。呪式士《じゆしきし》として上を向いているあなたと二人でいるだけで、弱いだけの私は誇《ほこ》らしかった。

二人で叶うはずもない未来を語っているだけで、とても幸せだったの」

ユーゴックの顔に何かが広がろうとしていた。ユナは泣きながら告げた。

「どうしてなの、どうして呪式士のあなたが、私の、身体《からだ》しか売るもののない小娘《こむすめ》なんかの、小さな夢なんかに頼《たよ》るようになったの？」

ユーゴックの表情が凍《い》てついた。無明の絶望の黒で。

「怖い、怖いのよ。蛇女に殺されるのも、逃《に》げだすのも！　だからせめてユーゴックっ！」

顔を背《そむ》けたユナの掌中《しようちゆう》の魔杖剣が突き出され、ユーゴックの胸に穴《あな》が開いた。

悲鳴をあげながら車輪を地面に食いこませ、ランカム街の第八ビル前に車が急停止する。

無人のビルの朽《く》ちかけた入口を慎重《しんちょう》にくぐり、階段を駆け上がり三回ほど曲がると、踊《おど》り場の窓から風が飛び込んでくる。

着地した美しい人型はギギナだった。

「玄関《げんかん》って知ってるか？　あれは低能ドラッケン族も差別しない、高徳の聖者だ」

「貴様ごときにこの悩《なや》みは永遠に分かるまいが、私の足は長すぎてな」

ギギナは罠《わな》の警戒《けいかい》が面倒《めんどう》で、筋力強化咒式で一階から三階へと一気に飛翔《ひしょう》したのだ。

前衛役《ぜんえいやく》の咒式士《じゅしきし》は近接戦闘《せんとう》の専門家だ。その中でも生体強化系は、全二七四種の人体細胞を作り替《か》え、人間の限界を遥《はる》かに超《こ》えた動きを可能にする。

階段上に見える錆《さび》ついた扉《とびら》へと、猫《ねこ》よりも静かにギギナが接近し、回転筒《シリンダー》を押さえながら無音で咒式を発動。後ろ手の手信号で室内に物音なしと、俺に報告してきた。

人間の可聴域《かちょういき》は、空気を一秒間に二十から二万回ほど振動《しんどう》させる音域しか拾えないが、生体強化系第一階位〈狗耳《ダクス》〉の咒式で、犬並みとなったギギナの強化聴覚は、秒間十五から三万八千ヘルツの音や微細《びさい》な振動でも捉《とら》える。

それが何も聞こえないとなると、待ち伏《ぶ》せにしても異常だ。だが行くしかない。

続いて侵入《しんにゅう》二秒前の手信号。一秒前、突撃《とつげき》。ギギナが鉄扉《てっぴ》を蹴破《けやぶ》り、俺が背中に続く。

剝《む》き出しのコンクリ床《ゆか》。その一面に咲く赤黒い花弁。金庫室と酷似《こくじ》した血の泥濘《ぬかるみ》。

「これが、これがおまえの望んだことか、ユーゴックっ！」

俺の押し殺した叫《さけ》びが、壁《かべ》や床の剝き出しのコンクリに反響《はんきょう》した。

すでに凝固《ぎょうこ》している黒い血溜《ちだ》まりの中心に、柱に寄り掛《か》かった小さな人影。全身穴だらけのユナの無惨《むざん》な屍《しかばね》があった。

「なぜ巻きこんだんだユーゴック！」

俺は胸の中の苦いものを吐《は》き捨てた。なぜこんなにも気分が悪いのか、知らない女の死体が俺を激昂《げっこう》させるのか分からない。

「気が済んだか？」

傍《かたわ》らのギギナの鋼《はがね》の声に、俺は大きな息を吐いた。ギギナが言葉を投げてくる。

「恐《おそ》らく、女の方が現実を語ってしまったんだろうな。何も変わらない現実を」

「永遠に冴えない日々という現実か、男には辛《つら》いな」

そして俺は床の屍に視線を戻《もど》した。

かつては可愛《かわい》らしく、表情豊かに輝《かがや》いていただろう翠《みどり》の双瞳《そうどう》。俺の愛するジヴと同じ優しげな瞳《ひとみ》の色。

女の瞳は恐怖に凍《こお》りついたまま見開かれ、自分の喉《のど》や胸の一面に開いた赤黒い穴を見下ろしていた。

俺は片膝《かたひざ》をついて、女の瞳を閉じさせてやった。女の、しかも死者の眼《め》を真《ま》っ直《す》ぐに見つめられるほど、俺は強くはない。

風が夜気の中で渦《うず》巻き、去っていった。

皇暦《こうれき》四九〇年代前半、ゴーゼス特別区の再開発計画として、スビズ高架《こうか》道路が建設されたのだが、相次ぐ贈賄汚職《ぞうわいおしょく》と景気の悪化で、建設計画は途中《とちゅう》で頓挫《とんざ》した。

死産した東スビズ高架道路は地上から天へと伸《の》び上がるかのように続き、水平になった所で巨神《きょしん》の剣で切断されたような突然の断面を晒《さら》す。その姿は背徳の享楽《きょうらく》街を見下ろす、異教の神《しん》殿《でん》のようだった。

卑猥《ひわい》な悪戯《いたずら》書きで読めなくなった侵入禁止看板を横目に、金網《かなあみ》に開いた大穴を潜《くぐ》り、俺たちはアスファルトの傾斜《けいしゃ》を登っていった。

建築材や不法投棄《とうき》された廃車《はいしゃ》の山を乗り越え進む。視線の先で道路が途切れ、ゴーゼス島とその先のエリダナ本土の、幾万《いくまん》の灯《ひ》が散りばめられた夜景が広がっていた。

切断面の手前で、前方灯をつけたままの車が停車していた。車の青白い灯に向かって、小さな蛾《が》が衝突《しょうとつ》を繰り返していた。

その傍らで、ユーゴックは眼下の夜景を眺《なが》めており、背中には、青黔《あおぐろ》い長衣に不似合いな背《はい》嚢《のう》が重く吊《つ》り下がっていた。

「いい場所だろう。眺めもそうだが、俺はこの静けさが好きでな」

手を宙空に差し伸べる逃走者《とうそう》の吐く息が、冷えてきた夜気に白くたなびく。

「この先に遠くラペトデスが見える。よくここでユナと二人、たわいない夢やとりとめのない希望を語ったものだ」

ユーゴックは俺とギギナへと振《ふ》り向いた。

遠く近い夜の灯が、少し吊り上がった眼を除けば、普通《ふつう》の目鼻だちの男の顔を照らす。

組織の追手たちの、そして愛していたユナの血に塗《まみ》れた顔。それは感情の落剥《らくはく》した顔。

「巨大な屠竜刀《とりゅうとう》に眼鏡《めがね》、あのギギナにガユスか。レジーナもそうまでして俺を殺したいのか、とんでもない攻性呪式士《こうせいじゅしきし》を送ってきたな。この場所まで嗅《か》ぎつけるとは、さすがはエリダナで一、二を争う呪式士と言うべきか」

「おまえが途中から逆に、ロワールの追手を探しては殺しはじめたからな。死体の日印を辿《たど》っていくだけで済んだ」

夜風の中、俺とギギナとユーゴックが対峙《たいじ》していた。逃走者はただ立っていた。

「ユーゴック、もう諦《あきら》めろ」

「俺の経験だが、死にゆく呪式士の眼は、どれも皆《みな》、ただ一つの呪《のろ》いを絶叫《ぜっきょう》している」

降伏《こうふく》を呼びかける俺の声を拒否するように、ユーゴックが言葉を零《こぼ》した。

「俺は組織の呪式士として、金と女に不自由せず、何より呪式士の力を認められて満足していた」

ユーゴックの双眸《そうぼう》が伏《ふ》せられる。

「だが俺は怖《こわ》くなった。対立組織との抗争《こうそう》で俺が殺し、レジーナに見せしめで解体される呪式《じゅしき》士《し》の眼が、おまえもいつかこうなると言っていた。次の死体も、その次の死体もだ。俺が目指した呪式士としての高みは、こんな、こんな残酷《ざんこく》で惨《みじ》めなものだったのかと」

ユーゴックの言葉が溢《あふ》れつづける。

「だが、そこから逃《に》げる手段も、俺が倦《う》んだはずの血塗れの方法だった。その先に目指すものが俺にはなかった。そしてユナの夢を自分のものと勘違《かんちが》いして、縋《すが》った結果が、ユナの裏切りとそして死体の山だ」

俺はユーゴックの言葉に嘔吐《おうと》感すら覚え、弾劾《だんがい》の言葉を叩《たた》きつける。

「ユナの逃げ道を断ったのはおまえだ。彼女がおまえを殺してロワールに金を返却《へんきゃく》しても、すでに共犯だと見なしているレジーナが見逃《みのが》す可能性は、かぎりなく無に近い。ユナはそんなことも分からないほど愚《おろ》かな娘《むすめ》だったのか？」

ユーゴックの眼に淡《あわ》い感傷の波が走る。

「あいつの、ユナの死を呼び寄せたのは俺自身か。せめて俺の手にかかることを選ばせてしまったのかもな。馬鹿《ばか》だな、本当に馬鹿だな」

沈黙《ちんもく》が道路に、一人の逃亡者に、二人の追跡者《ついせきしゃ》へと静かに降り積もる。

「糞塗《くそ》れの遺言はそれで終わりか？　ならば始めよう、闘争《とうそう》の宴《うたげ》を」

ギギナがその静寂《せいじゃく》に終わりを告げた。ユーゴックが吐《と》息《いき》を漏《も》らし、その場にいる全員が腰《こし》や背の魔杖剣《まじょうけん》を引き抜《ぬ》く。


俺の紡《つむ》いだ化《か》学練成系《がくれんせいけい》第三階位〈緋竜七咆《ハボリュム》〉の、ベンゼンとガソリンとポリスチレンの混合体が燃え上がり、七条のナパーム火炎《かえん》が、夜の大気を引き裂《さ》くように走る。

ユーゴックは身体《からだ》を捻《ひね》って躱《かわ》すが、二条が右肩《みぎかた》を灼《や》く。炎上する長衣を炎《ほのお》ごと左手で摑《つか》んで破り捨て、着込んでいた鎧《よろい》が露《あらわ》になる。それは胸に九つの孔《あな》が開いた奇妙《きみょう》な鎧だった。

だが、視線を奪《うば》われてしまう派手《はで》な炎は囮《おとり》。闇を焦《こ》がす苛烈《かれつ》な火炎の下を、颶風《ぐふう》となったギギナが駆《か》けていた。

下手に構えられた屠竜刀ネレトーの九三五ミリメルトルの刀身が、アスファルトの表面を掠《かす》め、蒼《あお》い火花をあげて疾走《しっそう》する。

ユーゴックが服を破り捨てた時、地面を舐《な》めていたガナサイト重咒合金《じゅうじゅごうきん》の刃《け》が跳《は》ね上がる。ギギナの下からの雷電《らいでん》の刃を、ユーゴックが魔杖剣で受ける。だが、怒濤《どとう》の衝撃がユーゴックの魔杖剣を叩き折り、鈍《にぶ》い音が響《ひび》く。

切り返されるドラッケンの冷たい刃が、水平の閃光《せんこう》となり疾走。落雷と化して屈《かが》むユーゴックの遅《おく》れた頭髪《とうはつ》を切断し、軌道《きどう》の先の車の屋根の角を斬り飛ばす。

刹那《せつな》の遅滞《ちたい》さえ許さず、巨刃《きよじん》の逆端の長柄《ながえ》が翻《ひるがえ》され、屈んだユーゴックの側頭部へ急襲《きゆうしゆう》。ユーゴックは背を反らして躱し、背後の地面に手をつき、連動させた脚《あし》が円弧《えんこ》を描《えが》く。

男の爪先《つまさき》の隠《かく》し刃が、体勢の流れた自身の喉元《のどもと》を掠めるのを、ギギナが体を捻って回避《かいひ》。ユーゴックは円を描いた足で着地。回転の反動で、後方空中へと飛翔《ひしよう》。ギギナの獰猛《どうもう》な横薙《よこな》ぎの追い討《う》ちをも躱す。

空中の男の着地予想地点へ向かって、ギギナが間合いを詰《つ》めるが、飛翔するユーゴックの両手から十数条の閃光が放たれる。

ギギナは屠竜刀の側面と、咒式《じゆしき》展開した甲殻《こうかく》鎧の表面で投剣の群れを弾《はじ》く。

ユーゴックは自らが乗ってきた車の上に着地。ギギナが傍《かたわ》らへと追いついた俺を見下ろした時、折れた魔杖剣の先端《せんたん》と車の屋根の断片が、アスファルトに落下する不協和音を奏《かな》でた。

さすがにロワールの金庫の護衛だった。剣舞士《けんまいし》のギギナと剣を交《か》わし、惨殺《ざんさつ》されないというだけで一流の咒式剣士《じゆしきけんし》の証明だ。

俺なら、ギギナの最初の一撃《いちげき》で桃色《ももいろ》の内臓をぶちまけているだろう。

車の屋根のユーゴックが、ゆるりともう一本の鋸《のこぎり》のような魔杖剣、ヴィネルに聞いていた〈哭《な》き叫《さけ》ぶメレイン〉を抜いた。

魔杖剣を下げた逃走者が右へと動き、俺とギギナが連動し同方向へと水平移動する。

ユーゴックが車から軽やかに跳躍《ちようやく》、地面へと足裏を下ろし、さらに横移動。

完全な平行ではなかった移動は交錯《こうさく》し、俺はユーゴックの間合いに入った。

ユーゴックの鋭《するど》い剣先が突《つ》き出され、俺は後方へと飛ぶように後退。割りこむようにギギナの屠竜刀がユーゴックの剣を撥《は》ね上げ、二人の剣士の間合いが離《はな》れる。

隙間《すきま》を狙《ねら》い、俺の魔杖剣ヨルガの先端に、電磁雷撃系咒式第二階位《でんじらいげきけいじゅしき》〈雷霆鞭《フルル・フー》〉の電子の蛇《へび》が鎌首《かまくび》をもたげる。

百万ボルトル近い電圧の刃に対し、ユーゴックは背を晒《さら》し背嚢《はいのう》を見せた。

俺は舌打ちしながら迅雷《じんらい》を別方向へと放つ。ユーゴックは身体を返して薄笑《うす》いとともに、俺へと抜き撃《う》ちの短剣を投擲《とうてき》。髪《かみ》を切られながら、転がって必死に回避する。

糞っ、予想以上にヤツは頭が回る。強奪《ごうだつ》した三億イェンを背中に背負ってやがるのだ。

これでは俺の化学咒式《かがくじゅしき》の爆裂《ばくれつ》系や炎系のすべて、電磁系のほとんどが、金そのものを破壊《はかい》してしまうため安易に使えない。

一瞬《いっしゅん》で事態を推察し、前方に踏《ふ》みこむギギナ。俺も毒物系の追撃咒式を組みあげ、発動。俺の咒印《じゅいん》組成式が発動し、ユーゴックの鎧の九つの孔に燐光《りんこう》が見えた瞬間。俺は魔風の咆哮《ほうこう》を遠く聞いた。

そして激痛。

俺の右腕《みぎうで》と右肩、左腹が戦闘装束《しょうぞく》ごとえぐられ、鮮血《せんけつ》が噴《ふ》き上がる。

不可視の疾風が周囲で渦《うず》を巻き、さらに方向を変えて俺たちへと殺到《さっとう》してくる。

俺の足が宙に浮《う》き、目標を誤った疾風はアスファルトに夥《おびただ》しい孔を穿《うが》ち、飛翔。ユーゴックの鎧の九つの孔へと収斂《しゅうれん》していく。

俺の襟首《えりくび》を引っ摑んで死の顎《あぎと》から救ったギギナ。その肩口からも鮮血が零《こぼ》れていた。

血塗《ちまみ》れの美神の横顔に見惚《みと》れる暇《ひま》もなく、ユーゴックはさらなる魔風を放つ。俺とギギナは高架《こうか》道路の上を走り逃げ、二台の廃車《はいしゃ》の間の陰《かげ》に転がるように滑《すべ》りこむ。

不可視の追跡《ついせき》者たちが凶器を放ち、車の屋根や窓枠《まどわく》の金属板を削《けず》り、穿ち、飛び去っていく。

俺とギギナは荒《あら》い息を吐《は》く。傷は軽傷と確認《かくにん》。ついでにヴィネルが指摘《してき》した俺の上着の裾《すそ》の穴が、縫《ぬ》えそうもない大穴になっていた。これが幾《いく》らすると思ってやがるんだ。

「なかなか愉快《ゆかい》な戦闘になってきたな。だがあれは何の手品だ。風か？」

ギギナが吐き捨てると、頭上の車の金属板を高速飛翔体が貫通《かんつう》し、直線上のアスファルトに白い涙滴《るいてき》が突《さ》き刺さる。

ギギナの言うとおり、不可視の何かが高速飛翔し凶器を射出しているのだ。

ユーゴックの胸から射出されるその何かは、空中で軌道を変化させ物体直前で反射し、入射角と反射角が比例しないことから、単純質量や圧縮空気の類ではない。

俺の知覚眼鏡《クルークブリレ》で情報を検索《けんさく》するまでもなく、ユナや護衛の死体の穴からの推測が完成した。

「恐《おそ》らくあれは、九蛇狐《くだぎつね》だ」

東方の咒式士《じゅしきし》が使うと伝え聞く、生体生成系《せいたいせいせいけい》第四階位〈九蛇狐召砲《クー・コーン》〉の咒式《じゅしき》。

それにより、生体生成系呪式士《じゅしきし》の体内の血肉で飼育されているのは、九匹《ひき》の小さな狐のような呪式《じゅしき》生物だとされる。その疑似狐たちが飛翔し、俺が白い涙滴と例えた合金並みの硬度《こうど》の牙《きば》と爪を高速射出し、対象を攻撃《こうげき》するのだが、それは恐ろしさの一端も表してはいない。

九蛇狐は半透明の身体を持ち、自らの姿を周囲の風景に紛《まぎ》れさせる。完全な不可視ではないのだが、それが弾丸《だんがん》の速度で飛翔、圧縮空気を吐き出して空中で自在に方向転換《てんかん》し爪牙《そうが》を射出するという、人間の視力では捉《とら》えきれない攻撃を行う。当然、ほとんどの視野捕捉方式の呪式でも捕捉不可能だ。

その恐るべき暗殺専用の呪式生物が、眼前の生成系呪式士の体内に隠されていたのだ。火炎《かえん》でヤツの服を焼いて、射出口が見えるようにしたため致命傷《ちめいしょう》を避《さ》けられたが、近距離《きょり》で服の下から不意に射出されていれば、どうなっていたか。

ギギナに説明してやると、相棒は口の端《はし》を歪《ゆが》め、屠竜刀ネレトーの回転筒《シリンダー》から空薬莢《やっきょう》を排出《はいしゅつ》、呪弾《じゅだん》を指で装塡《そうてん》した。

「貴様の、無粋《ぶすい》な爆裂や炎《ほのお》の呪式が使えないなら、私の装甲と屠竜刀で力押しするしかないというわけか」

再び九蛇狐が襲来し、爪牙の弾丸で車の車輪を撃ち抜《ぬ》き、俺とギギナはさらに奥に転がる。

音を頼《たよ》りに捕捉していると推察し、圧縮手信号と読唇術に変えろとギギナに指示を出す。

（いや、おまえの甲殻鎧《こうかくよろい》がいくら無駄《むだ》に丈夫《じょうぶ》でも、九蛇狐に連続攻撃されては一瞬動きが止め

考えろ)
られる。ユーゴック本人がそれと同時に来ると厄介《やっかい》だ。十人のユーゴックを相手にしていると

(ユーゴック本人を止めるにしても、九蛇狐が守る、か。少しだけ面倒《めんどう》だな)

さらに九蛇狐が圧縮空気で射出する爪牙が、廃車の金属扉《とびら》を貫通した。続く攻撃が速射砲《ほう》のごとく撃ちこまれ、屋根が吹き飛び、硝子《ガラス》が砕《くだ》け割れ、前後の車の輪郭《りんかく》が崩《くず》れていく。

(手はある。俺に合わせろ)

(不要、私は私でやるから貴様が合わせろ)

もどかしい対話方法は意見の統一を生まなかった。会話しても同じだろうけど。俺とギギナは、車の左右の陰から転がり出た。

九蛇狐を鎧の胸の孔《あな》に帰還《きかん》させていたユーゴックが視界に入る。俺とギギナは真っ正面から敵に向かっていく。

ユーゴックの魔杖剣《まじようけん》が制御呪印《せいぎよじゆいん》を描《えが》き、胸の孔から九条の獣《けもの》が発射される。刹那《せつな》の間だけ早く俺の魔杖剣の呪弾《じゆだん》が火を噴き、大気を震《ふる》わす轟音《ごうおん》を発した。

化学練成系《かがくれんせいけい》第三階位〈爆炸吼《アイニ》〉のトリニトロトルエン爆薬の炸裂《さくれつ》は、ユーゴックではなく、俺の上空で起こっていた。

轟音の反響の後の、間伸びした静謐《せいひつ》。

空薬莢がアスファルトに落ちる軽い振動《しんどう》と、そして何かが路面や廃車に激突《げきとつ》し、周囲に落下

する衝撃《しょうげき》が俺の足裏から伝わった。振動は五つ。

残り四つは、ギギナの下げた刃《は》の先の地面に濡《ぬ》れた感触《かんしょく》を発生させた。頭から尻《しり》まで両断され、空気袋《ふくろ》らしき内臓をさらした姿で。

それは、環状《かんじょう》の牙と発達した爪を備えた生物、内臓や筋肉まで半透明の、形だけは小さな狐に似ていなくもない奇怪《きかい》な生物の死骸《しがい》だった。

どういう反射神経をしているんだか、ギギナは亜《あ》音速の飛翔《ひしょう》体を巨大《きょだい》な屠竜刀で斬《き》りやがったのだ。

そして俺の足元の小さな暗殺者たちは、鼻孔や口から半透明の体液を流し、痙攣《けいれん》し失神していた。

事態を理解できず立ちつくすユーゴックに向かい、俺は歩を進める。遊底を引いて攻性咒弾《じゅだん》を再装塡しながら、生体変化系咒式《せいたいへんかけいじゅしき》第一階位〈閉耳《ヘイア》〉で閉じていた聴覚《ちょうかく》を開放。無音の世界から戻《もど》り、自身の足音を聞く。

そして心の中でユーゴックに語りかける。

こういう小動物類は、聴力を高めるために外耳と耳骨が極度に近接している。耳骨と脳が直結しているため、衝撃波にまでなった轟音を受けると、脳自体に音の振動が伝播《でんぱ》し神経伝達が負荷限界を越《こ》え、失神するという原理だ。似たような形態の九蛇狐にも当てはまるだろうと予測し、静かな場所での暗殺しか行わないユーゴックの経歴からも、九蛇狐が音に弱いとほぼ断定できた。

ユーゴックの顔が歪んだ。その手の中の魔杖剣メレインが震えている。

突如《とつじょ》、内面の何かに弾《はじ》かれたように、絶叫《ぜっきょう》をあげて突進してくるユーゴック。その表情には混乱と絶望だけが満ちていた。

おまえの咒式《じゅしき》は確かに強力だ。だが、手口を極度に秘密にするということは、単一技能しかないと自分で言っているようなものだ。

おまえは学院や専門家に付いて複数系統を学んだ咒式士《じゅしきし》ではない。その上、向上心を失い鍛《たん》練《れん》を忘れた咒式士《じゅしきし》崩れだ。

それゆえ先ほど俺が行ったような咒式応用ができず、必殺の手段が破れた時の代替《だいたい》手段を持たない。

ユーゴックの絶望の刺突が放たれると、俺の頭上から黒影《こくえい》が降り、長大な刃の瀑布《ばくふ》となってユーゴックの刀身を両断する。

俺を飛び越えたギギナの一撃だった。

その銘《な》のとおり、哭《な》き叫《さけ》ぶような音を立てて折れた魔杖剣メレインの先端《せんたん》が、ネオンの遠い灯《ひ》を背景に空を回転した。

ギギナの甲殻鎧の背中越しに、俺とユーゴックの視線が交錯《こうさく》する。

それは何も映さない虚無《きょむ》の瞳《ひとみ》だった。

刹那の停滞すらなく、ギギナが屠竜刀《とりゅうとう》ネレトーの刃を返して斬り上げる！

生体強化系第五階位《せいたいきょうかけいだいごかい》〈鋼剛鬼力膂法《バー・エルク》〉で筋肉繊維《せんい》を強化し、筋力抑制《よくせい》を解除した超剛力《ちょうごうりき》を乗せた刃は、ユーゴックの鎧ごと右腹部を切り裂《さ》き、折れた魔杖剣を握《にぎ》る右上腕《じょうわん》を切断、左胸と肩口《かたぐち》へと雷《いかずち》の速度で疾《はし》り抜けるっ！

血飛沫《しぶき》と内臓を噴出《ふんしゅつ》させながらユーゴックは後方に吹《ふ》き飛び、自らの車に激突。鮮血《せんけつ》をブチ撒《ま》け、動きが止まる。

俺の紡《つむ》いだ、とどめの電磁雷撃系第二階位《でんじらいげきけい》〈雷霆鞭《フェル・フー》〉が発動。夜を分断する紫電《しでん》が正確にユーゴックの胸に喰《く》らいつき、感電させる！

眼《め》や鼻や耳や口から湯気を上げる黒血を吐《は》いて、ユーゴックはそのまま腰《こし》から崩れ落ちた。

ユーゴックの胸板を貫通《かんつう》し切断された背嚢《はいのう》のその中身が、銀色の内臓のように零《こぼ》れた。落下する高額貨幣《かへい》の、冷たい多重音が耳障《みみざわ》りだった。

ギギナが巨刀を振《ふ》って血糊《ちのり》を払《はら》い、刃と柄《つか》を、背と腰へと静かに納刀する。

静謐を取り戻した夜に、逃亡者《とうぼう》へと近づく俺の靴音《くつおと》だけが寂《さび》しく響《ひび》いた。

車に寄り掛《か》かるユーゴックは、電撃の高熱で白濁《はくだく》した瞳で俺を見上げた。

神経系統が破壊《はかい》され、呼吸も心拍《しんぱく》も停止しているはずだった。だが、男は口を開いた。

「これで、いい……。これこ、そ、ユナの、俺の、望んだ、咒式士《じゅしきし》の闘《たたか》い、と死にざ、まだ」

反吐《へど》のように黒血を吐きながら続ける。

「おま、えら、も、いつ、かこう、な、る」

凄絶《せいぜつ》な笑《え》みを浮《う》かべ、ユーゴックの瞳から急速に意思と生の光が消失していった。

男の死から幾許《いくばく》かの時が経過して、俺は屍《しかばね》に向かって返答してやった。

「だろうな」

途中《とちゅう》から俺は、自分とユーゴックが少しだけ似ていることに気づいていた。

翠《みどり》の瞳の女を愛し、攻性咒式士《こうせいじゅしきし》である自分に嫌気《いやけ》がさしている。だからといって、それ以外の何かを想像できない。そのマヌケな所が嫌なほど似ている。

そして自らの意思で行ったと思った選択《せんたく》は、ただ状況に選択させられているだけだという所も。

ユーゴックの屍が寄りかかる車がまだ小さな唸《うな》り声を上げており、虚《うつ》ろな前方灯を照らしていた。

青白い光の下に、灯を目指しながら、ついには命の尽《つ》きた蛾《が》の死骸が落ちていた。

一陣《いちじん》の夜風が吹き、小さな屍は空に舞《ま》う。そして鱗粉《りんぷん》を撒き、翅《はね》を散らし、高架《こうか》道路の断面から、無明の闇《やみ》へと落ちていった。

墜《お》ちていくその翅に、月と星に似せた遠い人工の街の灯が、ほんの一瞬《いっしゅん》だけ映ったような気がした。

俺たちは遥《はる》かな輝《かがや》きを望むも、空高く飛べはしない。ただ、まやかしの灯に惹《ひ》かれる迷い蛾

となり、翅を散らしていくだけだ。

俺は、それでも空へと羽ばたきたがる自らの翅を押し殺し、地を這《は》いずり、マヌケさを晒《さら》してでも生きていられる。

だから、だからこそ迷い蛾よ、せめて空へと墜ちていけ。

視線を上げると夜明けにはまだ遠く、眼下の街の灯だけが、燎原《りょうげん》の火のごとく一面に広がっていた。

蝶《ちょう》のいない島の幾万もの灯の下には、自らの意思で飛んでいると思っている、幾万もの蛾が舞っているのだろう。

レジーナの前の樫《かし》机の上に、俺たちが回収した金の小山が積み上げられていた。

「三億イェンの内、回収できたのは一億八千万だけとはね。四時間で使ったのか、ユーゴックがどこかに隠《かく》したのか。まあいいわ、それは貴方《あなた》たちの責任じゃないわけだし。とにかくこれで組織に対する私の面目《めんぼく》も立った。感謝するわ、お二人さん」

レジーナは顔の傷痕《きずあと》を歪めて微笑《びしょう》した。

「小金をくすねるかもと監視《かんし》させていたけど、意外にやらなかったわね」

俺は無言で報酬《ほうしゅう》を受け取り、ギギナとともに沈黙《ちんもく》のまま出口まで歩んでいった。

そして思い出したかのように付け加える。

「確かに、ユーゴックは一億八千万イェンしか持っていなかった」

　レジーナの視線が俺の背に注がれるのが分かった。

「だが、こうも考えられる。ユーゴックの持ち逃げに最初に駆《か》けつけたおまえは、これを好機と考えた。三億イェンの内、ユーゴックは背嚢に詰められる一億八千万だけしか奪《うば》えなかった。おまえは残る一億二千万を着服し、ユーゴックに三億イェン強奪《ごうだつ》の罪を押しつけようとした。どうせユーゴックは確実にこの世から消えると考えて」

　俺の背後で、レジーナは微笑しているのだろう。

「その結果、一部とはいえ金は戻《もど》るし、裏切り者を処断したおまえのロワール内での評価が上がる。だが何より懐《ふところ》が裏金で潤《うるお》う。

　俺とギギナを使ったのは、もし着服計画が露顕《ろけん》しそうになったら、俺たちがユーゴックの金を着服したとして組織全体で殺せばいいからだ」

　レジーナの含《ふく》み笑いが聞こえてきた。

「私は組織の幹部よ、無用な争いは好まないし、金には困っていないわ？」

　俺は背中を向けたまま言ってやる。

「今は、な。だがこれから先、グセノンを弑《ころ》してロワールを乗っ取るためには、資金はいくらあっても足りない。

　そしてギギナとロワール頭主グセノンが争えば、その隙《すき》にこそ、おまえが付けいる好機が生まれるんじゃないか？」

レジーナは今度こそ笑った。心から楽しそうに。毒蛇《どくへび》が笑うとこんな感じだろう。

「貴方のそういう察しのいい所は好きよ。それを相手の前で言ってしまう可愛《かわい》らしさもね。でもそれは所詮《しょせん》推測。証拠《しょうこ》は一切ないわけ」

俺は嫌悪《けんお》感で胸糞《むなくそ》悪くなっていた。いつか感じた気分の悪さだ。

「俺とギギナが呼ばれた時、緊急《きんきゅう》事態に対しおまえだけは妙《みょう》に楽しそうだった。そして死体も全部は見せず、強奪から四時間も経過して乾《かわ》ききった血痕《けっこん》と、おまえが杖《つえ》の先で気色悪い絵を描《えが》けるほどには凝固《ぎょうこ》しきっていない血痕とが斑《まだら》を作っていた。

つまりユーゴックは何人かは殺して金を奪ったが、全員を殺してはいない。そこに後から駆けつけたおまえは、すぐにグセノンに裏切りと強奪を報告した。

しかし、しばらく経《た》って、金庫にまだ一億二千万イェンが残っていることと、数人の護衛の生存を報告していない事実におまえは気づき、これを利用できると考え直した。そして残る護衛たちを口封《くちふう》じに殺害、金を奪った。その血液凝固の時間差を生んだ迷いと、俺を見くびった低能さが命取りだ」

横目で見ると、レジーナが微笑《ほほえ》んでいた。だが、蛇のような瞳《ひとみ》は笑っておらず、氷河のように凍《い》てついた憎悪《ぞうお》だけを孕《はら》んでいた。

「それでも誤差と推測の範囲《はんい》ね。それで、あなたはその推測を誰《だれ》かに言うわけ？」

俺は優《やさ》しい笑みを返してやった。

「さあね。だが俺には奇妙《きみよう》な持病があってね。俺とギギナの預金口座の額がなぜか増えていたら、なぜか記憶喪失《きおくそうしつ》になる病気に悩《なや》んでいるんだ」

レジーナの燃える氷の視線と、俺の静かな雷《いかずち》の視線とが、空中で激しく衝突《しょうとつ》した。

「恐《おそ》らく、その糞ったれた『なぜ』は起こると思うわ」

苦々しく吐《は》き出された返事を背に、俺は部屋を出てギギナも続いた。

ビルを出た所で、レジーナに感じた自分の嫌悪感の正体が、ユーゴックに感じたものとまったく同じだと気づき、さらに気分が悪くなった。

ゴーゼスの背徳のネオン街を背後に、ヴァンはエリダナへ帰る橋の上を走っていた。

「ロワールの幹部を怒《おこ》らせるのは賢明《けんめい》な態度ではなかったな。私の方はレジーナが送る暗殺者で、しばらくは退屈《たいくつ》しないで済むが」

助手席のギギナが瞑目《めいもく》したまま呟《つぶや》いた。

「仕方ないだろ。一方的にやられたままじゃ、浮かばれない」

「誰が、浮かばれないんだ?」

俺は咄嗟《とっさ》に答えに窮《きゅう》した。そんなつもりではなかったからだ。

操縦環《ハンドル》を握《にぎ》る俺を横目に捉えたギギナが薄《うす》く笑っていた。

「貴様は本当に面白《おもしろ》いほどマヌケだ。しかし、攻性咒式士《こうせいじゅしきし》にはまったく向いていないな」

俺は口を歪《ゆが》めて、鼻先の知覚眼鏡《クルークブリレ》の位置を上げた。

「おまえやレジーナと違《ちが》って、俺にはまだ心が残っているんだよ。小匙《こさじ》に二杯《はい》分のな」

ギギナが失笑《しっしょう》を漏《も》らしやがった。

その小匙が傾《かたむ》く日も来るのだろうか。

俺は疑念を振《ふ》り切るように加速板《アクセル》を深く踏《ふ》み込み、バルコムＭＫⅥの速度を上げた。

不意に差し込んだ陽光に、俺の眼《め》が灼《や》かれる。

いつの間にか長く暗い夜が明け、朝になっていた。

道化の預言

夕暮れの大気を灼《や》き、白銀の光条が疾《はし》る。ギギナの振《ふ》るう屠竜刀《とりゅうとう》ネレトーが、毛皮に覆《おお》われた左肩《ひだりかた》から右脇腹《みぎわきばら》までを薙《な》ぎはらう。

血と内臓を撒《ま》きちらした獣《けもの》の影《かげ》から翻《ひるがえ》った巨刃《きょじん》が、殺傷範囲《はんい》に迫《せま》っていたもう一方の獣の右《みぎ》腕《うで》を切断する。

苦痛の咆哮《ほうこう》を上げて影は後退し、同じように獣の瞳《ひとみ》と爪牙《そうが》が光る群れに並ぶ。

影の群れは二足歩行で直立し、前方に長く迫《せ》りだした口腔《こうこう》には鋭利《えいり》な犬歯と門歯が並び、耳は頭頂に立てられていた。

夕闇《ゆうやみ》が混じる荒涼《こうりょう》の野。人間の戯《ぎ》画《が》のような造形を取りながら、全身を暗灰色《あんかいしょく》の剛毛《ごうもう》に覆われたそいつらは、狼《おおかみ》とも人間とも判別しがたい異形の群れだった。

「人狼《じんろう》は無駄《むだ》に元気だな」

傍《かたわ》らのギギナが呟《つぶや》くように、胴体《どうたい》を薙ぎはらわれ、腕を斬《き》りとばされた人狼たちの傷口が蒸気を噴《ふ》き上げながら癒着《ゆちゃく》し、出血が止まっていく。

俺とギギナが、ネデル村の外れの山道で対峙《たいじ》しているのは人狼の群れだった。

人狼とは、獣の膂力《りょりょく》と俊敏性《しゅんびんせい》、そして人の知能を持つ獣人《じゅうじん》へと変化するとされる〈異貌《いぼう》のものども〉の眷属《けんぞく》である。

さらに迫りくる人狼の爪牙を、ギギナが巨刃で切断し血霧《ちぎり》が舞《ま》う。同時に俺が魔杖剣《まじょうけん》〈断罪者ヨルガ〉の先端《せんたん》で紡《つむ》いでいた、電磁雷撃系咒式第五階位《でんじらいげきけいじゅしき》〈電乖闇葬雷珠《マーコキアズ》〉の咒式が発射される。

呪式《じゅしき》により大気原子内の電子と原子核《かく》が極度に電離《でんり》した灼熱《しゃくねつ》のプラズマ弾《だん》が射出され、その高熱量が眼前の人狼に着弾。

雷球《らいきゅう》は人狼の胴体に大穴を開け上下に分断し、貫通《かんつう》。背後にいた人狼の上半身を丸ごと消失させて、さらに迫る人狼の頭を熱量で消しさり、背後の木々に着弾し、爆音《ばくおん》と破片《はへん》を散らす。

一拍置《いっぱく》いて、異貌のものどもは泥《どろ》の大地へと倒《たお》れていった。

上空からの鋼《はがね》の瀑布《ばくふ》、ギギナの巨刃が振り下ろされ、逃走《とうそう》しようとした人狼の頭頂から、尻尾《しっぽ》の生える股間《こかん》までもが一気に両断される。

続く雷光のように閃《ひらめ》く水平の刃《やいば》で、傍らを駆《か》けぬけようとする人狼の、強靭《きょうじん》な筋肉の鎧《よろい》と骨格を腹部で両断。

人狼たちは再生すらできない致命傷《ちめいしょう》を受け絶命。左右上下に分割された屍《しかばね》が、濡《ぬ》れた落下音を立てる。

ほんの数十分前までの俺とギギナは、役所に依頼《いらい》された気の滅入《めい》る出張仕事を終え、帰り道のネデル村に寄って夕食を取っていた。

同時刻、猟師《りょうし》達が猟の成果を語らいながら村への帰途《きと》についていたが、すれ違《ちが》った旅行者の一団の一人に、連れていた猟犬が噛《か》みついてしまった。

飼い主の猟師が猟犬を引きはなそうとしたその時、激昂《げっこう》したそいつは見る間に変貌し、人狼の姿となり逆に猟犬を嚙み殺した。

残りの旅行者も同様の変貌を遂《と》げ、恐慌《きょうこう》状態に陥《おちい》った猟師が猟銃《りょうじゅう》を応射、猟師の一人がネデル村へ逃《に》げ帰る。

そこに居合わせた呪式士《じゅしきし》の俺とギギナが、食事を放《ほう》りださせられ、何とか人狼を山の麓《ふもと》まで追い込み殲滅《せんめつ》したという次第《しだい》だ。

そんな事情以上に、俺はなぜか不機嫌《ふきげん》だ。

「ガユスよ、この戦闘《せんとう》、やはり役所は支払《しはら》いを渋《しぶ》ると思うか？」

「ギギナ、それだけは言うな。寂《さび》しくなる」

振りかえるギギナに、魔杖剣を鞘《さや》に戻《もど》しながら俺が答える。

「役所のサザーランなら『勝手におまえらがやっただけだ、市民の自発的奉仕《ほうし》行動になぜ報酬《ほうしゅう》が？』とかで済ますだろうな。俺たちって不当に低く扱《あつか》われているし」

「ガユスっ！」

ギギナの鋭《するど》い声に俺が振り向くと、仲間の死体の陰《かげ》から飛び出した人狼の生き残りが、突進《とっしん》してくる所だった。

怒濤《どとう》の一撃《いちげき》を抜《ぬ》きざまの魔杖剣ヨルガで辛《かろ》うじて弾《はじ》くと、割りこんだギギナが人狼の左腕を半ばまで切断する斬撃《ざんげき》を放つ。

距離《きょり》を取った俺は、爆裂呪式《ばくれつじゅしき》を放とうとして急速解除。別の呪式を紡いで刃に宿らせ、人狼の右肩へと突《つ》きたてる。

人狼は苦痛の咆哮を上げ、俺の胸板を蹴《け》って後方飛翔《ひしよう》。泥土《でいど》の飛沫《しぶき》を上げながら着地する。

腕と肩の傷を修復しつつ、人狼の焔《ほのお》の双眸《そうぼう》が俺たちを視線で殺そうとする。

胸板への衝撃《しようげき》で咳《せ》きこみながらも、俺の口唇は意図しない言葉を零《こぼ》していた。

「おまえの仲間には悪いが、今回は不幸な偶然《ぐうぜん》の事故に近い。今後おまえが人間に害を成さないなら見逃《みのが》す。分かるな？」

傍らのギギナが、道端《みちばた》の犬の糞《くそ》を見るような視線を俺に向ける。

猟犬と人狼が内臓と血を撒きちらし、死屍《しし》累々《るいるい》と重なる夕暮れの風景。俺と人狼の視線だけが時を忘れたような静謐《せいひつ》を保つ。

人狼は俺から視線を逸《そ》らさずに下がり、そのまま山麓《さんろく》への一本道の峡谷《きようこく》まで後退《あとず》さり、そして痛切な叫《さけ》び声を一声上げて後方跳躍《ちようやく》。疾風《しつぷう》をまとって逃げ去っていった。

追おうと足を踏みだしたギギナだが、刃と柄を鞘《つか》に納めて諦《あきら》めた。

「貴様が意味不明な間を与《あた》えるから、獲物《えもの》に逃げられたではないか」

「余計な危険を求める必要もない。それに俺の咒式を見ただろ？　あれが誓約《せいやく》の縛鎖《ばくさ》となり、すでに問題は解決している」

ギギナは俺の咒式《じゆしき》の効果を考えたのか、それ以上の問いを止《や》めた。そして皮肉な言葉を投げ捨てる。

「臆病眼鏡《おくびようめがね》めが」

「はいはい、それを世間では平和主義だと呼ぶ噂《うわさ》を、何となくとでも聞いたことはないか？」

俺の皮肉混じりの言葉にもギギナは眉根《まゆね》を寄せるだけだった。

「しかし最近は、やけに異貌《いぼう》のものどもの出現が多いな」

「そうか？　私の故郷、ドラッケン族の里では、子供たちが遊び代わりに狩猟《しゆりよう》する程度には出たものだが」

「そんな地獄《じごく》の近所には、絶対に住みたくないな」

俺は鼻先の知覚眼鏡《クルークブリレ》を指先で押し上げる。

「死ね、死ね、ギギナよ音速で死ね、と思っている」

「そう思っても口に出すな。そう怒《おこ》るなガユス、カルシウム不足か？」

「ぬかるんだ山道を一時間も歩けば誰《だれ》でも気が滅入る。それにカルシウムが不足すれば、怒りやすくなるというのは異論がある。

電位差で生体内の神経伝達を起こすカルシウムとナトリウムのイオン濃度《のうど》が、感情に影響《えいきよう》を及《およ》ぼすほどに変化したら、むしろ重病を疑え」

俺の言葉に、相棒が整った鼻先で笑う。

「化学練成系咒式士《かがくれんせいけいじゆしきし》の理屈臭《りくつくさ》さは、心の病気の一種なのか？」

「この場合、ギギナのような生体強化系咒式士《せいたいきょうかけいじゅしきし》のいいかげんさの方が問題だろうが！」

ネデル村近郊《きんこう》。夕闇《ゆうやみ》が流れるように去り、闇に包まれゆくリーデイン山の山道を、相棒のギギナと不満顔の俺が歩いていた。

ネデル村でのくだらない飛びこみ仕事を終え、後は宿泊所《しゅくはく》に帰って寝《ね》るだけだったのだが、瞳孔全開ぎみなギギナがそのまま山を越《こ》えたオルコム村にある高名な椅子《いす》職人、トールダムの資料館を見たいと言いだした。明日の朝にでもしろと言ったのだが、半時間で到着《とうちゃく》するし、列車はオルコム村の向こうにしか走っていないからと強引に押しきられた。

しかしその計算は俺の足ではなく、生体強化系咒式士のギギナの全速脚力《きゃくりょく》で、さらに俺が何度も引きかえそうと物理的に不可能な説得をしなければの話だった。

そういう経緯《けいい》で、この高度咒式文明の時代に、わざわざ二本の足で辺鄙《へんぴ》な山の一本道を登っているというわけだ。

俺の傍《かたわ》らでギギナは嬉《うれ》しそうに歩いている。おそらく、大自然に触《ふ》れて先祖返りを起こしているのだろう。ギギナを定義すると、何もしないのが善行で、死ぬと偉業になる生物だ。

「夜の山道は危険だ。もう戻ろうぜギギナ」

「貴様の無駄話《むだ》の時間を差し引いても、ここまで一時間もかかったのだ。前進すると半時間で済むが？」

ギギナが合理的に計算できたことに驚《おどろ》いた瞬間《しゅんかん》、俺の鼻先に冷たいものを感じた。そして周囲に雨粒《あまつぶ》が降りそそいだ。雨は水滴《すいてき》の足跡《あしあと》を見る間に増やしていく。

俺は不貞腐《ふてくさ》れながらも、前方へと歩を進めることにした。

ギギナが生まれたことを呪《のろ》いつつも山道を進むと、三方を崖《がけ》に囲まれ、木々が生《お》い茂《しげ》る森が点在する平野に出た。

小雨だった雨足は急速に強まり、地面を一面の泥濘《でいねい》に変えていた。

水滴で視界が不明瞭《ふめいりよう》になった知覚眼鏡を外し、足を止めた俺が荒《あら》い息を吐《は》く。前方のギギナが振《ふ》りかえる。

「どうしたガユス、雨が重いのか？」

「人狼《じんろう》に蹴られて、午前の仕事での傷が開いた。どこかで本格的に治療《ちりよう》しないと、ちょっと泣くかも」

「貴様がそんな繊細《せんさい》だとは思えないが」

「何だろうこの気持ち？　ギギナ、胃潰瘍《いかいよう》の激痛よりおまえが好きになってきた」

「戯言《ざれごと》を言ってるうちは死にはしないだろうが、泣きごとの方は何とかなりそうだな」

雨が滴《したた》りながらも秀麗《しゆうれい》な顎《あご》でギギナが前方を指し示す。嫌々ながら前に視線を向けると、雨の紗幕《しやまく》に灯《とも》る明かりが見えた。

接近してみると、山荘《さんそう》は石造りの頑丈《がんじよう》な二階建てで、こんな山には不似合いな程度には大きかった。

住人が手入れをしていないのか、泥濘の海となった敷地《しきち》は森から延びた下生《したばえ》に浸食《しんしょく》され、木材が腐り落ちている所もあった。窓からは目指していた人工の灯《ひ》が漏《も》れ、どうやら先客がいるようだ。

俺は妙な懸念《けねん》を感じていた。だがそれを言葉にする前に、ギギナが歩きだしていた。

「こういう所に掘《ほ》りだし物の家具があることも多い。ついでに貴様の修理でもしろ」

ギギナは雨を振り払《はら》うように玄関《げんかん》口の石造り階段を上り、杉材《すぎざい》の扉《とびら》の前まで忍《しの》び足で接近。しかたなく俺も付きあい、魔杖剣《まじょうけん》を構える。屠竜刀《とりゅうとう》を掲《かか》げたギギナの手信号で、扉を蹴り破る相棒の背中に続いて室内へと突入《とつにゅう》する。

暖炉《だんろ》の柔《やわ》らかな明かりが広がる室内には、目と口で三つの丸を作った人間たちの顔があった。

「山麓《さんろく》で人狼が出たとは、いやはや驚きです」

俺とギギナが飛びこんだ山荘には、俺たち以外に五人の先客がいた。

俺が自己紹介《しょうかい》のついでに麓《ふもと》のネデル村で人狼の襲撃《しゅうげき》があったことを話すと、向かいの椅子に座り、郷土史家だというホラレムが煙草《たばこ》の煙を吐きだしつつ、驚いてみせた。

「しかし、この家に住んでるはずのドレルモ爺《じい》さんが居ないからといって、勝手に入るのはどうかと……」

窓際《まどぎわ》に立って、風邪《かぜ》気味なのか神経質そうに小さく咳《せ》きこんでいるのが、村からの役人のダーレトという中年男だった。

「しかたないだろ、緊急避難《きんきゅうひなん》てやつだ」

「そうよ、不可抗力《ふかこうりょく》よ」

応接椅子に寄りそって座り、棚《たな》から勝手に酒を出し、手酌《てじゃく》で飲んで顔が赤くなっている若い男女が、旅行者だというサイルスとサイーシャ。

「山の天気は変わりやすいというが、この季節、こんなに急なのは初めてだわな」

そう言って、椅子に座ってこの地方特産の蜜柑《みかん》を食べているのが、山向こうのオルコム村のコンロッカという、男とも女とも取れる名前の行商人の中年女。

ホラレムは裏の森で昔起きた事件で建てられた祠《ほこら》の調査をしていたそうだ。そこで雨に襲《おそ》われ、この山荘に避難してきたというまだ若いのに訳知り顔の男。

ダーレトは役所の仕事と、ついでにこの家の主人で、元自警団で咒式士《じゅしきし》を引退したドレルモに会いに寄ったという。何とも陰気で冴えない中年男の典型顔。

コンロッカはオルコム村から、急用で山を越えてきた唯一《ゆいいつ》の山道が、背後で土砂崩《どしゃくず》れになって驚いたという。丸い顔はいつも驚いているようにも見えるが。

サイルスとサイーシャは、ギギナと同じようにオルコム村の家具資料館を観光しようと山を越えようとした奇特な二人連れ。コンロッカの逆方向から来て、唯一の道が土砂崩れで塞《ふさ》がっていたために引き返してきたと言った。

全員が、それぞれの理由でこの山荘に留《とど》まることにしたそうだ。

暖炉の前で服を乾《かわ》かし負傷を呪式《じゅしき》で治療しつつ、俺は五人の自己紹介と顔を一致《いっち》させる。窓の外から漏れ聞こえる雨足は、さらに強さを増してきたようだ。

「豪雨《ごうう》に人狼だ、唯一の山道が行き止まりにもなっているし、明るい朝になってからネデル村へと引き返すしかないわな」

コンロッカが商品の蜜柑を齧《かじ》りながら、方言混じりの言葉を漏らした。

「人狼なんて怖《こわ》いわサイルス」サイーシャがサイルスの方へと腰《こし》を移す。「まったく、だから田舎《いなか》は嫌《いや》なんだ」しなだれかかるサイーシャに目尻《めじり》を下げたサイルスが応《こた》えると、「田舎は関係ないですよ」とダーレトが小さく返す。

サイルスの視線がダーレトに返されると、小役人は黙《だま》りこみ、なぜか俺の方に寄ってくる。

何とも気まずい空気が流れる。

「人狼も一匹《ぴき》では何もしやしないって。兄ちゃん、蜜柑食べる？」

コンロッカが籠《かご》から取りだした蜜柑を俺に勧《すす》める。俺は素直《すなお》に礼を言って受けとり、蜜柑の皮を剝《む》いて食べはじめる。

「そっちのえらく別嬪《べっぴん》な兄ちゃんもどう？」

「わっ、馬鹿《ばか》」

コンロッカは暖炉横の壁《かべ》に凭《もた》れて立つギギナにも勧めるが、ギギナは自分の容貌《ようぼう》を女に例えられることを大いに嫌う。

蜜柑を飲みこみつつ慌《あわ》てて仲裁に入ろうとするが「馬鹿って何だね、ねえ一つどうかね？」とコンロッカが続ける。

しばし沈黙《ちんもく》していたギギナだが、たいして怒《おこ》る様子もなく手を出し、蜜柑を受けとる。

コンロッカはさらに全員に勧めるが、サイーシャは「お酒に合いませんから、これが終わりましたら」と丁寧《ていねい》に断り、サイルスは「そうか？　酒に合うぜ」と、受け取って乱暴に皮を剝いて齧り、柑橘《かんきつ》類の飛沫《しぶき》と匂《にお》いが広がる。

「服に飛沫が飛ぶじゃない」と怒ってサイーシャが傍《そば》から離れる。

ダーレトは咳《せき》がひどくなり、耳に入らないようだし、ホラレムは煙草を喫《す》っているためか、受けとっただけで食べなかった。

「で、どうするんだ？　咒式士《じゅしきし》なら専門家だろう？」

サイルスが俺に振《ふ》ってくる。俺が口を開く前にホラレムが会話に割ってはいる。

「私の考えでは、とにかく人狼《じんろう》に用心するため部屋に全員で固まって、朝まで交代で見張りを立てた方がいいでしょうな」

訳知り顔を続けるホラレムの提案に、皆《みな》の視線が集まる。

「私の趣味《しゅみ》はこういう事件、つまり推理探偵《たんてい》劇の研究と批評なのです。こういう場合、推理劇では下手に分散したりすると、その人物が殺される定石がありますからね」

サイルスが唾《つば》を飲みこみながら蜜柑の皮を投げすて、不安になったサイーシャがその横に戻《もど》る。ダーレトも不安顔になっていた。

ホラレムが自分から扉《とびら》の前の見張りに立つのはともかく、人狼が出たと聞いては急に眠《ねむ》れるわけもなく、沈黙が落ちる。

会話のまったくない時間の経過はあまりに遅々《ちち》としていた。雨音とダーレトの咳だけが室内に響《ひび》く。

「咳がうるさい、止めろ」

「そんなこと言われても」

「咳の音にイライラする。こっちまで頭痛が激しくなる」

「そうよ、何か腹が立つわ」

ダーレトと赤い顔のサイルスの刺《とげ》のある会話、それに不満げなサイーシャが加わる。

サイルスとサイーシャの顔の赤さは酒ではなく、雨に濡れたための風邪でもあるようで、咳きこむダーレトと険悪な雰囲気《ふんいき》になる。

俺はそれを横目で見ていたが、このままの空気で朝まで過ごすのも気が滅入《めい》る。

「サイルスさんかホラレムさん、硬貨《こうか》を持ってませんか？　三種類の硬貨を二枚ずつ、六枚ほど貸していただきたいのですが？」

言い争い寸前の全員が、俺へと振り返る。

「は？　硬貨ですか？」

「いいから、ちょっとした暇つぶしだよ」

怪訝《けげん》そうなホラレムが、それでも一イェン、五イェン、一〇イェン硬貨の組を俺に渡《わた》す。

「後で返して下さいよ」

「咒式士、多分あんまり嘘《うそ》つかない」

おどけた調子で言うホラレムに俺も適当に調子を合わせ、新しい煙草《たばこ》に火を点けるホラレムの、向かいの椅子《いす》に腰を下ろす。

「じゃ、私がそれを見ないままに三種類の中の一枚の硬貨をサイーシャさんに渡します。私も何を渡したかは分かりませんが、サイーシャさんもそれを他《ほか》の人には見せないようにね」

訝《いぶか》しげな表情のサイーシャが近よってきて、俺から受けとった硬貨を掌《てのひら》の中に握《にぎ》りこむ。俺は残る二枚を手に戻し、もう一方の組の三種類の硬貨を机の上に並べる。

「で、ホラレムさん、もう一方の三種類の硬貨の中から、一枚を選んで下さい」

向かいの椅子で煙草の紫煙《しえん》を上げつづけるホラレムが、机の上の三枚の硬貨のうち、一イェン硬貨を指先でつまむ。

「では、その捨てた硬貨以外の、選んだ硬貨のどちらかを手にとって下さい」

「一体何なんですかこれ？」

怪訝な表情のホラレムが、それでも素直にさらに五イェン硬貨を取る。

「とするとホラレムさんが選んだ硬貨は、机の上の一〇イェン硬貨ですね」

俺の言葉に、ホラレムや室内の人々の視線が、机の上に残った赤銅色《しゃくどういろ》の硬貨に収束する。

「それではサイーシャさん、掌の中の硬貨を皆さんに見せてあげて下さい」

サイーシャが手の甲《こう》を下にした五指を開くと、そこには机の上のものとまったく同じ、赤銅色に輝《かがや》く一〇イェン硬貨が現れた。

小さな驚愕《きょうがく》の声が全員の口から漏《も》れる。

「なぜ？　どうしてホラレムさんの選択《せんたく》が分かったんだ？」

「呪式《じゅしき》？　でも魔杖剣《まじょうけん》は使ってないし？　第一、本人も何の硬貨かも見てないし」

俺を囲む眼《め》が驚嘆《きょうたん》や推測で騒然《そうぜん》とした色を浮《う》かべる。暖炉《だんろ》の横に長軀《ちょうく》を預けたギギナが、退屈《たいくつ》そうな欠伸《あくび》を漏らしているのが見えた。

「手品ですね、硬貨をすり替《か》えたか何かの仕掛《しか》けがどこかにあるんですよっ！」

言葉と紫煙を激しく吐き出しながらホラレムがサイーシャに詰《つ》め寄る。ホラレムの勢いに驚いた女が身を引く。

「硬貨はホラレムさんのものだし、私はガユスさんに関係ないですよ？」

「そうです、サイーシャさんが握ってからガユスさんには触《ふ》れられてもいないし」

サイーシャとダーレトに指摘《してき》されて、ホラレムが言葉に詰まる。

「もちろん、ホラレムさんに予言の力があるわけではありません。これは魔術師の選択、俺の故郷では道化の予言って呼ばれている子供向けの手品でね。最初に仕掛けが分かった人に、この硬貨を差し上げるということにしましょうか」

「私のお金で勝手なことを」

「まあまあ、たかが一六イェンですし。それとも推理自慢のあなたが、最初に解く自信がないのですか？」

「そんなことはありません」

どこか納得《なっとく》できない表情を浮かべたホラレムは机上の硬貨をひったくり、部屋の隅《すみ》へと向かっていき、三枚の硬貨が俺の手に残る。

サイルスやサイーシャ、ダーレトやコンロッカも、それぞれに自分の財布から硬貨を持ちだし応接机を囲んで、ああでもないこうでもないと謎《なぞ》解きをしだした。

「くだらないことはよく知っているな」

暖炉前で乾燥《かんそう》させていた長外套《コート》を取りこむ俺に、傍《かたわ》らのギギナが皮肉げな言葉を投げかけた。

「おまえは解答が分かったのかよ？」

皮肉な微笑《びしょう》を浮かべギギナが答えた。

「簡単だ、解答は貴様の人生によく似ている、だから道化の予言というのだろう？」

俺の息が止まる。

一見、屠竜刀《とりゅうとう》を振《ふ》りまわす以外は何も考えていないように見えるギギナだが、頭の回転は決して悪くない。むしろ思考に優《すぐ》れていなければ呪式士《じゆしきし》になれるはずもない。

ましてやギギナは、呪式士協会が認定《にんてい》できる限界の十三階梯《かいてい》、呪式剣士の最高峰《さいこうほう》の一種たる剣舞士《けんまいし》だ。

だからこそ、俺の子供騙《だま》しの手品の仕掛けを一瞬《いっしゅん》で見ぬき、しかも最高にイヤな譬《たと》えまで用意してくれやがる。

いくらか活気を取りもどした部屋の雰囲気《ふんいき》と反比例して、俺の思考は陰鬱《いんうつ》に沈《しず》む。

雨はさらに雨足を強め、窓硝子《ガラス》を叩《たた》いていた。

緩慢《かんまん》な時の流れが続く。サイルスやサイーシャに求められるまま、俺は何度か手品の再演をし、彼らの推理は続いていった。

「駄目《だめ》だわ、分からんわこりゃ」

思考を投げたコンロッカが、携行《けいこう》電灯を片手に席を立ち、部屋の扉《とびら》へと向かう。

「一体どこへ？　全員でここにいると決めたでしょう？」

ホラレムの詰問《きつもん》にコンロッカが振りかえり「あのね、女に小用って言わせるのは無粋《ぶすい》だよ」と言い、そのまま出ていった。

「しかし、人狼って一体何なんでしょうね」

サイーシャが酒杯《しゆはい》を持ったまま、ギギナの横へと席を移し、話しかけてくる。

「犬の怪物《かいぶつ》だろ」

連れのサイーシャがギギナに話しかけたのが気にいらないのか、サイルスが掌中《しょうちゅう》の新しい蜜柑《みかん》の皮を剝《む》きながら吐《は》きすてる。

サイルスがギギナの美貌《びぼう》を警戒《けいかい》する気分は分かる。俺も恋人《こいびと》のジヴーニャがギギナと喋《しゃべ》る時は、あまりいい気分ではなくなる。

銀雨の髪《かみ》に銀水晶《すいしょう》の瞳《ひとみ》、天上の名工の彫刻《ちょうこく》のような容貌がこいつに与《あた》えられた理由は、多分、神と遺伝子の悪ふざけだろう。

「あのねえ、犬の怪物って、狼《おおかみ》でしょうが、いいかげんなことは言わないでよ」

黙っていたサイーシャが、怒《おこ》ったようにサイルスに返す。せっかく落ちついてきた雰囲気が、また壊れた。しかたなく俺が会話に入る。

「まあまあ、犬も狼も同じ食肉目犬科で、似たような性質を持っている。犬が野牛化した山犬は狼と間違《まちが》えられることも多い」

「しかし、なぜ人を襲《おそ》うんだろうな。人と同じ姿もできるんだろ？　人に紛《まぎ》れて生活すればいいのにな」

サイルスが疑問に関心を持ちだした。内心で誘導通りだと思いつつ、俺が答える。

「実際、漂泊《ひょうはく》の民《たみ》として距離《きょり》を取りながらも人類と共存する人狼もいることはいるが、その場合は人狼であることを隠《かく》している。そして、大部分の人狼は人類に敵対しているが、それはもともとは我々の……」

そこで言葉を切る俺に、サイルスがうながすような表情を向ける。

「過去の遺恨《いこん》、ですよ」

窓際《まどぎわ》のダーレトが不意に言い放つ。

「というと？」振り返るサイルスの問いに、ダーレトが萎縮《いしゅく》したのか咳《せき》まで止めて黙《だま》りこむ。

それでもすでに出た言葉を投げだすわけにもいかず続ける。

「大昔、人狼は異貌のものどもの一種として狩《か》られてきましたからね。だから人間を憎《にく》むものも多いのです」

ホラレムがうなずき、煙草《たばこ》の煙《けむり》を吐《は》きだし、俺の方を見ながら補足を続ける。

「人狼《じんろう》や人虎《じんこ》という獣人《じゅうじん》は、実際は豚鬼や大鬼ほど人類に敵対的なものでもなかったのです。北の神聖イージェス教国は人間を神の創造物として尊厳視し、動物を魂《たましい》の無いものとしたから、その二つが混じった存在である獣人を特に嫌悪《けんお》し、激しく弾圧《だんあつ》しました。皇暦《こうれき》三一一年の神聖討伐《とうばつ》では、人狼の老若男女まで串刺《くしざ》しにし、胎児《たいじ》まで引きずり出したといいます。

皇国ではそのようなひどい弾圧はなかったのですが、やはり、ここネデル村でも十年ほど前に人狼が退治されましたからね。人類全体を憎まない方がおかしい」

郷土史家らしく詳細《しょうさい》に説明するが、その陰惨《いんさん》な話に気まずくなり、皆が押し黙る。

「不注意な発言だな」

「は？　説明をしただけですが？」

俺のつぶやきに、全員の不安を煽《あお》ったホラレムが不思議そうに返答する。

しかたなく俺が口を開こうとすると、遠くから悲鳴が上がった。

全員が声の方を振《ふ》りむいた時、すでに俺とギギナが走りだしていた。蹴《け》破るように扉を開け、悲鳴がした方へと薄《うす》暗い廊下《ろうか》を何度も左右に曲がり、その奥へと疾走《しっそう》する。

廊下を右折すると、洗面所の前で中年女のコンロッカが腰《こし》を床《ゆか》に落としていた。

「どうした？」

俺は魔杖剣《まじようけん》ヨルガを引き抜《ぬ》き咒式《じゆしき》を紡《つむ》ぎつつ、駆《か》けよる。併《あわ》せてギギナも巨大《きよだい》な屠竜刀《とりゆうとう》ネレトーを構え、周囲を警戒《けいかい》していた。

「あ、あの、水で滑《すべ》っただけで……」

コンロッカがその指先で示した先には、転がった携行電灯が一部を照らす洗面所があり、その床には液体が零《こぼ》れていた。

「まあ、怪我《けが》がなくてよかっ……」

俺はそこまで言って、コンロッカの靴《くつ》裏に付着した緋色の染《し》みに気づく。

怪訝《けげん》な顔をするギギナを背後に、俺は静かに洗面所に接近。タイル上に大量に零れた水と、それで流そうとした液体に鼻先を近づけると、微少《びしよう》な鉄と潮の臭《にお》いがした。

俺は魔杖剣の咒式を切りかえ、化学練成系咒式《かがくれんせいけいじゆしき》第二階位〈索血《ブラド》〉を発動。

合成されたルミノールと過酸化水素の溶液《ようえき》は、ある物体に含《ふく》まれる遷移《せんい》金属錯塩《さくえん》等と接触《せっしょく》すると、3-アミノフタール酸に変化。それに電磁《でんじ》光学系呪式《こうがくけいじゅしき》第一階位〈紫光《シコン》〉の紫外線を当てると、眼の前のように強い青色光を発する。

つまり、ある物体とは血液だった。

「血臭《けつしゅう》がする」

「うわ、名探偵《たんてい》ギギナ君誕生。嗅覚《きゅうかく》より視覚伝達が遅《おそ》いのだけが残念無念、転生希望」

「違う、奥からもだ」

生体強化系《せいたいきょうかけい》第一階位〈狗鼻《アガーネ》〉で、人間の数千倍と言われる犬なみの嗅覚を持ったギギナが、顎《あご》で奥の方を指し示す。そして俺を待機させ、廊下の奥へと静かに歩を進める。よく見ると廊下には何かを拭《ふ》いた痕跡《こんせき》がある。

その時、ようやくホラレムが、少し遅《おく》れてサイルスとサイーシャ、ダーレトが携行電灯を照らしながら駆けつけた。

「コンロッカさん、怪我は？」

俺が血の付いた靴を指さして呼びかけると、中年女は太い首を左右に振る。

「いや、あたしはどこにも……」

「では、この中で誰《だれ》か怪我した者は！」

俺が叫《さけ》ぶと全員が顔を見あわせ、それぞれに首を振り、否定する。

「ガユス、こっちへ来い」

ギギナの声に、俺は奥へと急ぐ。廊下の奥に下りの階段があり、地下室への鉄扉《てっぴ》を開けて立つ相棒の脇越《わきご》しに、暗い室内の床が覗《のぞ》いた。

俺は警戒しつつコンクリ階段を駆け降りる。それに続いて部屋を覗こうとするホラレム達の視界を、ギギナが左手で遮《さえぎ》る。

「御婦人方はもちろん、男どもも見ない方がいい」とギギナが言いはなち、塵埃《じんあい》が鼻と喉《のど》に絡《から》む室内へと俺を連れて進みだす。

扉口からの携行《けいこう》電灯の光に、四方のコンクリ壁と、天井《てんじょう》に嵌《は》めこまれ地上に面した窓の輪郭《りんかく》が浮《う》かび上がってきた。

「見ろガユス」

「生体強化系咒式士《せいたいきょうかけいじゅしきし》じゃないんだ、この明るさで見えるかよ。誰か携行電灯を……」

俺の発言と同時に、ギギナは右手に掲《かか》げた巨大な屠竜刀の先に、生体変化系咒式第一階位〈螢明《ネミノン》〉の、蛍《ほたる》と同様の原理を使ったルシフェリン反応の優雅《ゆうが》な光を灯《とも》し、室内を淡《あわ》く照らす。

部屋の中央には奇妙《きみょう》なものがあった。

農機具や椅子《いす》、薬缶《やかん》や肉叉《フォーク》などの物体が幾何学《きかがく》的な複雑さで組みあわされた、どこか異教の祭壇《さいだん》めいたものが設《しつら》えられていたのだ。

祭壇を下からなぞるように視線を上げていき、そこに飾《かざ》られたものを確認《かくにん》し、俺は息を呑《の》み、勝手についてきたサイルスとホラレムが喉の奥で小さな悲鳴を上げた。

金属の祭壇を構成するすべてが黒血に塗《まみ》れており、そして、その頂上に神像のごとく安置される物体の双眸《そうぼう》と視線が合った。

魔杖剣の先端《せんたん》に串刺《くしざ》しにされていたのは、年老いた男の苦悶《くもん》の顔だった。

黒血に塗れたその首から下は存在しなかった。首の断面からは、黒ずんだ桃色《ももいろ》の筋肉や神経繊維《せんい》、黄色い脂肪《しぼう》が覗いており、血の滴《しずく》を垂らしていた。

蛍の光が室内全体を照らすと、コンクリの壁《かべ》や床に、棚《たな》や家具に、血飛沫《ちしぶき》の痕《あと》と残りの人体の無惨《むざん》な破片が不規則に転がっていた。

血と内臓と糞便《ふんべん》の臭いが、ようやく俺たちの鼻孔《びこう》を刺《さ》した。

ギギナの忠告を無視し、その血の祭壇を見てしまったサイーシャが悲鳴をあげ、血と肉と内臓の海に尻餅《しりもち》をつき、その感触《かんしょく》にさらに狂乱《きょうらん》した絶叫《ぜっきょう》をあげる。

「ドレルモっ、ここの主人の咒式士《じゅしきし》ドレルモ爺《じい》さんだっ！」

死者の顔を確認したダーレトが叫び、そのまま床一面の血と肉の海に手をついて、盛大に反《へ》吐《ど》を戻《もど》す。

「何なんだ、これは何なんだ!?」

恐慌《きょうこう》を起こすサイルスは放っておいて、俺とギギナは血の祭壇に接近。無惨な死にざまの老人の首の横から飛びでた、大昔に折れたらしく埃《ほこり》塗れの魔杖剣を眺《なが》める。

「この山荘《さんそう》の主人、呪式士《じゅしきし》ドレルモか。魔杖剣《まじょうけん》がこれでは反撃《はんげき》もできなかったようだな」

さらに首と肉片の細部を調べる。

「首の断面は力任せに引き千切られているし、肉食獣《にくしょくじゅう》が齧《かじ》ったらしき犬歯の痕がある」

「人狼《じんろう》、か？」

「ギギナが犯人じゃないなら、多分」

「私に首を齧る趣味《しゅみ》はない、屠竜刀《とりゅうとう》で刎《は》ねてやるだけだ。しかし、どうやら逃《に》げていった人狼が、この場所で即時《そくじ》の復讐《ふくしゅう》を行ったようだな。貴様が逃がしたことが、今さらながら悔《く》やまれる」

俺とギギナが嫌《いや》な事実を確認しあった。山荘前で懸念《けねん》していたまさかが、現実化してしまっていたのだ。

人狼の逃走先《とうそう》が一本道で、人家があり、住人がいて、出会って殺された。

俺は喉の奥に苦いものを感じた。俺の縛鎖《ばくさ》はこんなに早い展開を予測していなかったのだ。そしてさらなる最悪の展開に気づいてしまった俺は、ギギナの他《ほか》に聞こえないように声を小さくする。

「思いだしたんだが、すぐ先の山道は土砂崩《どしゃくず》れで行き止まりって言ってたよな」

「ああ」

「三方が崖《がけ》に囲まれた盆地《ぼんち》で、人狼の生き残りは俺たちの前方、山荘の方へ逃走した。しかし、道が塞《ふさ》がれてそれ以上は進めない。つまり人狼は向こうへは抜《ぬ》けていない可能性が高い」

「それはつまり、そういうことか？」

「可能性だけで言うなよ、恐慌が起きる」

「それは、人狼は、この中の誰かということですね」

振り向くと、いつの間にか蒼白《そうはく》な顔のホラレムが立っていた。

「そうとは言っていない！」

俺はすぐに否定するが、全員が動揺《どうよう》しはじめる。

「じゃあ、人狼はどこに行った⁉」

「それは、そう、森の方へ行ったかも知れないし、迂回《うかい》して山を下ったかもしれない」

「この雨で？　そうでなかったら？　もしこの中に人狼がいれば、寝《ね》ている間に俺たちは殺されるんだぞ⁉」

「そうだ、その可能性は否定できないわな」

「じゃあ、誰が人狼なの⁉」サイルスが、ダーレトが、コンロッカが、サイーシャが、それぞれに悲鳴に近い叫《さけ》び声をあげ、そして互《たが》いに距離《きょり》を取りはじめる。

沈黙《ちんもく》する人間たちに代わって、降りしきる雨音だけが哄笑《こうしょう》していた。

全員が無言のまま、重い足どりで広間に戻る。血に塗れた服を替《か》える者、応接椅子に座る者、暖炉《だんろ》前に立つ者と、互いが互いに距離を取り、不信と疑惑《ぎわく》の目を向けあう。

暖炉の炎《ほのお》の音や雨音、ダーレトの咳《せき》すら、無言を強調するだけだった。

入口の扉《とびら》前に立つどこか役者然とした顔のホラレムが、煙草《たばこ》の灰を床《ゆか》に落としながら会話の口火を切った。

「この中の誰かが人狼なのです。だからそれを特定できれば何とかなるのです。先に言ったように、私の専門はこういう謎《なぞ》を解くことで、それに従い論理的に考えれば、この謎は必ず解けるはずなのです」

応接椅子に座る俺は、隣《となり》のギギナと同じくらい苦々しい顔をしていただろう。

ホラレムの言っていることは正しいようで、すでに間違《まちが》っている。

傍《かたわ》らのギギナ程度でも理解しているのに、名探偵《たんてい》気どりを含《ふく》め、この部屋のほとんどの人間が分かっていない。

推理する行為《こうい》、その問題の境界条件自体が大きな間違いで、最悪の事態を呼び寄せようとしているのだ。

だがしかし断罪の剣は、すでに振《ふ》り下ろされているのだ。

「それでどうするんだ？　どうやってこの中にいる人狼を探すんだ？」

俺の苦い思考をよそに、暖炉前でサイルスが問いかける。寄りそったサイーシャが連れ合いの手を摑《つか》み震《ふる》える。そんなことには構わずにホラレムが芝居《しばい》じみた言葉を続ける。

「簡単ですよ。そこの呪式士《じゅしきし》の言葉を信じるなら、人狼は左手と右肩《みぎかた》に重傷を負っています。つまり全員の左手と右肩を調べればいいのです」

ホラレムが左手の袖《そで》と襟《えり》を捲《まく》り、傷一つない肌《はだ》を見せる。

顔を見合わせた全員が、すぐに袖と襟をはだけて左手と右肩を見せ、俺とギギナも呆《あき》れながらも左手と右肩を出す。

誰の手と肩にも傷はなかった。

口を開けたままのホラレム探偵に俺が、解説してやる。

「異性愛者も同性愛者も軽いお色気を楽しめはしたが、残念ながら人狼という種は肉体治癒《ちゆ》能力が高く、あの程度の負傷はすぐに傷一つなく全快させてしまう。ついでに故意に傷を付けても、人の姿での治癒速度は調節可能だという事象を見たことがある」

「それくらい知っています。一応確かめただけですよ」

ホラレムは静かな微笑《ほほえ》みとともに返答したが、苛々《いらいら》としたように煙草を床に落とし踏《ふ》みにじる。俺と同じか少し上くらいの年齢の外見だが、何か精神的に余裕がない。

「次に、呪式士方《じゅしきし》が使ったルミノール反応は確か、洗った程度ではまだ反応するはずです。だからこの中で被害者の血に汚《よご》れた人が……」

俺は重い疲労感《ひろう》を抑《おさ》えて説明する。

「全員だ。コンロッカさんとサイーシャさんとダーレトさんは、それぞれ洗面所と現場で尻餅《しりもち》をついて、サイルスさんはそのサイーシャさんを抱《かか》えおこした時に血に汚れている。俺とギギナはここに来る前に、そしてあなたは現場検証時に血に触《ふ》れた。被害《ひがい》者か人狼《じんろう》自身の血かまで判別できる精密測定咒式《じゅしき》までは、さすがに持ってない」

　ホラレムは憮然《ぶぜん》とした表情で黙《だま》る。しかし、気を取りなおして続ける。

「では次に、そう、時間列を明らかにしましょう。まず、人狼たちがそこの咒式士《じゅしき》たちにやられたのが一時間半ほど前で、生き残りが山荘《さんそう》に逃《に》げ、八つ当たりでドレルモを殺してから洗面所で血を洗った。そこに人間がやって来た。つまり……」

「そうか」サイルスが賛同した。「土砂崩《どしゃくず》れの前で途方《とほう》に暮れるコンロッカに、俺とサイーシャが出会い、雨に降られて山荘に戻《もど》った。少し後にホラレムが来て、最初に山荘にいた人間は……」

「いや、私は自警団を引退したドレルモ氏に防犯の相談と、昨夜の豪雨《ごうう》で大丈夫《だいじょうぶ》かと尋《たず》ねに訪問しただけで……」

　サイルスに犯人とされたダーレトが咳《せ》きこみながら否定する。ホラレムが彼に詰《つ》めよるのを無視できず、俺は再度の指摘《してき》をしてやる。

「人狼の脚力《きゃくりょく》を計算に入れるなら、いくらでも成立する。山荘の殺人後に再び人間に戻り外に出て、山道を抜けようとしたら、土砂崩れが見えた。待ち伏《ぶ》せしようとしたのか、この豪雨の中を下山するのは不自然なため人間に紛《まぎ》れようとしたのか、とにかく山荘に戻った。これなら誰《だれ》が人狼でも構わない」

ホラレムが俺の論理に苦しい顔で黙りこみ、やっと続けた。

「分かりました、犯人はあなただ、コンロッカさん！」

ホラレムの指の先の中年女の丸顔に、驚《おどろ》きの表情が走る。

「こんな夜遅《おそ》くに、女性のあなたが山道を行くのは奇妙《きみよう》ではないですか？」

「あの、そのネデル村の私の親戚《しんせき》、セテバ婆《ばあ》さんが急に死んだもんで……」

混乱するコンロッカに、しかたなく俺が助け船を出す。

「ダーレトさん、セテバ婆さんは実在しますか？」

俺の問いに、ダーレトが慌《あわ》てて長い髪を上下させる。

「説明としてはそれで十分だろう。それに、死体発見のきっかけを作ったのはコンロッカさんだ。人狼にそこまで自虐趣味《じぎやくしゆみ》はないだろう」

「そういうおまえら咒式士《じゆしきし》が、人狼かもしれないな。何食わぬ顔で現れて嘘《うそ》を言った」

ホラレムが憎々《にくにく》しげに言いはなつ。自説を次々に否定されたためか、紳士《しんし》的な物言いや態度が消しとんでいる。俺はくどい説明がダルくなってきた。

「それでは、そもそもの時間の推理は成りたたないし、第一、先の論理と同様に俺とギギナが人狼なら、自分からネデル村での人狼出現の話題を振《ふ》ると思うか？」

俺の補足《ほそく》に、ホラレムが顔を蒼白《そうはく》にして唇《くちびる》を噛《か》みしめる。

「あの、それに誰もこんなことが起こると思っていなかったから、誰がいつどうしたかの正確な時間なんて分からないわ」

体調の悪そうなサイルスの影《かげ》に隠《かく》れるようにして、同様に疲《つか》れた顔のサイーシャが投げやりに言い放つ。

激昂《げっこう》するホラレムを横目にし、ダーレトがぼそぼそと話しかけてくる。

「あの、ガユスさん、この中ではあなたが一番事態を理解してるようです。あなたの推理を聞かせてもらえないでしょうか？」

俺は座ったまま沈黙《ちんもく》を守る。そして重い口を開く。

「特にありませんね。やはり人狼は森へと逃げたか、山を下りたという面白《おもしろ》味のない答えが正しいのかもしれません」

「そんな！」「でも、そうかも」「この中にいるという可能性も消えていないわな」「そうだ、人狼は必ず行動を起こすはず！」サイルスとサイーシャが、コンロッカが、ダーレトが、それぞれに悲痛な声をあげる。

「そうだ、今すぐにでも山を下りよう、そして警察で全員を精密に遺伝子検査すれば！」

ホラレムの言葉に俺は苦い顔をする。

「残念ながらこの雨だ。下りる途中《とちゅう》、たとえば視界の利《き》かない森で、外にいるかもしれない人狼に背後から奇襲《きしゅう》を受けたら、動物なみの感覚のギギナが反応するまでに、俺を含《ふく》め最低でもここにいる半数は死ぬ」

俺の投げやりな分析《ぶんせき》に全員の顔が曇《くも》る。

「俺とギギナが見張っているから、皆は休んで下さい。小用の方は俺かギギナが付いていくことにしよう」

俺はそう言ってから、背後を取られないように部屋の隅《すみ》へ椅子を運び、腰《こし》を下ろす。ギギナはその俺の傍《かたわ》らへと椅子を運び、死角を失《な》くす。

それぞれに文句を言いながら、それでも全員が応接室のそこらに散らばる。


雨が少しは小降りになってきているようだが、時間は遅々《ちち》として進まない。

ドレルモ老人の惨殺《ざんさつ》死体を目にし、しかも犯人がこの中にいるかもしれないと思っていては、さすがに眠《ねむ》れる者もいない。

それでも暖炉《だんろ》の横の壁《かべ》に寄りかかっていたサイーシャは風邪《かぜ》が悪化したような苦しげな寝息《ねいき》を立てており、その傍らで、サイルスは連れ以上に高熱を出しているのか、視線を床《ゆか》に落としたまま動かない。ダーレトは眠りそうになる度《たび》、自分の咳《せき》の音で起きて、周囲に人狼がいないかと怯《おび》えた顔で見まわし、コンロッカは机に突《つ》っ伏《ぷ》し鼾《いびき》をかいて熟睡《じゅくすい》していた。ホラレムはまだ推理を続行しているのか、ひっきりなしに紫煙《しえん》を吐きだしていた。

間延びした静寂《せいじゃく》。ギギナが可聴域の下限まで声を落とし、小声で俺に語りかけてくる。

「ヒマだな。ガユス、景気づけに自分で鼻と口を抑《おさ》えて死んで、私を楽しませろ」

「できるか。おまえこそ捨てた女に呪《のろ》われて、全身緑と紫《むらさき》の斑《まだら》になって溶解《ようかい》し破裂《はれつ》しろ」

俺が咒式士《じゅしきし》にあるまじき非科学的な言葉を投げかえしてやると、ギギナは欠伸《あくび》しやがった。

「この家の主人は典雅《てんが》な趣味がないらしく、家具は大したものがないし、退屈だ」

「この状況《じょうきょう》で、よく退屈《たいくつ》になれるな」

「状況と言えば、人狼《じんろう》は、この山荘《さんそう》の誰《だれ》かなのか？」

ギギナの問いに、俺は思考を言葉にする。

「探偵劇《たんてい》みたいにすべての手掛《てが》かりが発見できるわけでもないし、証人たちの記憶《きおく》は曖昧《あいまい》だ。

だから安全策の方を取った。ただ……」

「ただ、何だ？」

「そもそも人狼って何だろうな。他《ほか》の異貌《いぼう》のものどものほとんどは、明確な人類の天敵と言えるだろう。だが、人でもなく獣《けもの》でもない彼らは、一体何者なのだろう」

ギギナの応答は返ることもなく、俺の独白だけが室内に虚《うつ》ろに響《ひび》いていく。

「人狼が我々を、人間を恨《うら》むのは分かる。一般人《いっぱん》はあまり知らないことだが、生体咒式、特に強化系や変化系は人狼ら獣人《じゅうじん》の生体実験を通して発展してきた暗い歴史がある。

だからこそ山荘のドレルモや、俺たちのような攻性咒式士を相手にしても立ちむかってきたのだろう」

黙《だま》って聞いていたギギナが、紅《あか》い口唇《こうしん》を開く。

「まさかガユス、ホラレムの腐《くさ》れ歴史講義や、午前の出張仕事が原因で、安っぽい同情を人狼に向けたとでも？」

「そういうわけじゃない。ただ……」

治癒《ちゆ》したはずの脇腹《わきばら》の傷が痛む。今、思いかえしても午前の役所仕事は最悪だった。緩衝《かんしよう》地帯の観測隊の報告により俺達が派遣《はけん》され、豚鬼の小集団を討伐《とうばつ》したのだが、異貌《いぼう》のものどもの中でも弱小の彼らが人間圏《けん》を目指したのは、北方の旱魃《かんばつ》による飢餓《きが》のためだった。

爆裂呪式《ばくれつじゆしき》に生き残り、震《ふる》える幼い豚鬼の扱《あつか》いに俺が逡巡《しゆんじゆん》した瞬間《しゆんかん》、その小さな掌の中の小刀で腹をえぐられた。次の瞬間、ギギナの刃《は》の下で死骸《しがい》となった幼い豚鬼を見下ろした時、俺は疑問を感じてしまった。攻性呪式士《こうせいじゆしきし》であることに、そして人類の刃であることに。

俺が何か言葉を続けようとすると、それを断ち切るようなギギナの鋼《はがね》の声が続く。

「人狼の迫害《はくがい》など大昔の話だ。一部の穏健《おんけん》派は、今では人類諸族の一つとして認知《にんち》されようと歩みよっており、その特異体質を企業《きぎよう》や軍に売りこみ高給を得る者もいる。過去を忘れろと人類側が言うのは傲慢《ごうまん》だが、そんな陰惨《いんさん》な過去に無関係な、現代の人類に敵対するのは、やはり筋違《ちが》いだろう」

俺は疲労《ひろう》した声で答える。

「どちらもが過去を清算すべきなのだろう。譲歩を人狼にのみ求めるというのか？」

「我々ドラッケン族だとて、数百年前は似たような扱いだった。貴様が言うように我々は血塗《ちまみ》れの戦闘《せんとう》民族で、龍皇国《りゅうおうこく》とも泥沼《どろぬま》の戦争をしたこともある。だが、我々はそれでも他《ほか》の人類と歩く人の道を選んだ。

人狼の大部分はそれすら拒否《きょひ》し、人類全体との敵対を選んだ。ならば人の憎悪《ぞうお》と獣の孤高《ここう》の混じる道と、その先にある永遠に続く名誉《めいよ》なき戦いを引きうけるしかない」

そこでギギナは、なぜか俺に問うように紫がかった鋼の瞳《ひとみ》を向けたが、そこに何の意味があるのかは読みとれなかった。

思考を振りはらうように俺は問いを続ける。

「争った過去があって、なぜドラッケンは皇国と人と融和《ゆうわ》できたんだ？」

「別に融和してなどいない。勇猛《ゆうもう》な我が祖先は、人類相手の戦闘がドラッケン族にとっては物足りないと気づいたのだろうな。

まあ、貴様のような脆弱《ぜいじゃく》な人間を掩護《えんご》に使う程度の妥協《だきょう》はしているが」

だが、別のことに俺は気づいた。

人狼が獣の姿でいるのは、もともとそれが自然であるのだろうし、人類に敵対する人狼にとっては、自己の存在の唯一《ゆいいつ》の拠《よ》り所《どころ》なのだろう。

一方で、ダーレトやホラレムが言った過去の迫害、その元凶《げんきょう》となったのは、我々の持つ、人間の姿ではない者への恐《おそ》れなのだ。

人類が望む融和とは、無意識に人狼が人狼でなくなることを条件としているのだ。

人狼の存在を捩《ね》じ曲げようとした、俺のあの選択《せんたく》はさらなる愚《おろ》かさを孕《はら》んでいた。

俺の思考をよそに、ギギナが続けた。

「情緒過剰《じょうちょかじょう》の低能相手の相談室はここまでだ。それにしても、何ともくだらない状況《じょうきょう》だな。いっそ全員を殺せば簡単なのだが」

「おまえが死ね。自分の安全のためだけにそんなことできるか」

「我らドラッケン族なら、いや攻性咒式士《じゅしきし》ならそういう最悪の選択も考える。そもそもが貴様の非情さが足りない判断が招いた事態だ、反省しろ」

ギギナの正確な指摘《してき》に俺は黙りこむ。ドレルモに死を呼びよせたのが、俺の判断の所為《せい》なのは確かなのだ。

俺が自分の愚かさの支払《しはら》いを受けとろうと決心した時、ダーレトが咳《せき》まじりの声をかけてきた。小用に行きたいというので俺かギギナが付いていかなければならない。

「どっちが行く?」

「私は急用ができたから貴様が行け」

「なんだそれ」

「うむ、突然《とつぜん》、人類と家具の相関における真理について考察したくなった」

俺がギギナを好きになれる物理的条件が存在しない。そして思いついて、ギギナの耳に気をつけることを囁《ささや》いた。ギギナが厭《いや》そうにうなずく。

雑事を済ませてから、俺を急《せ》かすダーレトの小用に付いていく。

洗面所前で、中年男のやたら長い生理現象の排出《はいしゅつ》を待つ無駄《むだ》な時間が過ぎる。

俺は硝子《ガラス》の外の滴《したた》りが弱くなっていくのを眺《なが》めていた。雨はもうすぐ止《や》むだろう。

小用を足しおわり、咳《せ》きこみながら出てきたダーレトに、俺は深く呼吸をして、それから声をかけた。

「ダーレトさん、人狼《じんろう》はあなたですね」

蒼白《そうはく》な顔色のダーレトの肩《かた》を抱《かか》えながら応接間へと連れもどると、扉《とびら》の前で苛々《いらいら》と煙草《たばこ》を喫《す》っているホラレムと、離《はな》れて立つサイーシャが待っていた。

「ダーレトさんはどうしたんですか？」

「いや、ちょっと過労らしい」

ダーレトの返事を遮《さえぎ》って俺が答える。ダーレトが魂魄《こんぱく》が抜《ぬ》けたかのように椅子に崩《くず》れ落ちるのを怪訝《けげん》そうに見ていたが、俺がそっちは何をしていると尋《たず》ね返すと、中年男のことなど忘却《ぼうきゃく》して同時に喋《しゃべ》りだす。

「あの、私とサイルスの熱がひどいので、薬でも探そうと思いまして。あとお酒のお代わりを」

「私は眠気覚《ねむけ》ましに顔を洗いたい」

酒杯を掲げるサイーシャと、眠たげなホラレム。俺はしばらく考えて決断する。

「じゃ、サイーシャさんから」

「なぜだ？」

「淑女優先《しゆくじよ》、だよ」

憤然《ふんぜん》とするホラレムにぶつかりながら扉を出て、俺はサイーシャとともに今来たばかりの廊《ろう》下《か》を戻《もど》る。携行《けいこう》電灯を揺《ゆ》らしながら長い廊下を歩き、俺はサイーシャに話しかける。

「人狼は誰《だれ》だと思いますか？」

「え、さあ？　私に聞かれましても」

二人で廊下を進み、暗い台所に到着《とうちゃく》。体調の悪さが進展したのか、気だるげな表情のサイーシャが食卓に酒杯を置いた。続いて棚《たな》を開け、薬を探す。俺は魔杖剣の引き金を絞る。

俺は息を大きく吸い、宣告する。

「サイーシャさん、人狼はあなたですね」

「え？」

調理棚から、薬の硝子瓶《びん》を出そうとしていたサイーシャの手が止まる。

「あの、その、私にもその可能性があるのは当然ですが、一応違《ちが》います。本物の人狼もそう言うと思いますけど、違いますよ」

サイーシャは困惑《こんわく》した表情でなおも続ける。

「私はサイルスと一緒《いっしょ》に旅行しているんですよ？　人狼は単独行動しているのですから、まず私は容疑者から外れるはずよ？」

「そう、名前が似ているため、我々は二人は同族か同郷なのかと思いました。しかし、それは本名でしょうか？　そして二人が一緒の旅行とは、いつからなのでしょうか？

それはこの数時間の関係、たとえば山荘《さんそう》の手前で帰り道用の偽装《ぎそう》の同行者を探したのかもしれないし、土砂《どしゃ》崩れの行き止まりで逃《に》げ場を失ったことに気づいて急ぎ引きかえしてからかもしれない。今ごろは俺の指示通り、ギギナがサイルスさんに対して確認《かくにん》しているころでしょう」

黙《だま》りこむサイーシャ。俺は食器棚から酒瓶と硝子杯を取り出しながら言葉を紡《つむ》ぐ。

「この推測も、結局は面倒《めんどう》で言わなかっただけと言われればそれまでです。現実には、正解へと向かう都合のよい手掛《てが》かりなど落ちていないし、証言もいいかげんな記憶《きおく》の産物です。そんなホラレム流の推理はこの場合には役に立ちません。

この事件の解答方程式は、単純な生物学と化学だけでした」

俺はそこで言葉を切り、並べた二つの陶杯に酒を注ぐ。サイーシャの表情はさらに困惑の色を強めるが、続ける。

「人狼が食肉目犬科の生物の特徴《とくちょう》を持つ、そう仮定して事実と物証を検証する科学的手法のみが、この問題の正解を導く方程式だと気づくことこそが大事だったのです。つまり、狼や犬の特徴を持つ人物だけを特定すれば答えは出るのです」

二人の間に二つの酒杯が佇《たたず》んでいた。俺は震《ふる》える声を押さえて言葉を継《つ》ぐ。

「人間に対して狼や犬が苦手なものは多々ありますが、まず、ソルビットという香料成分が苦手です。これは山葵《わさび》などに含有《がんゆう》される成分で、犬類には刺激《しげき》が強すぎるからですが、残念ながらここにはありませんでした。

次に、イソパールという成分も犬類は大変嫌《きら》います。これは蜜柑《みかん》等に含《ふく》まれる苦み成分で犬類には耐えがたい」

理解できないサイーシャに、俺は袂《たもと》から取りだした橙色《だいだいいろ》の塊《かたまり》、蜜柑を突《つ》きつける。

「これはコンロッカさんからいただいた蜜柑ですが、コンロッカさん自身とサイルスさんは食べたので容疑から外れます。あなたは酒に合わないとして、ついには蜜柑を食べなかった。絵としてはマヌケですが、これはあなたを試《ため》す踏《ふ》み絵です。自分が人狼ではないというのならこの蜜柑を食べてみてください」

呆気《あっけ》に取られていたサイーシャだったが、咳きこむように笑いだす。

「あの、それって確か他の人も食べていませんよ。ダーレトさん、ホラレムさんと三人もいます。

それに私は蜜柑の免疫過敏症《アレルギー》で食べられないから、コンロッカさんを傷つけないように、酒に合わないと嘘《うそ》を言っただけです。まさかそれが証拠《しょうこ》になるとでも？」

「それこそ、まさかですね」俺は蜜柑を食卓《しょくたく》の上に置いて、逆に微笑《ほほえ》みかえしてやる。

「他にもあなたは小さな失敗をしているがまずは言葉です。あなたは狼《おおかみ》を犬に譬《たと》えられることに対し不快感を示し、そして会話の中で人狼がこの中にいるとか、人狼を倒《たお》そうなどの発言をまったくしていません。

　無意識にでしょうが、一度くらいは人狼を非難すべきだった」

「何だか馬鹿《ばか》げてるわ。私は単に無関心な性格で平和主義なだけよ」

　サイーシャは呆《あき》れだしている。だが、俺は奥の手を出す。その手にはホフレムから盗《ぬす》み取った一本の煙草《たばこ》が握《にぎ》られていた。

「本題だ。科学に戻ると、狼や犬は嗅覚《きゅうかく》が敏感《びんかん》なため、煙草の煙《けむり》を極端《きょくたん》に嫌う。つまり喫煙者《きつえん》のホフレム氏は外れる」

　俺は台所を見回しながら続けてやる。

「玉葱《たまねぎ》や葱類でも食べますか？　それらに含《ふく》まれる有機《ゆうき》チオ硫酸《りゅうさん》化合物は、人間には無害でも、犬類の動物に対しては有害です。赤血球内に還元《かんげん》型のグルタチオンを持っているため、ハインツ小体を持つ赤血球は、過剰《かじょう》な酸化を起こして異物として体内免疫《めんえき》体に破壊《はかい》されて溶血《ようけつ》性貧血を起こし、場合によっては死に至る。

　それとも、俺の血液をあなたに輸血しますか？　人間と犬類は、血漿《けっしょう》中の抗体《こうたい》が違《ちが》うために、輸血すれば間違《まちが》いなく死にます。狼《おおかみ》と人のどちらの体組織かは知らないが、都合よく、そのすべてに免疫過敏症《めんえきかびんしょう》ですか？」

俺の言葉にサイーシャは黙《だま》ったままだった。

「落ち着いてお酒でも飲んではいかが？」

食卓《しょくたく》の上の酒杯《しゅはい》を勧《すす》めてやる。だが、サイーシャの指先が動かない。

「さあ、どうぞ。先ほどまで飲んでいたように、美味しいお酒ですよ」

俺は陶杯《とうはい》を掲《かか》げて飲み干す。サイーシャも陶杯を手に取る。

サイーシャは諦《あきら》めたように長い吐息《といき》を吐《は》き、そしておずおずと小さな口を開き、伸《の》ばした舌を杯に近づける。

その赤い舌先が酒に触《ふ》れようとした刹那《せつな》、俺の身体《からだ》に横薙《な》ぎの力が衝突《しょうとつ》し、そのまま吹《ふ》きとばされ、棚へと衝突する。

食器棚《だな》の硝子《ガラス》や食器類が割れ、耳障《みみざわ》りな多重奏をかなでて床《ゆか》へと落下し、破片を散らす。転がる俺が見上げると、サイーシャがこちらへと迫ってくる姿があった。

俺の眼前で、可憐《かれん》な紅唇《こうしん》が頬《ほお》まで裂《さ》け、そのまま前方へと伸びていき、口腔《こうこう》内に凶悪《きょうあく》な牙《きば》が跳《は》ね上がっていく。

さざ波が走るように白い肌《はだ》に長い暗灰《あんかい》色の剛毛《ごうもう》が生えていき、隆起《りゅうき》していく全身の筋肉が服の布地を引き裂いていった。

人狼《じんろう》の正体はサイーシャだった。人間の名残《なごり》を留めていたその瞳《ひとみ》が、どこか出来そこないの悪夢めいていた。

筋肉の束が捩《よじ》りあわされたような人狼の剛腕《ごうわん》が振り下ろされ、五指の爪《つめ》を俺の魔杖剣〈断罪者ヨルガ〉で受けとめる。

俺と人狼は衝突慣性のまま床に倒れ、転がる。次の瞬間《しゅんかん》、俺の視界一面に猛獣《もうじゅう》の口腔内の赤が広がり、上下の顎《あご》の牙《きば》が俺の顔面を狙《ねら》う。

その間隙《かんげき》に魔杖剣を差しこみ、刀身で犬歯を押さえる。遅れることなく化学練成系咒式第三階位《かがくれんせいけいじゅしき》〈爆炸吼《アイニ》〉を発動。TNT爆薬《ばくやく》、所謂《いわゆる》トルエンにニトロ基が結びついたトリ・トロトルエン爆薬を合成し炸裂《さくれつ》させた。

炸裂した秒速約六九〇〇メルトルの衝撃《しょうげき》波と轟音《ごうおん》を、人狼は高速反射で顔面を反らすが、爆風が胸元を掠《かす》める。

衝撃波の刃《やいば》は人狼の体と室内の家具を破砕《はさい》しながら吹きとばし、勝手口へと衝突させる。扉ごと運動慣性のまま破砕して戸外へと強制排出《はいしゅつ》させる。

人狼の後を追って、俺は屋外へと飛び出す。

いつの間にか雨は止んでおり、荒《あ》れはてた敷地《しきち》に月光が静かに降りそそいでいた。冷徹《れいてつ》なその光が濡《ぬ》れた雑草を照らし、大地を踏《ふ》みしめるように人狼が四つ足で這《は》っていた。

爆裂で生じた肋骨《ろっこつ》まで覗《のぞ》く胸元の裂傷が、眼前で急速修復されていく。

腕《うで》の半ばまで切断されても、見るまに完全修復するような異貌《いぼう》のものどもに、この程度の咒《じゅ》式《しき》では致命傷には至らない。

「変化を禁じた誓約《せいやく》は無駄《むだ》になったな」

俺のつぶやきに対し、人狼の目に嘲弄《ちょうろう》の色が浮《う》かぶ。

「何ヲ言ウ、人狼と人ニ何ノ約定ガあろウ。誇《ほこ》リ高キこノ姿はヤはリ爽快《そうかい》ダ。コれコそガ本来ノ我々ナのダ」

嚙《か》みあわない会話に溜息《ためいき》を吐《つ》き、俺は続けた。

「おまえには酒が飲めなかった。俺の化学錬成系咒式《かがくれんせいけいじゅしき》第一階位〈而狆《コルニ》〉で合成されたニコチン入りの酒はね。人間には分からないが犬類の強力な嗅覚《きゅうかく》では、猛毒《もうどく》のニコチンの臭《にお》いが分かってしまう量だ。致死《ちし》量かどうかは分からないが、毒を飲めるわけがなかった」

俺はさらに時間稼《かせ》ぎを続ける。

「ダーレト氏も容疑圏《けん》内だったが、魔杖剣《まじょうけん》を突きつけ無理やり脅《おど》したら、人狼判定薬と偽り蛋白質で包んだニコチンを呑もうとした。もちろん、全員に試《ため》していくつもりだったんだが」

俺は哄笑してやる。

「嗅覚を無視して、命が危うくても気づかないフリをして、おまえは飲むべきだった。俺とギナがついていれば、すぐ治療《ちりょう》できる。つまりおまえは怖がりのマヌケだ」

怒号《どごう》とともに二本の後肢《うしろあし》から泥濘《でいねい》を撥《は》ね上げ、人狼が俺に向かって全力疾走《しっそう》する。

俺が再度発動した〈爆炸吼《アイニ》〉の炸裂と轟音がその颶風《ぐふう》を迎《むか》え撃《う》つ。

だが、人狼はその爆発に高速反応し、影《かげ》を残す高速飛翔《ひしょう》で直撃を回避《かいひ》。右前方の敷地の木の幹に爪をめり込ませて着地。

人狼の強靭《きょうじん》な筋肉組織から生みだされる速度は、常の人間に捉《とら》えきれるものではなく、俺が魔杖剣を構えなおすよりも早く、人狼は木の幹を蹴《け》りつけ再跳躍《ちょうやく》。間合いを一瞬で無にし、重い横薙《な》ぎの腕の一振《ふ》りで、俺の魔杖剣を弾《はじ》き、そのまま体当たりで俺を大地に叩《たた》きつけ、組み伏《ふ》せる。

「低位咒式《じゅしき》は効かない、遅《おそ》い咒式では捕捉《ほそく》できない。だが、それは最初から計算済みだ」

俺の独白を聞くはずもなく、人狼の顎が俺の喉《のど》へと強襲する。

喉に凶器《きょうき》が突きたてられ、鮮血《せんけつ》が跳《は》ねる。

人狼の血が。

自らの喉から生えた冷たい白刃《はくじん》を、困惑《こんわく》した瞳で見下ろす人狼。

人狼が視線を上げていくと、自らの喉には肩幅《かたはば》ほどもある刃先の角が刺《さ》さり、そこから湾曲《わんきょく》した刀身が続き、根元で再び湾曲していた。

人狼の視線は、刃に続く長柄《ながえ》を握る手、そしてギギナの鋼《はがね》の瞳に出会った。

異形の者が後方へ身体を退《ひ》くよりも早く、ギギナが喉に刺さった屠竜刀《とりゅうとう》ネレトーを天空へと跳ね上げる。

喉から下顎、上顎まで切断されながらも人狼は脳への致命傷を避《さ》け、地面を蹴りつけて後方飛翔して逃げる。

ギギナが手を貸してくれるはずもなく、俺は腹筋の反動を利用し、立ち上がる。

「椅子《いす》に愛でも語って遅《おく》れたのか、腐《くさ》れドラッケン族！」

「もう少し遅めの登場の方が、低能が大自然の自然淘汰《とうた》に組みこまれていたのだがな」

冴《さ》え冴えと零《こぼ》れる月光の下、荒れはてた敷地に俺とギギナが並び、顔面を黒血に濡らした人狼のサイーシャと対峙《たいじ》する。

「わっ、何、人狼⁉」

「じゃ、サイーシャさんが⁉」

山荘《さんそう》から出てきたホラレムやダーレト、コンロッカやサイルスが人狼《じんろう》の姿のサイーシャを見て、悲鳴と叫《さけ》び声を上げる。

外野へは視線を向けず、俺のみを見据《みす》えて低い唸《うな》り声を上げる人狼に、口を開く。

「爆裂呪式《ばくれつじゅしき》の連発の目的は、おまえを倒《たお》すことではない。最初から、音で俺の正確な位置をギナに知らせること、そしてもう一つの目的のためのものだ」

俺の傍《かたわ》らに立つギギナは、退屈《たいくつ》そうに屠竜刀ネレトーの巨刃を肩に担《かつ》いでいる。

すでに大勢は決した。

俺一人でも人狼を倒すのに苦労はしない。超《ちょう》接近戦だからこそ後手に回ったが、これだけ距《きょ》離《り》が離《はな》れれば、最初の遭遇《そうぐう》時のように連続咒式発動で人狼の群れすら圧倒《あっとう》できる。

そして接近戦の専門家たるギギナは、人狼が十人いようと鼻唄《はなうた》まじりで殲滅《せんめつ》可能な戦闘《せんとう》力を持つ、到達者《とうたつしゃ》級の剣舞士《けんまいし》だ。

さらに前衛のギギナがいることで、俺は強力な咒式をいくらでも発動できる。前衛と後衛の組み合わせの戦闘力は、単純に二倍ではない。三倍、四倍の力を発揮できるのだ。

人狼もすでに山麓《さんろく》でその厳格な実力差を体験しており、理解しているだろう。

〝あオるるるルるるうううっっ！〟

突然、人狼は蒼《あお》い月へと喉を垂直に立てて、長い長い遠吠《とおぼ》えを上げる。

それはいつまでも続く、無明の慟哭《どうこく》にも、痛切な哀歌《あいか》にも聞こえ、耳に残った。

サイーシャだった人狼は、俺へと向かい地を蹴《け》たてて走りだした。

何の防御《ぼうぎょ》姿勢も取らない一直線の突進《とっしん》。

ギギナが真っこうからその疾走に向かって走り、二条の風が月下で交錯《こうさく》する。

白銀の光が疾《はし》り、肘《ひじ》から切断された人狼の右腕が吹き飛ぶ。翻《ひるがえ》った斬光《ざんこう》は空いた右脇腹《わきばら》へと吸いこまれ、背面へと抜《ぬ》ける。

ギギナの交差剣術による傷口から黒血と内臓を散らし、致命傷によろめきながら、それでも人狼は俺への突進を止《や》めない。

ギギナが背面からの死の雷刃《らいじん》を振り下ろそうとしたが、俺の強《つよ》い視線に気づき、呆《あき》れ顔で巨刃を急停止させる。

人狼の残る左手の一撃を、電磁雷撃系呪式《でんじらいげきけいじゅしき》第一階位〈灼剣《ソーン》〉による電熱効果で高熱を帯びた魔杖剣で斬《き》りはらうと、肉の焦《こ》げる臭気《しゅうき》を撒《ま》き散らしたその左腕が宙に舞う。

両腕を失くした人狼は、それでも前進して口を延ばし、柄《つか》を握る俺の右手首に上下の犬歯を突き立てる。

静謐《せいひつ》に凍《こご》える大気。

しかし、人狼にはそれ以上は顎を閉じることができず、口腔《こうこう》から血反吐《ちへど》を溢《あふ》れさせた。

最初に人狼と対決した時に俺が刃に宿らせた、化学練成系呪式《かがくれんせいけいじゅしき》第二階位〈癌促《ハリッチャ》〉が、その残酷《ざんこく》な毒牙《どくが》を発動させたのだ。

この呪式《じゅしき》は、ジクロロジフェニルトリクロロエタンやニトロアミン等の発癌《はつがん》物質と、それにより発生した癌細胞を増大させる呪式構造体を放つもので、通常は相手を緩慢《かんまん》に苦しめる呪式だ。

しかし、人狼《じんろう》が山道を駆《か》け登り変身し、その急激な肉体変化や、爆裂呪式のもう一つの目的たる傷の超回復をさせたことによる超高速細胞分裂は、若年者の癌進行が速いのと同じ理屈《りくつ》で癌細胞をも爆発的に増殖《ぞうしょく》させてしまい、体内組織を浸食《しんしょく》しつくしたのだ。

俺と人狼のサイーシャの視線が交錯する。

「私ハ……」

俺の腕に犬歯を突きたてたまま、人狼が牙と血泡《ちあわ》の間から小さな言葉を零《こぼ》す。

「私ハ、人ト獣《けもの》の、何方《どちら》ノ地獄《じごく》ニ行ク、ノだ、ロう……？」

俺は何も聞こえない表情を装《よそお》った。

人狼は痙攣《けいれん》とともに大量の黒血を吐《は》き、俺の腕をくわえたまま崩《くず》れおちた。そして人狼の生命と苦痛が永遠に停止した。

俺が人狼の屍《しかばね》の顎から血泡に塗《まみ》れた右手を引きぬくと、その頭部が力なく落ちた。

しばらくして、ホラレムたちが俺と人狼の屍の周囲へと怯《おび》えた表情で集まってきた。

「死んだ、みたいだな……？」

「よかった、これで殺されなくてすんだ！」

サイルスとコンロッカが安堵《あんど》の声を上げるのに対し、ホラレムが憎々《にくにく》しげに吐き捨てた。

「やっぱり人狼はサイーシャだったか。私には分かっていましたよ。ただ、推理する時間が足りなかったようだな」

嫌悪《けんお》感と憤怒《ふんぬ》が沸騰《ふっとう》。振り向きざまに、俺は探偵《たんてい》気どりのホラレムの顎を殴《なぐ》りとばす。

突然の俺の暴力に全員が硬直《こうちょく》する。倒《たお》れて泥《どろ》に塗れ、切れた唇《くちびる》から血を流したホラレムが「何をする、龍理《ろんり》使いがっ⁉」と叫ぶ。

それでも言わずにはいられなかった。

「ホラレム、自分がやったことを理解しているのかっ⁉」

俺の怒声《どせい》に、ホラレムの口が止まる。

「死体を発見した時、おまえがこの中に人狼がいると言わなければこんな事態は起こらなかった。

俺とギギナが知らない演技を続け、密《ひそ》かに交代で監視《かんし》していれば、俺とギギナには絶対勝てないと知っている人狼は動かなかった。

しかし人狼が交じっているとおまえが言いだし、全員で下山して警察での精密検査すると決めた以上、顔を覚えられた人狼は無理にでも俺たちを殺すしかない。人間の姿での生を守るためにな。そうなった時の、全員の危険を考えていたのか⁉」

俺の激烈《げきれつ》な弾劾《だんがい》にも、ホラレムの顔には何の感情の揺《ゆ》らぎも浮かばない。

「俺の時限咒式《じゅしき》という断罪の咒式は下されており、人狼が変身すれば死ぬようにしていたんだ。犯人探しに意味などなかった。俺が手を余計に汚《よご》しただけだ！」

「だが、結局は人狼を殺すことに代わりはないだろうが、何の文句があるんだ？」

ホラレムが疑問の声で叫《さけ》び、表情に毒々しい笑《え》みを浮かべて続けた。

「おまえの断罪とやらはドレルモ殺害の前のものに過ぎないし、その甘《あま》さと死を償《つぐな》う責任がある！　そしておまえは、人と異貌《いぼう》のものども、一体どっちの味方なんだ⁉」

俺は返すべき言葉を喪失《そうしつ》した。

ホラレムの言葉は正しい。どうしようと、結局、俺は人間の側にしか立てない。

だから不平等な条件の咒式を人狼に勝手に押しつけた。獣の姿であるより、人の姿であることを肯定《こうてい》させる咒式の縛鎖《ばくさ》を。

その根底には、彼らの誇《ほこ》りなど無視し、人間の姿が善で、獣の姿が悪だという人間中心の偏見《へんけん》があったのだろう。俺は人狼を迫害《はくがい》した人間たちと何ら変わることがない。

いや、それ以上の最低の偽善《ぎぜん》者だった。

攻性咒式士《こうせいじゅしきし》としての非情の責任を逃《に》げ、その先のばしの偽善の払《はら》い戻《もど》しを俺自身が受けただけなのだ。

無力感に俺はその場に立ちつくした。

一呼吸をし、再びホラレムを視線で捉《とら》えながら俺は鬱屈《うっくつ》を吐きすてた。

「俺は何だ？　正義の代理人か？　違《ちが》うね、俺自身の愚《おろ》かさと、おまえの自己満足に踊《おど》ったマヌケな道化者だ」

ホラレムは何も言いかえさなかった。

俺は背後も見ずに泥濘《ぬかるみ》の大地を歩きだし、ギギナがそれに続いた。

俺の道化の予言の手品と一緒《いっしょ》だった。その手の中で種類を判別し、観客の解答が正解ならそれをもっともらしく予言していたと言う。最初の解答が外れたら次の解答か正解のように、さらに外れたら、と繰《く》り返すだけの後だしの正解。それは偽《にせ》の預言だった。

手品師を演じた俺が、いつの間にか道化の役に回ってしまっていたのだ。

俺は何かを踏みつぶすように泥土を踏みしめる。

月はただ、無表情な光を降らせているだけだった。

その後は何も変わったことはない。

山荘《さんそう》を去った足でネデル村へ帰り、始発列車の中で、窓の外を流れ去っていく田舎《いなか》の田園風景を眺《なが》めるという現在につながるだけだ。

俺は窓硝子《ガラス》に映る自分の不機嫌《ふきげん》な顔を横目に眺め、横に座るギギナは目を閉じて頬杖《ほおづえ》をついていた。

あれから二人の間での会話はなかった。列車の揺れる音だけが時おり響《ひび》くだけだ。

「嫌《いや》な事件だったな」

俺の口がなぜか開いた。さらに続く言葉を見つけられずに黙《だま》りこんでしまう。

ギギナは答えない。俺は独白を続ける。

「利益も生存闘争《とうそう》も意味も存在しない戦いなんて、安手の推理劇より始末が悪い」

ギギナが薄目《うすめ》を開け、小さく欠伸《あくび》をする。そして美姫《びき》のような口唇《こうしん》を開く。

「全員が愚かだった。貴様のくだらない同情心による行動を制止しなかった、私自身を含《ふく》めてな。ただそれだけのことだ」

俺は否定も肯定もできなかった。それでもくだらない推測を止められない。

人狼《じんろう》の逃走《とうそう》先が偶然《ぐうぜん》にも一本道で、その先に偶然にも人家があり、さらには偶然にも住人を

殺してしまう事態になった。そんなことがあるのだろうか？

人狼は顔も知らない祖先の怨念《おんねん》を晴らしたかったのかもしれないし、もしかしたら、そもそも人狼の群れがネデル村へと来たのは、十年前に殺された一人の人狼の復讐《ふくしゅう》のためなのかもしれない。

殺された元自警団の咒式士《じゅしきし》ドレルモは、十年前、人狼に手を下した当人かもしれないし、さらにはドレルモが魔杖剣《まじょうけん》を折り、引退した原因がその事件にあったのかもしれない。

俺にはすべてを明確にしたいという気もなかったし、今や当事者の全員が失われた。

現実には、名探偵やどこぞの酔狂《すいきょう》な枢機卿長《すうきけいちょう》のように、全《すべ》ての因子を解説してくれる者はいないし、今さらその行為《こうい》に意味はないだろう。

俺はギギナの方へ顔を向ける。何かを言おうとして、止めた。

自分がなぜ人狼に対して戦闘を避《さ》けようとしたのか、最後まで分からなかったのだ。

やはりギギナの言ったように、俺の安っぽい罪悪感と同情心が因子なのかもしれない。

俺が強くなれないという、ただそれだけだろうし、いつもギギナに言われるように、生きるべき道を選べない俺は、攻性咒式士《こうせいじゅしきし》に向いていないのだろう。

自らの存在への疑問を叫んだ人狼も、人と獣のどちらにもなりきれず、受け入れられないその狭間《はざま》にあがきつづけているのかもしれない。

だが、二つの道と、それに迷う者が共存する場所など、遠い時代の違うどこかの話で、あの時、あの場所にはなかったのだ。

いつかのギギナの鋼《はがね》の視線は、俺がどちらの道かを選べているのかと問うていたのだろう。人でもなく、咒式士でもない道か、人でもあり、咒式士でもある道かを。

そして、起こってしまった現実を答えとするのなら、それは道化の予言、何をしようともしない愚者《ぐしゃ》の現状追認《ついにん》というイカサマな予言に過ぎないのだと。

自省をしているように見えて、単に自己弁護をしているだけの過剰《かじょう》な感傷に、吐き気がしてきた。

俺は急にすべてがどうでも良くなり、とっとと寝ることにした。

「そうだギギナ、エリダナに着いたら起こしてくれ」

ギギナに頼《たの》もうとしたら、相棒が小さな叫びを上げ、跳《は》ね起きた。

「そうだ、結局、トールダム家具資料館に行っていない。列車を戻させるぞガユス！」

列車の運転席へと走りだす相棒の背を、俺は見送る。そこで目が合った通路向かいの乗客に、俺は（変質者は年中無休、終日営業ですからねぇ）と完全無関係を視線で強く示してから、座席に深く身を沈《しず》めた。

そういえば、ホラレムから受けとったままの三枚の硬貨《こうか》、一六イェンを返していなかった。

市役所のサザーランではないが、俺たちには、この程度の報酬《ほうしゅう》がお似合いなのかもしれない。

俺は窓の外へと視線を戻し、流れゆく緑一色の単調な風景を眺めていた。そして、俺の髪《かみ》をなぶる突風《とっぷう》が、あの叫び声を思いださせた。
ああ、今でも、あの凍《こご》える月光の下で、人狼は哭《な》いているのだろうか。
何処《どこ》へ行けばいいのかと問う、絶望と慟哭《どうこく》の咆哮《ほうこう》を。
幻聴《げんちょう》を振り払うように、俺は強く目を閉じた。

異界への扉

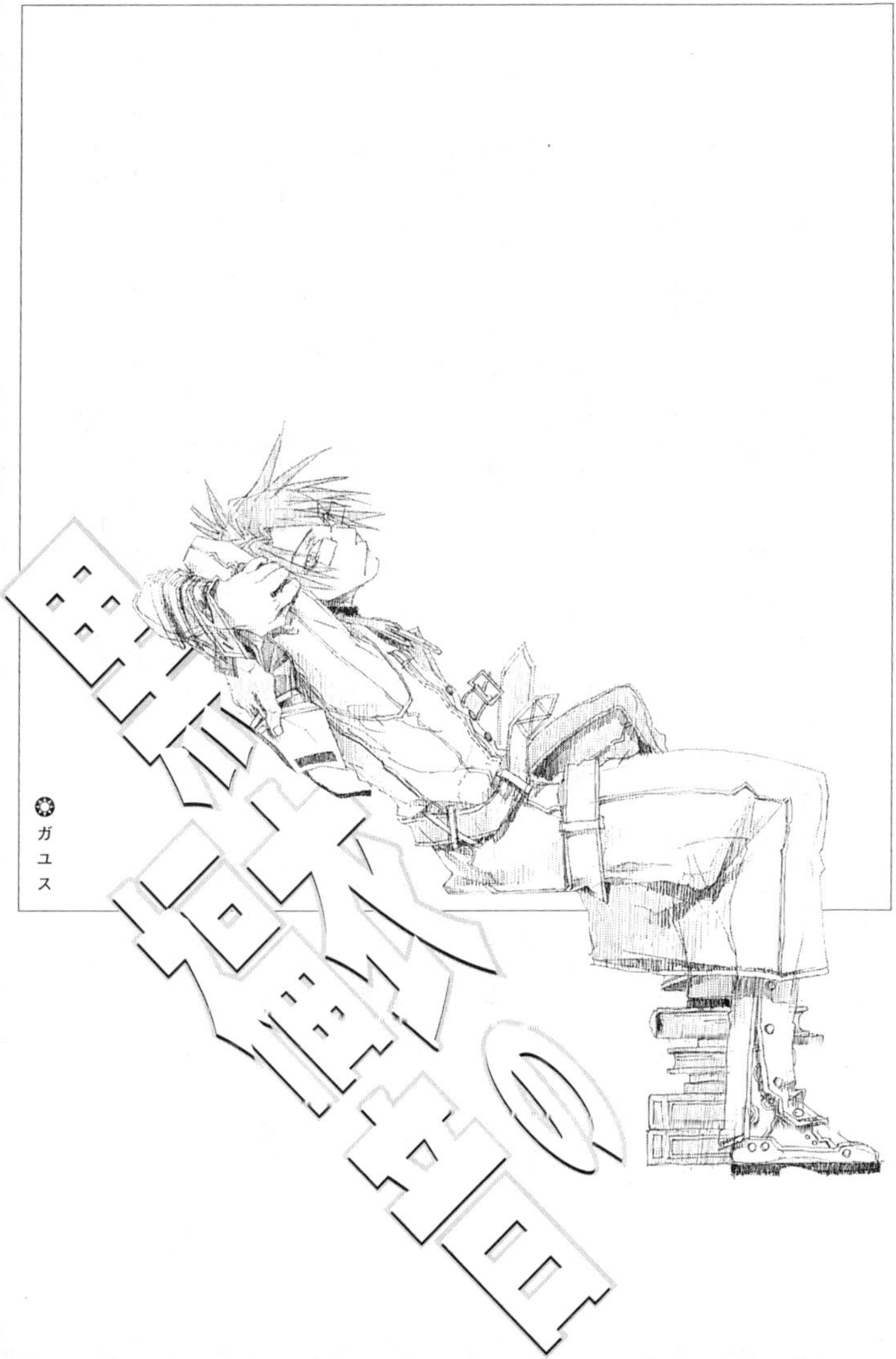

✻ ガユス

朝霧《あさぎり》が街角を柔《やわ》らかく霞《かす》ませる時間。ゴミ収集車が気だるい早朝の街を走り、ゴミ捨て場の前に急停止する。同時に緑の制服の作業員二人が飛び下りる。

清掃《せいそう》作業員たちが慣れた動作で、残飯を漁《あさ》る鴉《からす》たちを追い散らし、ビニル袋を収集車の後部の口へと放《ほう》りなげていく。それに抗議《こうぎ》する鴉たちの嗄《しゃが》れ声の合唱。

清掃作業員フルグムは、貪欲《どんよく》な嘴《くちばし》につつかれ破れたビニル袋の陰《かげ》に、長いゴミが横たわっていることに気づいた。

「また分別せずに出しやがって。荒《あら》ゴミは一週目と三週目の月曜だっての」

フルグムがビニル袋をどけると、そのゴミが、二本の人間の足が投げだされているのだという事実に気づいた。

視線を上げていくと、ゴミ袋《ぶくろ》の中に埋《う》もれるようにして、人間が座りこんでいた。

思わず悲鳴をあげかけた作業員は、その声を喉《のど》で飲みこんだ。足を投げだしていたのは、素《す》足《あし》に破れた服を着た人間で、頭に陽気な猫《ねこ》のぬいぐるみの顔を被《かぶ》っていたのだ。

「酔《よ》っぱらいかよ」

笑いを誘《さそ》う光景に驚《おどろ》いた自分を隠《かく》すようにフルグムは吐《は》きすてたが、相棒のロスタンがその様子を横目で笑っていた。

フルグムは自分に無用の恥《はじ》をかかせた酔っぱらいを蹴《け》ろうとし、気づいた。

その猫のぬいぐるみの頭部の首の直径は、人間の首に要求される太さを大きく下回っており、猫の頭部も小さすぎた。

よく見ればぬいぐるみの頸部《けいぶ》からは赤黒いものが流れており、胸には太い釘で刺《さ》して札が留められ、文章が書かれていた。「ねえ、僕の首はどこ？　探してよ、探してよ」と。

人間の首を、ぬいぐるみの首にすげ替《か》えられた死体だという事実に、フルグムが悲鳴を上げる。駆《か》けよったロスタンも惨状《さんじょう》に気づき、呆然《ぼうぜん》と立ちつくす。そしてエリダナの静かな朝に、遅《おく》れた絶叫《ぜっきょう》が響《ひび》いた。

惨劇のゴミ捨て場の向かいの雑居ビルの屋上。悲鳴をあげる作業員たちに駆けよる運転手が、さらに叫《さけ》びに加わる光景を見下ろしている、静かな視線があった。

その人影《ひとかげ》は、片手に握《にぎ》られた携帯端末《けいたいたんまつ》に猛烈《もうれつ》な速度で入力しはじめ、『ありがとうございます、誇《ほこ》り高きものの守護者よ。あなたの贈《おく》り物は僕に力を授《さず》けてくれました。僕はこの力で生贄《いけにえ》をあなたへと捧《ささ》げていきます』という文字を刻み、無感動に送信した。

ビルの屋上を疾走《しっそう》し、速度をそのまま慣性に変換《へんかん》、コンクリ床《ゆか》を蹴りつけて俺は虚空《こくう》へと飛翔《ひしょう》する。全身を弾丸《だんがん》と化し、視界に夜空と街の灯《ひ》を映し、俺は空中を飛んでいた。

全身が沸騰《ふっとう》し氷結する感覚。だが、重力の軛《くびき》に囚《とら》われながらも、コンクリの縁《ふち》に足が届き着地。背後に残っていた重心で背後の峡谷《きょうこく》に引きずりこまれそうになるが、魔杖剣を抜刀《ばっとう》して縁に引っかけ、内側へと転がり落ちる。

ビルの屋上のネオン看板の裏で、跳《は》ね上がる動悸《どうき》と冷や汗を深呼吸で抑《おさ》える。自分が飛んできた向かいのビルを見上げると、計算通りとはいえ恐しい距離だ。

やっと立ち上がると、コンクリの縁越《ご》しに十階下のエリダナの街の大通りが見下ろせ、軽く身が竦《すく》む。

上空をよぎる影に振《ふ》り返ると、羽毛よりも軽《かろ》やかに着地するギギナがいた。

「いちいちカッコつけた行動をとるな、空気の視線でも意識してんのか？」

「ガユスの頭の上に着地しようとしたが、私のさる高貴な血筋の靴裏《くつうら》が拒否《きょひ》したようだ」

「高貴な靴裏とやらも、さすがに俺の聖なる髪《かみ》の毛に触《ふ》れることに恐《おそ》れをなしたんだろ」

動悸を整えながらの俺と、振りむきもしないギギナが冴えない軽口を叩《たた》きあう。

生体咒式《せいたいじゅしき》を使って十数メルトルを飛んだ俺の、その頭を軽々と越えるような飛翔をしやがる剣舞士《けんまいし》。何か悔しいので、俺は仕事に向かって走りだす。

前方に光る二つの緑の光点に手が届こうとした瞬間《しゅんかん》、その燐光《りんこう》は光の軌跡《きせき》を残して跳躍《ちょうやく》。左前方の給水塔《とう》の上に着地した。

目を緑に光らせた三毛猫は、あざ笑うような表情で俺を見下ろしていやがった。

俺とギギナは、ある婦人の依頼《いらい》で、逃《に》げた飼い猫を追っていた。

高度咒式文明の発達により、飼育動物の延命や耐疾病《たいしっぺい》処置が可能になり、何年か前に動物の運動能力まで引き上げることまで流行《はや》ったことがある。その一匹《ぴき》が、眼前の性悪《しょうわる》な咒式強化猫だった。

移動地点を予測した爆裂咒式《ばくれつじゅしき》や、光速の電撃《でんげき》咒式を使えば簡単に捕縛《ほばく》できるのだが、絶対に傷一つ付けるなという依頼のため、一時間もこの猫と追跡劇を繰りひろげている。

「ギギナ、おまえの動物なみの運動能力と知性で何とかしろ。投降を説得できないか？」

「出来ないこともないが、私の咒式はこんなくだらないことには使わない。それにこれから家具業者用の夜市がある。後は任せたぞガユス」

吐きすてた相棒は啞然《あぜん》とした俺を残して歩きだし、そのまま道路を跨《また》いだ隣《となり》のビルへと、不《ふ》吉《きっ》な鳥のごとく飛翔していった。

ビルの向こうに消えていく相棒の背に死ね死ね波を放射し、俺は三毛猫へと向きなおる。俺を嘲弄《ちょうろう》するように、舌で嘗《な》めた前肢《まえあし》で顔を洗っている咒式強化猫に猛烈に腹が立ってきた。

俺が一歩を踏《ふ》みだすと、猫は動作を停止し、俺が疾駆《しっく》しはじめると、猫も駆けだして逃げる。

もう遠慮《えんりょ》はやめだ。高電圧の網《あみ》を展開する咒式を脳内で高速検索《けんさく》し、前方を飛翔する猫へと咒式を展開しようとした時、俺の眼前で強烈な閃光《せんこう》が弾《はじ》ける。

誰《だれ》かが発動した化学練成系咒式《かがくれんせいけいじゅしき》第一階位〈光閃《コヴァ》〉の硝化綿《しょうかめん》、つまりニトロセルロースとマグネシウムと燐による燃焼反応。

瞬間的に知覚眼鏡《クリークブリレ》が光を遮断《しゃだん》したが、視力が完全に戻《もど》るまでの隙《すき》を衝《つ》かれないように、俺は前転して距離《きょり》を稼《かせ》ぎ、寸前の記憶《きおく》の中の給水塔の背後に倒《たお》れこむ。

いつまで待っても追撃が来ないので、俺は声をあげてみる。

「誰だ、俺の猫探《さが》しを邪魔《じゃま》するほどヒマな馬鹿《ばか》は？」

「ゴメンなさーい」

返ってきたのは若い女の声だった。

暗順応で視力が戻ってきた俺が給水塔の陰《かげ》から覗《のぞ》くと、声の主は、夜のビルを背景に手摺《てすり》に腰かけ、魔杖短剣を掌《てのひら》で弄《もてあそ》んでいる少女だった。

「これから出るけど攻撃《こうげき》するなよ。攻撃したら七代祟《たた》るぞ。近所の奴《やつ》も道連れだぞっ」

俺の過剰《かじょう》な警告に、少女は愉快《ゆかい》そうに笑ってうなずく。手摺に座った相手なら高位《こうい》咒式士《じゅしきし》の俺にとってそう危険はないと判断し、少女に向かって歩きだす。

少女の紺色《こんいろ》の襟《えり》には白い二本線が入り、襟と同色の袖《そで》から白い布が覗いていた。

制服からすると、市内のプリエール高等学院の生徒のようだが、長い茶色の髪と、同色の悪戯《いた》っ子《ずら》のような瞳《ひとみ》が、少女の幼く見える顔を際立《きわだ》たせていた。

「そんなに警戒《けいかい》しなくてもいいわよ。本当にゴメンね、猫いじめしている変質者かと思って。もしかして、すごーく邪魔しちゃった？」

周囲を見回したが、三毛猫がどの方向に逃げたのかも分からなくなっており、俺は溜息《ためいき》を吐《つ》くしかなかった。俺の落胆には構わず、少女が名乗った。

「アタシはラクシュ。お兄さんは？」

「名乗るほどの者ではございません」

「そうね、ガュスさん」

俺は驚《おどろ》かなかった。少女が俺とギギナの会話を聞いていた可能性くらいは予測できる。

「意外に驚かないわね。つまんなーい」

魔杖剣を鞘《さや》に戻し、俺は帰ることにした。

「あれ、こんな夜更《よふ》けにビルの屋上で美少女が一体何してるの？　とか聞かないの？」

俺は視線をラクシュと名乗る少女の方へと動かし、億劫《おっくう》そうに口を開く。

「自殺するなら別の所でやれ。ついでに咒式《じゅしき》を学ぶものなら咒式で自殺しろ」

少女の顔色は特に変わらなかった。

「どーして分かったの？」

俺は腰に差した剣の柄の先で、少女の袖口から覗く手首の包帯を指す。ラクシュは可愛《かわい》らしい鼻先に皺《しわ》を寄せて、愉快そうな声をあげる。

「どこでどうやって死のうと、アタシの勝手で自由でしょ？」

「俺の目の前で死ぬなよ」

背後も見ずに俺は歩きだしていた。

「止めないんだね。ここでアタシの愉快な自殺を見ていくのも楽しいわよん」

俺はしつこい少女へと振り返り、適当な返事をする。

「人の死ぬ所なんぞ、飽《あ》きるほど見てきて退屈《たいくつ》だ。それに機嫌《きげん》が悪いから、イタい小娘《こむすめ》の自殺ごっこの相手をする気はない」

少女は何が楽しいのか、白い喉《のど》を仰《の》けぞらせて笑いやがった。俺は屋上出入口の鍵《かぎ》を壊《こわ》して、階段を下りていった。少女の視線か何かが、俺の背中に降りかかった。

いつもと変わらない朝に、いつもと変わらないショボい事務所に出勤。予定表に、明日まで帰らないというギギナの走り書きを見つけ、幸せな気分になりつつ応接椅子《いす》に座る。事務所の通信端末《たんまつ》に、伝言を音声で出せと指示を出すと、たまにある咒式《じゆしき》反対団体の嫌《いや》がらせ声明が流れだした。

こんな零細《れいさい》事務所にまで忘れずに定期的な嫌がらせする労力を、別の有意義なことに使えよ。例えば発電とか、自殺とか。さらには自殺とか。

事務所の受像機を付けると、昨日エリダナで、人間の首を切り落とし、ぬいぐるみの首を乗せるという胸糞悪い殺人が、また発見され、二件の殺人の関連を指摘《してき》する報道が流れていた。他《ほか》の局に変えても同じような報道と、主婦向けの健康情報ばかりだったので、画面を消した。新聞もどうせ同じ内容で見る気がしない。

俺は応接椅子に深く座り、目を閉じた。

最近どうも疲《つか》れている。二十代前半でこんなに疲れるのなら、二十代後半、さらには三十代はどうなるんだろう？　俺の嘆《なげ》きを断ち切るように、懐《ふところ》の携帯咒信機《けいたいじゅしんき》の呼びだし音が鳴る。急いで出ると、待っていたジヴーニャの声が聞こえる。

「やあジヴ、昨夜はごめん、あれは……」

「言い訳は聞かないわ」

恋人《こいびと》は俺に続きを言わせなかった。

「しばらく二人の間に時間を置きましょう。じゃ私は連休に旅行へ出かけるから、カユスは一人寂《さび》しくエリダナにいなさい」

俺の返事を聞くことなく、一方的に通話は切られた。落ちこんでいると再び電子音が鳴り、音速で咒信機を見ると、ジヴからの文章通信が入っていた。

『さっきはきつい言い方をしてごめんなさい。でも、少し時間を置いて自分を見つめなおす時間が欲しいの。冷蔵庫に手作りお菓子《かし》を入れておいたから食べてね。私の真心です』

急に生きる元気が湧《わ》いて出て、俺は事務所の台所脇《わき》の冷蔵庫へと踊《おど》るように歩く。閑散《かんさん》とした冷蔵庫の内の中央の棚《たな》に、皿に載《の》った小さな林檎《りんご》パイが鎮座《ちんざ》していた。ジヴらしく、あまり綺麗《きれい》な出来ではなかったが、恋人の照れ隠《かく》しが嬉《うれ》しくて、俺は焼き菓子を手で摘《つま》んで口に放《ほう》りこんだ。

その瞬間《しゅんかん》、俺は仰けぞり、手から離《はな》れた皿が床《ゆか》に落ち、音が弾《はじ》ける。口腔《こうこう》に広がる、生臭《なまぐさ》さと辛《から》さと酸味の大交響《こうきょう》曲が脳天に突《つ》きぬける。不味《まず》いというものではなく、味が舌を刺《さ》し、思考を侵食《しんしょく》する。

大鎌《おおかま》の先で俺の首を引っかけようとする死神と目が合い、「惜《お》しい」と言いつつ照れたように舌を出し、骸骨《がいこつ》の頭を骨の手でこづいていやがる嫌な幻覚が見えた。

俺は、トイレに行くまで間にあわず、近くにあった屑籠《くずかご》へと激流のごとく嘔吐《おうと》する。胃液まで吐《は》き、涙《なみだ》と鼻水を零《こぼ》しながら、水を求めて振り返ると、床に転がった皿が目に入った。その表面には、「救いようのない万年発情期の最低の浮気者《うわき》は、地獄《じごく》パイで死んで腐れて死んで、さらにもう一回死すべし」という、怒《いか》りに乱れたジヴの文字が並んでいた。

娼館《しょうかん》の護衛に行った後、その一人と仲良くなって連絡《れんらく》を何度か取っていたのだが、ジヴはそれを浮気と勘違《かんちが》いしたのである。

乳を揉《も》むくらいはしたが、その程度は浮気ではない、と思うのだが、ジヴの倫理裁判では即《そっ》刻死刑《こくしけい》の判決のようだ。

水を飲んだ俺は、しばらく台所に凭《もた》れていた。一時間もそうしていると大分楽になってきて、死神が「もう一回、もう一回だけ、鎌を振らせて」と言う幻覚も遠のいた。さらに半時間が経過し、何とか意識が鮮明《せんめい》になる。

ジヴのことは帰ってから考えよう。ほんの少し笑える要素もある復讐《ふくしゅう》で、本気で怒《おこ》っているとは言いきれない、気がする、ような。

俺は気分を切りかえて猫《ねこ》探しの続きを始めることにし、ゆっくりと腰《こし》を上げる。

椅子の背に、昨日から着たままの長外套《コート》を投げる。入口脇の上着掛《か》けにかけておいた、新しい長外套を取ろうとすると、抵抗感《ていこう》があった。

よく見ると、袖口《そでぐち》が太い釘《くぎ》で、上着掛けに打ちつけてあった。

苦い顔をしながら俺は魔杖剣《まじょうけん》の刃《は》で釘を抜《ぬ》き、長外套を羽織る。右袖から手を出そうとして引っかかる。袖口を見ると頑丈《がんじょう》な糸で縫《ぬ》って閉じてあった。視線を水平移動させると、御丁寧《ごていねい》に左袖も閉じてあった。

「普通《ふつう》、ここまでやるか？」

釘にしろ糸にしろ、弾丸《だんがん》や呪式《じゅしき》を防ぐ丈夫《じょうぶ》な呪化繊維《せんい》を、どうやってジヴが貫通《かんつう》させたのかが不明だが、彼女が本気で怒っている線が濃厚《のうこう》だ。

俺は悄然《しょうぜん》と応接椅子に戻り、元の長外套を手に取り、玄関《げんかん》を抜けて外へ出る。

「にゃー」

マヌケな声に右を向くと、俺が餌《えさ》をやってる野良《のら》の黒猫エルヴィンと、彼女を抱《だ》いて座る制服姿の少女の幼い顔があった。陽光に透けて亜麻色になった髪を修正して思い出した。

「こんにちはガユス」ラクシュとか言った少女が黒猫の前肢《まえあし》を掲《かか》げて挨拶《あいさつ》してくる。

「愉快《ゆかい》な自殺はやめたのか？」

ガユスという俺の名から、この事務所の場所を調べたのだろうが、何とも御苦労なことだ。

「ううん、面白《おもしろ》いことがあって一時保留」ラクシュは微笑《ほほえ》みながら立ち上がり、「それよりガュスの方が死にそうな顔してるけど、大丈夫《だいじょうぶ》？」と続けた。

俺は何かを堪《こら》える表情をしているだろう。久しぶりに人に優《やさ》しい言葉をかけられて、ちょっと泣きそうな自分の精神状態が怖《こわ》い。そんなに追いつめられていたのか、俺？

内心を糊塗《こと》するように、俺は表通りへ足早にと歩きだす。ラクシュの足音が俺に付いてくる。

「ついてくるなよ。学校に行け学生。俺は呼吸に夢中で忙しい」

「いいじゃん、意地悪言わないでよ。攻性呪式士《こうせいじゅしきし》なんて珍獣《ちんじゅう》、なかなか見れないし。それにアタシを連れていくと役に立つよ」

「何に？」

「アタシって猫に好かれるから、猫探しには役に立つよ。少なくともガユスよりは」

「いやいや、俺こそ動物に愛される善人だ」

俺は立ち止まる。少女の腕《うで》の中で、貴婦人然として双眸《そうぼう》を閉じているエルヴィンの喉《のど》を撫《な》でようと、手を伸《の》ばす。

真珠《しんじゅ》色の小さな爪《つめ》で引っかかれ、思わず手を引っこめる。黒猫は少女の腕の中から飛びだし、見る間にビルとビルの隙間《すきま》へと消えていった。

「ね？」

ラクシュの笑っている瞳《ひとみ》が俺へと向けられる。俺はさぞ哀《かな》しげな顔をしているだろう。

「攻性咒式士《こうせいじゅしきし》って、普段《ふだん》こんなことしてるの？」

写真の猫と目前の猫の顔を見比べている俺に、ラクシュの言葉が降ってくる。

「まあね」ビルの谷間に寝《ね》そべる猫たちを見ているのにも飽《あ》きて、俺は立ち上がる。

「セーギのために戦い、異貌《いぼう》のものどもや、悪い咒式士相手に立ち向かうとかは？」

「前の方は皆無《かいむ》、後ろの方もあまりない」

「つまんなーい」少女は退屈そうに革靴《かわぐつ》を動かし、足元の猫にじゃれさせる。

少し疲《つか》れてきたので、路地を出る。自動販売機《はんばいき》で珈琲缶《コーヒーかん》を二本買い、一本を、路肩《ろかた》にちょこんと座っているラクシュに渡《わた》す。

「私、コーヒー嫌《きら》い。苦いもん」

「そうだと思ったから買った」

俺を睨《にら》むラクシュを横に、珈琲を飲みながらの暇《ひま》つぶしの会話でも始める。

「砂漠《さばく》のある部族には、絶対に雨を呼ぶ踊《おど》りがあるそうだが、どんな踊りか分かるか？」

ラクシュが首をかしげる。

「雨が降るまで何日、何週間でも踊りつづけるだけなんだけどね」

隣《となり》でラクシュが小さく笑い、俺は続ける。

「ある悲惨《ひさん》な人生を送る男が自殺し、あの世で神に会ってこう言った。『俺の自殺は不良品の返品だ』と。神はニヤニヤ笑ってこう言い返した。『お客様、商品返品可能期間は、八日間までございます』とね。男は地上に戻《もど》され、悲惨な人生を再び続けたとさ」

終わることのない俺の冗句《ジョーク》に、ラクシュは「ヒサーン」と笑いころげていた。

「よーし、お礼にちょっと元気が出るようにしてあげよう」

ラクシュは立ち上がり、手品師の音楽を口ずさみながら、制服の紺《こん》のスカートの裾《すそ》を持ち上げていく。

膝上《ひざうえ》までの黒い靴下が覗《のぞ》き、続く白い太股《ふともも》、その付け根の空色の下着まで見えた。

「どう？」裾を掲《かか》げながら聞いてくる少女に、俺は疲れた声で返事する。

「あのさ、大人はそんな軽いお色気では喜ばないよ。もっと脱《ぬ》いで、ついでに犯《や》らせて」

「調子に乗るなバーカ」

ラクシュはスカートを戻し、俺の横に並んで腰《こし》を下ろした。この年頃《としごろ》の娘の考えることは理解不能だが、ラクシュは周囲から浮《う》くくらいの特に変なヤツで、友達は少ないだろう。

「一体、何が原因で死にたいんだ？」

俺の言葉に、視線を前方に向けたままラクシュは沈黙《ちんもく》する。

「父が」俺が欠伸《あくび》をしようとした時、ラクシュはようやく口を開いた。

「父が、毎晩アタシの寝室《しんしつ》に入ってくるの。それで、それで……」

「嘘《うそ》だな」

俺が一言で切って捨てると、ラクシュが残念そうな顔をする。

「早ーい。どーして分かったの？」

「下着が処女臭《しょじょくさ》いから」

ラクシュが怒って席を立ち、そして小さな尻《しり》を再び路肩に下ろした。

「引っかからないわよ。そうやって怒らせてアタシを追いはらおうとしても」

性格はともかく、ラクシュの頭はそれほど悪くないようだ。飲み終えた缶を背後の屑籠《くずかご》へと投げ、ついでに言葉も投げた。

「で、俺についてくる本当の理由は？」

俺の言葉にラクシュが急に黙《だま》りこむ。飽きてきた俺が立ち上がろうとした時、ラクシュが重い口を開いた。

「あのさ、春先に咒式士連続殺人犯《じゅしきし》が捕《つか》まったじゃない、犯人が高校生で反咒式団体に殺されたヤツ。あれ、何件かは、本当に高校生がやったのかと疑問が出ていたでしょ？」

俺の動作が急停止する。あの事件は確かに高校生の単独犯ではなかった。

むしろ高校生は模倣《もほう》犯にすぎず、真犯人と俺やギギナが対決したこともあった。俺の内心の動揺《どうよう》をよそに、少女が告白を続ける。

「実は、あの中の、ピーウィズ通りの事件はアタシがやったのよ」

俺が黙っていると、ラクシュは傍《かたわ》らの鞄《かばん》から、少女には似合わない重厚な実戦用魔杖短剣《まじょうたんけん》を取りだす。

その鈍色《にびいろ》の刃先《はさき》には、乾《かわ》ききって黒くなった血痕《けっこん》がこびりついていた。

ラクシュの顔は蒼白《そうはく》に近くなっており、魔杖短剣を握《にぎ》りしめる細い指が、小さく震《ふる》えていた。

「アタシの父親って、攻性呪式士《こうせいじゅしきし》をやっていたんだ。ハリウェルと言っても、あまり有名ではなかったし、十年も前に辞《や》めたからガユスは知らないと思うけど。アタシは倉庫で父親の古い魔杖短剣を見つけて、ちょっと使ってみたくなったの……」

俺が黙っていると、ラクシュは憑《つ》かれたように饒舌《じょうぜつ》に喋《しゃべ》りつづける。

「最初は軽い悪戯《いたずら》のつもりだったの。通行人を驚《おどろ》かしてやれって。でも相手が呪式士で反撃《はんげき》してきて、そして気がついたら相手を殺していたの。それで、それで、アタシどうしていいか分からなくなっちゃって、それで死にたいと思って……」

ラクシュは琥珀《こはく》色の双眸《そうぼう》から透明《とうめい》な涙《なみだ》を零《こぼ》し、顔を覆《おお》って嗚咽《おえつ》をあげはじめた。俺は誰《だれ》も通らない寂《さび》れた商店街を眺《なが》めていた。

溜息《ためいき》を吐《つ》きながら、俺は言葉を投げだす。

「あのさ。攻性呪式士用に限らず、魔杖剣というヤツは、何十年も前から個人識別装置が付いていて、本人以外は使えないんだけど？」

横目で見ると、ラクシュは顔を覆った掌《てのひら》の細い指の間から俺を見ていた。視線が合うと顔を上げて猫《ねこ》のように笑った。

「わざわざ親の持っている本物を盗んで、血痕まで付けたのにぃ」

「俺自身が嘘つきだからね。嘘には敏感《びんかん》だ」

魔杖剣をさらっと盗んでくるような娘とは、つきあいきれない。俺はどうやってこのイタい娘《むすめ》から逃《に》げようかと考えはじめていた。ラクシュの発言がその思考を中断させた。

「確かにアタシは人を殺していない。でも死体の落ちてる所は知っているわ」

くだらない嘘にうんざりしてきた俺は腰を上げる。それより早く右隣《みぎどなり》のラクシュが跳《は》ねるように立ち上がり、指先で俺の鼻先の知覚眼鏡《クルークブリレ》を奪《うば》っていった。

「それ、結構な値段がするんだけど？」

「返して欲しかったら、一緒《いっしょ》に来るしかないわ。断ったら割って逃げるわよん」

知覚眼鏡の端《はし》を、ラクシュがその可愛《かわい》らしい八重歯《やえば》で齧《かじ》ってみせた。

俺は何度目かの溜息を吐いて、踊《おど》るように逃げる少女の後に続いて歩きだした。

事務所のヴァンは、やらしい悪戯《いたずら》されるからイヤだと言うラクシュの真っ当な意見が出て、俺は市営電車の駅へと引っぱられる。三駅で到着《とうちゃく》したのは、古い病院の跡地《あとち》だった。

手招きするラクシュに続いて金網《かなあみ》を乗りこえ、敷地《しきち》に不法侵入《しんにゅう》。幾重《いくえ》にもそびえる四階建て病棟《びょうとう》の、白い壁面《へきめん》を眺めながら歩く。

病棟の上の空は雲一つない晴天で、舞台《ぶたい》背景のような青一色だった。

ラクシュは敷地に敷《し》きつめられたコンクリ床《ゆか》の、白い部分だけを飛び渡《わた》っている。

少女の革靴《かわぐつ》がコンクリ床から離《はな》れる度《たび》に、スカートの裾《すそ》が蝶《ちょう》の翅《はね》のように翻《ひるがえ》り白い太股《ふともも》が覗《のぞ》くのが、何だか綺麗《きれい》だった。

いかん、正気に戻《もど》れ俺。二昔前の勘違《かんちが》い雰囲気《ふんいき》映画のような思考をしている俺に気づいたのか、ラクシュが振《ふ》り返り、首を傾《かし》げる。

「こんな日に死んだら、とっても気持ちいいでしょうね」

晴天の空を映したような笑顔《えがお》のラクシュに、俺は少し嫌《いや》な気分になった。

少女が俺の横に並び、跳ねるように歩く。

「どうでもいいことだが、本当は何で死にたいんだ？」

歩きながらの俺の問いに、顎《あご》の下に俺の知覚眼鏡を摑《つか》んだ手を当てて、ラクシュはしばらく考える。

「ほらあれよ、毎日が退屈《たいくつ》で、将来に何のいいことも無いのが分かりきっているからよ」

少女は退屈そうな声で続ける。

「どうせくだらない会社に就職して、文句言うだけでなーんもしないカス男と結婚《けっこん》して、デキの悪い子供を育てる疲《つか》れた主婦になって、シワくちゃのババアになる。そして病院でいっぱいの管につながれて死んじゃう。そーゆー今の時代で、積極的に生きたいと思うヤツの方が変じゃない？」

俺は答えを返す。

「では、そうではない人生だったら？　財閥《ざいばつ》の令嬢《れいじょう》で、頭脳明晰《めいせき》、容姿端麗《たんれい》。素晴《すば》らしい恋人《こいびと》と友人に囲まれて、夢を全部叶《かな》えられる人生なら自殺しないのか？」

「そりゃあ、まあ……」

「アホか。そんな無茶な設定の人間、地上に数人しかいるか。いいかげん自分で自分と折りあえよ。皆《みな》そうしている」

俺を追いこしてラクシュが疑問を述べる。

「でも、アタシには夢も未来もないし、アタシが苦しいのも事実よ」

「自分の命だ、死にたいなら死ねばいい。だが、自殺衝動《しょうどう》が自分の意思だと断言できるかい？　鬱病《うつびょう》や過渡《かと》的な環境《かんきょう》の所為《せい》ではなく、自分の永続的な決断と絶対に言える？」

俺の分析《ぶんせき》に、ラクシュは言葉を失ってしまう。ちょっと大人げない自分の詰問《きつもん》に自己嫌悪《けんお》に陥《おちい》り、少し口調を和《やわ》らげることにする。

「ラクシュみたいな若い娘が死にたいという世界は間違《まちが》っている。君が死にたいと言うなら俺はどうなる？　揉《も》めごとと借金恒常《こうじょう》製造機の相棒に、恋人に毒を喰《く》わせられる。俺の半生を聞いたら、魔王が三回号泣するぞ」

「でもガユスは攻性咒式士《こうせいじゅしきし》じゃない。憧《あこが》れの仕事についてる強い人間だから、ヨユーがあってそう言うのよ」

ラクシュの反論には力なく笑うしかない。

「映画や劇の見すぎだよ。実際の俺が猫《ねこ》探ししているのを見ただろ？　副業に予備校の講師までしてるぞ。呪式士《じゅしきし》もそこらの勤め人と何にも変わらないよ。役所や依頼《いらい》主に頭を下げて、街を這《は》いずる地味な仕事ばかり。むしろ何にも作らず生み出さず、誰《だれ》も幸福にしない最低の腐《くさ》れ仕事だ」

何だか俺の愚痴《ぐち》になってきた。

「生きる意味や理由なんて思考遊びだ。適当に作ってりゃいい。それが気に入らないなら闘《たたか》うか、俺みたいに無視してればいい」

ラクシュは俺の愚痴を黙《だま》って聞いていたが、最後に口を開いた。

「通りすがりのアタシだから、そんな愚痴混じりの説教を言っているだけでしょ？」

「ああ、親しいヤツには恥《は》ずかしくてこんなこと言えないな」

言ってる間に、一階の病棟《びょうとう》と病棟をつなぐ柱と屋根だけの廊下《ろうか》を横ぎる。柱の一面に卑猥《ひわい》な落書きがあり、ラクシュがその意味を聞いてきた。

知っているのに俺に聞いておちょくりたいようなので、それ以上に最低に卑猥な言葉を教えてやったら、本気で怒《おこ》って蹴ってくる。俺をおちょくるには年季と経験が足りないね。

廊下を後にし、左の病棟の壁《かべ》を無感動に眺《なが》めつつ、建物の裏手に回っていく。

殺風景な裏の敷地《しきち》の奥に、コンクリ壁に囲まれたゴミ捨て場があり、目標があった。

灰色のコンクリ壁に凭《もた》れるように、人間が人形みたいに手足を投げだしていた。

被害者の頭部にあたる部分には、ぬいぐるみの熊《くま》の顔が楽しげな笑顔を浮《う》かべており、赤黒い首飾《くびかざ》りの痕《あと》を付けた頸部《けいぶ》からは、「ねえ、僕の首はどこ？　探してよ、探してよ」という不《ふ》謹慎《きんしん》な言葉が連ねられた札が、大釘で刺《さ》して留められていた。

「やった、本当にあったんだ！」

琥珀《こはく》色の瞳《ひとみ》を輝《かがや》かせて喜ぶラクシュ。だが、俺の中では疑問符《ふ》の嵐《あらし》が吹《ふ》き荒《あ》れていた。呪式士《じゅしきし》連続殺人は、手口と犯人を変えて続いていた。しかし一体誰が？　何の目的で？

「おまえ、本当に人を……？」

「違うわよ。そんな怖《こわ》い目しないでよ」

ラクシュが俺から一歩離れた。そして後ろ手に持っていた携帯端末《けいたいたんまつ》を俺に見せる。

「実はね、昨日の夜、アタシの携帯に殺人犯さんからの文書通信が来たの。どうやら番号が一字違いみたいなんだけど」

俺はラクシュに近より、掌から携帯を奪《うば》いとり、文章を立体化させる。横に並んだラクシュが一緒《いっしょ》に覗きこみ、説明しはじめる。

「ほら、『誇《ほこ》り高きものの守護者よ、三人目の蛆虫《うじむし》の死骸《しがい》はダッドル病院跡地《あとち》のゴミ捨て場へと捧《ささ》げておきます』ってね。発信元を調べたんだけど、殺人犯さんは公衆端末からで、送られる方もコーホが多すぎて憶測《おくそく》すらできないわ。憶測って難しい単語を使ったりして」

ラクシュは心から愉快《ゆかい》そうに語る。まるで初恋の喜びを語るように。

俺は再び視線を死体に戻《もど》す。疑問が脳内で渦《うず》を巻いていた。そんな俺の思考にラクシュが割りこんでくる。

「ねえ、警察には内緒でアタシたちで犯人探しをやってみない？　これこそ咒式士《じゅしきし》の仕事じゃない。暗い過去を背負ったシブい咒式士と美少女助手って萌《も》えるでしょ？　まあガユスがまったくシブくない若造って所は何とかガマンしてあげるわ」

少女が妄想《もうそう》を饒舌《じょうぜつ》に語っている隙《すき》に、その手から俺の知覚眼鏡《クルークブリレ》を取りもどす。

「まあ、考えておくよ」

「約束だかんね。死体は二人の秘密だよ。じゃ明日の朝十時、事務所前で」

俺は来た時と同じようにムダ話をしながらラクシュと歩き、病院の敷地を出て、「じゃあ仕事があるから」と言って入口で別れた。

通りを二つ越《こ》して背後を振《ふ》り返り、ラクシュの姿がないことを確かめてから、商店街の前の公衆端末に硬貨《こうか》を入れ、番号を押す。

「ああ保健所ですか？　ダッドル病院裏から異臭《いしゅう》がするんで、何とかして下さい。ええ、それが役所の仕事でしょうが。ええ、急いで下さい。でないとまた苦情を入れますよ！」

そこまでまくし立てて、俺は受話器を叩《たた》きつけ、指紋《しもん》を拭《ふ》いてそのまま立ち去る。

地下のバー「青い煉獄《れんごく》」の席に座る俺が酒杯《しゅはい》を傾《かたむ》けていると、酒棚《だな》の上方に備えつけられた画面では、昨日、ダッドル病院跡地で、また首なし死体が発見されたという報道をやっていた。

三人の被害者《ひがい》は、毒殺され、不謹慎な言葉が書かれた札をつけられた状態で発見された。全員が呪式士《じゅしきし》だったために、春先に起きた呪式士連続殺人との関連を識者が話していた。

入口で顔見知りの賞金稼《かせ》ぎが言っていたが、三人の被害者は、呪式士というより、犯罪者といった方がいい半端《はんぱ》者だったそうだ。そういう善悪を混乱させる事実はもちろん報道されない。

嫌《いや》な気分になった俺は、空になった酒杯に気づいた。老バーテンにダイクン酒の追加を注文すべく、杯を掲《かか》げる。

「お連れさんは何を？」

視線を水平移動させると、椅子《いす》に上着をかけた猫《ねこ》の瞳の少女が、俺の左隣《ひだりどなり》に座るところだった。

「おまえな、ここは暴力愛好家の攻性呪式士《こうせいじゅしきし》が多く集まる店だぞ？」

「だから必死で探したのよ。アタシは朝から事務所の前で待っていたんだから。『今日はマヌケ娘が来るから臨時休業』って、アタシをバカにした札がかかっているのに気づくのに、二時間もかかったわよ！　あ、アタシはガユスと同じヤツくださいな」

俺の言葉を遮《さえぎ》ってラクシュが注文するが、「未成年にはお酒を出せません」と厳粛《げんしゅく》な顔で老バーテンが断った。

「じゃ、葡萄《ぶどう》果汁と牛乳の炭酸水割り、サクランボ添えで」

悪びれる様子もなくラクシュは注文し、老バーテンは複雑な表情を浮かべ、やがて何かを振りきるようにうなずき、冷蔵庫から取りだした瓶《びん》の栓《せん》を捻《ひね》って混ぜていく。

老バーテンが完璧《かんぺき》な動作で差しだした、おそらくこのバーが始まって初の珍妙《ちんみょう》な飲み物を飲み、ラクシュが叫《さけ》ぶ。

「通報するなんてヒドいじゃないガユス、死体は二人だけの秘密って言ったのに！」

「ラクシュ、大きい声を出すな」

俺はラクシュの頭を手で抑《おさ》えて黙《だま》らせる。「青い煉獄」に攻性咒式士《こうせいじゅしきし》の客が多いということは、当然、ここでの噂《うわさ》話は悪性の性病のごとく急速に同業者に広がる。

十代の小娘《こむすめ》と酒を呑《の》んでいたと露顕《ろけん》すれば、ギギナの耳に入り、ジヴにも届く可能性があるのだ。

店に入る時に、腐《くさ》れラルゴンキンや糞《くそ》ったれパンハイマの事務所の咒式士も見かけたので、それだけはなるべく避《さ》けたい。

「通報の件にしても、ああする以外にない。おまえだって、俺の猫《ねこ》探しに協力する話を忘れているだろ？　ここは奢《おご》るから機嫌《きげん》を直せ」

ラクシュは俺のダイクン酒を奪って呑んだ。店の奥の老バーテンが厳しい視線で俺を見てきた。違《ちが》う、俺はここにいないと思ってくれ。

「うえ、マズい。薬みたいな味がする」

「おまえが味について語るな」

ラクシュは急に怖《こわ》い目をして俺を睨《にら》む。

「ガユスだけは信じていたのに」

「信じるなよ。というか論理が分からん」

俺はラクシュから酒杯を奪い返し、そして続けた。

「前にも聞いたけど、何でそこまで俺についてくるんだ？」

ラクシュは少しだけ笑った。

「アタシ、ガユスが嫌《きら》いじゃないみたい」

「もう少しマシな嘘《うそ》をつけ」

「これは本当ですよーだ。好きです」

酒杯を傾《かたむ》けて無視していると、ラクシュが俺の耳を摑《つか》み、自分の正面に向かせる。

「少しは真面目《まじめ》に答えてよ、アタシのこと本当にウザくて、真剣《しんけん》に嫌い？」

「それは卑怯《ひきょう》な質問だよ。面と向かって嫌いと答える人間はちょっと頭おかしいし、逆だと好きしか残らない。俺もその手で口説くこともあるけど、子供向きじゃないね」

ラクシュが哀《かな》しそうな顔をする。

「おまえの感情は勘《かん》違いだ。寂《さび》しさから、たまたま相手をしてくれた俺を逃《に》げこめそうな場所と感じ、それを愛情にしてしまっただけだ。おまえの口癖《くちぐせ》の、自殺したいというのも同じ程度だよ」

「ひどいヤツ。こんなカワイイ娘に言いよられて、フツー拒否《きょひ》する？」

「一回抱《だ》いてサヨナラなら大歓迎《かんげい》するが、おまえは後々が面倒《めんどう》そうだからね」

俺が何とか笑いにすると、ラクシュは本格的に拗《す》ねて、次の飲み物を注文する。

話題も途絶《とだ》え、二人の間に静謐《せいひつ》が舞《ま》い降りる。店内に流れる古い恋唄《こいうた》の旋律《せんりつ》だけが耳に入ってきていた。

「この連続殺人の犯人ってさ、いったいどんなヤツなんだろ？」

カウンターに頭を載《の》せたラクシュがつぶやく。さすがに可哀相《かわいそう》になって、俺はくだらない話につきあってやる。

「単なるアホだろ」

俺の言葉に、カウンターの上に載せたままの幼い顔を、こちらへと向ける少女。俺は話を続ける。

「例えば、社会的に認められる能力がない人間が、犯罪などの反社会的行動で認められようとすることを、社会学では負の英雄《えいゆう》願望とか命名しているようだな」

ラクシュが興味なさげに耳を傾ける。

「犯罪者って、よーするにデキソコないの目立ちたがりやってこと？」

「まあね」俺はしかたなく説明を続ける。酒場の与太話にはふさわしいだろう。

「現代社会に適応している人間は、社会的人間と言えるし、気に入らない対象に反抗《はんこう》や破壊《はかい》を行う反社会的な人間も、その不満が解消されれば満足するだけで、社会という構造の枠内《わくない》に入っている」

「それがアタシだっていう、遠回しなイヤミ？」

「さあね。そこで問題なのは、そんな社会と反社会の範疇《はんちゅう》を越《こ》えてしまった人間だ。彼らは社会とは隔絶《かくぜつ》した存在で、自分の価値観にしか従わない。そのため、罰則《ばっそく》も利益も何ら行動原理にはならない。最悪のヤツになると、人間を人間と見ることもなく、楽しんで人を殺せる」

ラクシュが亜麻《あま》色の髪《かみ》の頭を上げる。

「学校にも何かそんな男子たちがいるわ。人を傷つけることを平気でして、怒《おこ》られてもヘーキな顔してる、教室の隅《すみ》の気持ち悪いヤツ」

俺はうなずき、酒杯を傾ける。

「どうしてそんな変なヤツが増えたの？」

「遺伝子攪乱《かくらん》物質や前頭葉の萎縮《いしゅく》、幼児期の虐待《ぎゃくたい》などの環境《かんきょう》の、七つの原因があると大別する意見もあるが、併《あわ》せて社会学の承認《しょうにん》不足という説も、俺は有力だと思う」

酒杯の表面を眺めながら俺は続ける。

「現代人は幼年期から青年期にかけて、人間の尊厳を確立する承認経験が少ない。ようするに、この現代社会では、愛され褒《ほ》められ励《はげ》まされるという経験が不足するんだ。

するとー部の人間は『どうせ誰《だれ》も認めてくれないなら、こちらから社会を拒否してやる。自分だけが正しいんだ』と考える。そうなると、他人の意見を受け入れず、自らの妄想《もうそう》にのみ従う非社会的存在、怪物《かいぶつ》となる」

俺は一息吐いて論を続ける。

「彼らは理由なく人を傷つけることができる。理由は「そうしたいから」だ。彼らに何ら精神的および器官的疾患《しっかん》はないし、異常者でもない。単に人格が著《いちじる》しく偏《かたよ》っているだけで、場合によっては一般《いっぱん》人より常識的に振《ふ》るまうこともできる。だが、彼らは道徳や法を破ると不利益な場合は守るが、それが届かない場所では平気で無視する。

彼らには他者を尊重することや、愛情や感情が理解できない。他人が自分と同じ人間とはどうしても思えないんだ。そして、そんな怪物の数は確実に増《ふ》えている」

ラクシュは少し不安げな琥珀《こはく》色の瞳《ひとみ》で俺を見た。俺は硝子《ガラス》の杯《さかずき》の酒に映った自分の顔を眺《なが》めていた。そこに映った周囲の咒式士《じゅしきし》たちの姿も。

俺たち攻性咒式士こそ、その怪物の典型症例かもしれない。咒式士は普通《ふつう》の人間より倫理や法を欺《あざむ》き、越えやすい力を持ち、非常に自己中心的な価値観を持つ。

だからこそ咒式士は、組合や協会を作り、必ず多人数で作戦行動し、わざわざ自らを縛《しば》っているのかもしれない。

「どうしたら、そんな人たちを治せるの？」

ラクシュの声は小さな脅《おび》えを孕《はら》んでいた。答えが存在しないという答えを、俺はダイクン酒とともに喉《のど》の奥に飲みこんだ。電子の猫《ねこ》の鳴き声。ラクシュが携帯《けいたい》を取りだし、画面を眺める。

「ほら来た、例の殺人犯さんの間違《まちが》い通信。次の死体はパラゾ通りの丸ビルの裏だって。しかも今度の死体は女らしいよ」

俺はラクシュの幼い顔を見ずに言った。

「もうやめておけ。おまえは現状に不満で、変な奴を演じるだけの普通の女の子だ。怪物たちの世界に首を突《つ》っこむより、もっと恋だの流行だの、楽しいことを追っかけていろ」

「嫌《いや》よ！　そんな平凡《へいぼん》で退屈《たいくつ》な人生！　私は特別がいいのっ！」

ラクシュは乱暴に席を立った。俺の背後から猫の目で睨みつけているのだろう。

「普通でいいと思うけどな。両親の避妊の失敗で生まれたのが、俺たちの配役なんだし」

「もうガユスなんか仲間に入れてやんないっ！　大っ嫌い、変態！　バカっ！」

切りすてるようにラクシュが叫《さけ》び、椅子《いす》の背にかけた上着を引っつかみ去っていった。踵《かかと》を床《ゆか》に叩《たた》きつける足音が遠ざかっていくのを背中で聞きながら、俺はつぶやいた。

「ほらね、若い子の好きだの死ぬだのなんて、一時の勘違い、すぐに忘れる」

老バーテンが注文を取ろうとするのを手で制し、俺は空の硝子杯の底を眺めていた。

ラクシュを愛せないのは、俺の性的嗜好《しこう》と年齢《ねんれい》に合致《がっち》しない以上に、彼女の本質が俺と同じだからだ。

愛を欲しがるが、与《あた》えはしない。

そんな人間を、誰も愛せはしない。


煉瓦《れんが》造りの古いビルが並ぶ路地裏。ギギナが壁《かべ》に凭《もた》れて立ち、ビルの隙間《すきま》を挟《はさ》んだすぐ右隣《みぎどなり》の木箱に俺が腰《こし》を下ろしていた。

夕暮れの街角に大の男二人が何をするのでもなく並んでいる、マヌケな光景だ。

「ガユス、貴様はまた、金にもならない厄介《やっかい》ごとに首を突《つ》っこんでいるらしいな。いや小娘《こむすめ》と言った方がいいかな」

ギギナが漏《も》らした言葉に、俺の呼吸が一瞬途絶《いっしゅんとぜつ》した。

「誰から聞いた？」と聞くまでもない。青い煉獄《れんごく》の常連客には、ギギナのお手つきの女性咒式士《じゅしきし》もいるからだ。

「自分の女に愛想《あいそ》をつかされて、簡単に操《あやつ》れる中学生の少女に乗りかえたのか？」

「ああ見えて高等学院生だよ。向こうが物珍《ものめずら》しさで寄ってきたんだ。今ごろは飽《あ》きて家に帰ってるさ」

ギギナの嫌味《いやみ》は早めに断ち切っておく。そして無言の時間が砂のように過ぎる。

自分が座る木箱に「鮮魚《せんぎょ》」と書いてあったのに気づき（服に臭《にお》いが付く！）と腰を浮《う》かせか

けたが、今さら手遅《ておく》れだと高僧《こうそう》のように悟《さと》って腰を戻す。

「その娘が言っていたんだけど。ギギナ、死にたいって思ったことあるか?」

俺の口唇が勝手に言葉を紡《つむ》いでいた。夕陽《ゆうひ》に染められたギギナの皮肉な笑《え》みが俺の横目に見えた。

「また貴様の無駄話が始まったな。その内、人間はどこから来てどこへ行くの? 宇宙に果てはあるの? とでも言いだすつもりか?」

「悪かったよ。で、人間ってどこから来てどこへ行くの? 宇宙に果てはあるの?」

俺の嫌がらせにギギナが顔をしかめた。

俺の会話法にはかなり問題がある。ギギナを相手にして、自分の思考をまとめようとする癖が付いてしまっているようだ。

「死にたいと思ったことはないな。殺したいと思うことは多々あるが」

ギギナの返答が今になって届く。ギギナが自分のことを話すのは珍しい。

「誰を?」

美しい死神の笑顔のギギナが、俺を見つめているのに気づいた。聞くんじゃなかった。

「自分を殺すなど意味がない。そこに名誉も勝利も存在しないし、何ら状況《じょうきょう》の解決になっていない。問題があるなら、死力を尽《つ》くして立ちむかえばいいだけのことではないか」

「おまえには傷つく心とかないのか? 自分が大嫌いで、そんな自分を切りすてたくて堪《たま》らない時が本当にないのか？」

ギギナが不思議そうな顔をした。本当に理解できないらしい。

そういえばドラッケン族の世界観では、自己嫌悪《けんお》も苦境も敵であり、倒《たお》すべき対象としか考えないと聞いたことがある。その思考法だと反省もないな。

「そういう貴様は、自死を思うことでもあるのか？」

「腐《くさ》れ人間にしか出会わない、借金、将来の不安、アホな相棒って何回か言ってみろ。俺の気持ちが分かってくるよ」

怪訝《けげん》な表情のギギナが思考に沈《しず》み、やがて俺の顔を直視して答える。

「確かに、最後の一つは落ちこむな」

「そりゃ嬉《うれ》しいね」

ラクシュには賢《さか》しげなことを言ったが、俺にも死の誘惑《ゆうわく》がちらつくことがある。

ジヴと愛を交《か》わし、友人とバカ騒《さわ》ぎをしていても、心の裏側から聞こえる声がある。

（本当に彼女を愛しているの？　本当に他人とつながっているの？　自分も他人も、生きていても死んでいても、無関係だとしか思えないのに？）と囁《ささや》く、冷たく昏《くら》い声が。

ギギナの声が、俺を現実に引きもどす。

「自分から聞いておいて黙《だま》りこむな。この一連の無意味質疑応答の真意は何なのだ？」

俺は長い吐息《といき》を吐《は》く。

「毎日毎日、人が人を殺すこの世界に、俺たちの仕事にうんざりしてこないか？」

俺の疲《つか》れた問いに、ギギナが迷いもなく答える。

「子供の疑問だな。我々ドラッケンでは真剣《しんけん》勝負を尊ぶがゆえに、相手の命と自分の命を剣峰《けんぽう》に乗せるだけだ」

「それって、自殺志願者の起こす快楽殺人と、どこが違《ちが》うんだ？」

ギギナはしばらく考え、槍《やり》のように長大な屠竜刀《とりゅうとう》ネレトーを地面に下ろし、語りはじめる。

「ドラッケン族なりの誇《ほこ》りと名誉《めいよ》の法則で闘《たたか》っているが、所詮《しょせん》は地域の多数決での正当性だ。そして、私の中に闘争《とうそう》と相手の死を楽しむ心情があるのも否定できない」

そしてギギナは俺へと視線を向けた。

「ただ、闘争に意味を求めるな。それは意味があるなら殺すという愚考《ぐこう》につながる」

「相変わらずギギナの論理は意味不明だな。話がずれまくっているぞ」

ギギナの言葉に違和感《いわかん》を感じたが、俺にはそれが何かを指摘《してき》する言葉がなく、二人でただそれぞれの方向を眺《なが》めていた。

「来たぞ」

「ああ」

俺とギギナの間、ビルとビルの隙間《すきま》の奥から、肉球が地面を叩《たた》く軽い旋律《せんりつ》が届いてくる。くだらなさに嫌がる情報屋のヴィネルに安くない金を払《はら》って、巡回路《じゅんかい》を調べあげた甲斐《かい》があった。

二人の狭間《はざま》から、夕闇《ゆうやみ》の大気を切り裂《さ》く一条の疾風《しっぷう》が飛びだす。風は、俺が追っていた咒式《じゅしき》強化猫《ねこ》だった。

猫の細い瞳孔《どうこう》が横目に俺と交錯《こうさく》する。嘲弄《ちょうろう》するような瞳《ひとみ》は次の瞬間《しゅんかん》、衝撃《しょうげき》に揺《ゆ》れる。

三毛猫の全身は縛鎖《ばくさ》に捕《と》らわれ、自らの勢いで地面に落下、猛獣《もうじゅう》のような鳴き声をあげながら激しくもがいていた。

ギギナが屠竜刀ネレトーの先端《せんたん》で発動した、生体変化系咒式《せいたいへんかけいじゅしき》第二階位〈蜘蛛絲《アピネル》〉の蜘蛛《くも》の網《あみ》の中で。

咒式で生み出されたポリペプチドや蛋白《たんぱく》質で構成される蜘蛛の糸は、伸縮《しんしゅく》可能な糸や構造保持用の強度の高い糸が組みあわされた複合繊維《せんい》であり、単位質量あたりの強度は鋼鉄やケブラー繊維をも凌《しの》ぐ。糸の自重を考えないとするなら、直径一ミリメルトルで一〇〇キログラムル超《ちょう》の質量をも十分に支える強度を持つのである。

伸縮性に優《すぐ》れた蜘蛛の糸なら、飼い主からの傷つけ厳禁の注文も果たすことができるため、この咒式を選択《せんたく》したのだが、猫嫌いのギギナを説得して咒式を使わせることが、一番の苦労だった。

そのギギナが、なおも暴れる猫を踏《ふ》みつけ黙らせようとしているのは、かなり駄目《ため》だと思う。

相棒の無思慮《むしりょ》を止めようとした俺の携帯咒信機《けいたいじゅしんき》が鳴りだす。この経済的危機で忙《いそが》しい時に、ラクシュからの番号だった。

「何だよ、今は大人の事情で忙し……」

「ヤあ、コンにチわガユスさん」

俺は軽薄な喋《しゃべ》りを止めた。声の主はラクシュではない、他《ほか》の誰《だれ》かからだった。

「電子合成の声になるなんて、思春期の声変わりも明後日《あさって》な方へ進化したものだね」

受話器の向こうから半拍子遅《びょうしおく》れて、音響機器《おんきょう》の共鳴現象のような笑い声が湧《わ》きあがる。録音を警戒《けいかい》して、音声を二重変換《へんかん》しているのだろう。その一事で嫌《いや》な予感がする。

「面白《おもしろ》イな、アナタは」

俺は一瞬、思考を巡《めぐ》らせ、こう返した。

「おまえの面白さには勝てないよ、街の女の子に噂《うわさ》の、呪式士連続殺人犯《じゅしきし》にはね」

受話器から無言が続いた。気絶した猫を、蜘蛛の巣ごと片手に下げていたギギナが視線を向けてくるのを、俺は手を振《ふ》って制す。

「ヨく分かリましタね」

「ラクシュが殺人犯からの通信で死体を見にいったからな。あいつの悪戯《いたずら》かとも考えたが、本気で俺に愛想《あいそ》をつかしていたから、それはないだろう。とすると、ラクシュの携帯に送られたのが、もともと間違い通信ではなかったと考え、返答を誘《さそ》っただけだ」

「ソの通り。あなたが狙《ねら》いにナったのデスよ。実ハ僕はガユスさんの知リあイの女子高生と、いルのでスが」

「そりゃどうも。はっきりラクシュを預かっていると言えば、時間の節約になるト」

「今カら僕ト一対一デ会エませんカね。モちろン愚鈍《ぐどん》な警察ハ抜《ぬ》キで。今カら十五分後、ボルク通りのレヘイン工業跡地《あとち》で。マあ、強制ハしマせんガ」

「まあ、素敵《すてき》なお誘《さそ》いに感激。ドレスは何を着ていこうかしらん。だが、俺がラクシュを迎《むか》えにいくという理由がないね」

気色悪い含《ふく》み笑いの後に、相手が続ける。

「こノ数日あナたは少女トいた。見捨テるのも無理ハない程度ノ関係でス。ダけド、来ナいならカ来ナいデ、五人目ノ死体を作ルだケでス。ダから強制はシマせん」

「行っても俺に得がない。行かないね」

鼻先で笑い、俺は通信を切る。

「また面倒《めんどう》そうな事態らしいな」

猫に触《ふ》れないようにしながらギギナが言う間に、俺は手前に駐車《ちゅうしゃ》していたヴァンに飛びのり、個人認識《にんしき》装置を解除する。

「向こうが俺一人と遊びたいとさ。ギギナは猫を届けていろ」

俺はヴァンの動力を入れながら、言葉を叩《たた》きつける。

「私はどうやって事務所に帰るんだ？」というギギナのつぶやきを背後に置きさり、ヴァンは疾駆《しっく》しだす。

操縦環《ハンドル》を切り、通りを右へと曲がる。轢《ひ》かれかけた通行人が文句をわめくが無視。再び携帯の受信音。車の音響機につなげ、手放しで会話できるようにする。

「ヤっぱリ動キましたネ。到着《とうちゃく》までお暇《ひま》でシょうカラ、お話シなどドうでしょウ?」

「そりゃ、いたれりつくせりだ」

直線に出て、ヴァンは速度を上げる。

「実ハ僕はあなたを尊敬してイるのデスよ。愚人ドもヲ九百人以上も殺した、偉大《いだい》なル殺人王ザッハドにハ及《およ》バないとシテモ、エリダナでモ指折リの殺人者タるあなタをネ」

「ギギナの方が殺人者っぽいと思うが?」

「ギギナさンは誇《ほこ》りヤ名誉《めいよ》デ動き、殺人デハなく闘争を楽シむ戦士ニ過ギない。第一、動カしヨウがなク心情ヲ理解デきナイ」

ギギナより俺の方が隙《すき》や弱点が多いというわけか。よく調べたものだ。

「デは、質問を一ッ。ドうして人は人ヲ殺シてはいけナイのでショうか?」

俺は運転席の画面に表示させた地図を確認《かくにん》し、左折。ボルク通りに出て、寂《さび》れた郊外《こうがい》の街並みを走りながら相手に答える。

「古来、社会が殺人を禁止したことはない。いつの時代も戦争で人を殺し、犯罪者を死刑《しけい》にしてきた。ただ、味方を殺すな敵を殺せと分けてきただけだ。殺人を禁止するのは、単にその時代の道徳や法という気まぐれだ」

車内に例の不愉快《ふゆかい》な笑声《しょうせい》が響《ひび》く。

「デは、殺人ハ許サれるト？」

「いいだろう、おまえのくだらない議論ごっこにしばらくつきあってやるよ」

信号を無視して直進し、話を続ける。

「倫理道徳や法なんて曖昧《あいまい》な議論は、おまえも聞きたくないだろうから、効率論から言おう。殺人を前提とした社会は存在不可能だ。

互《たが》いに互いが潜在《せんざい》的な敵である社会では、全員が不安で、自分を守るために過大な労力が必要とされる。そんな社会は発展することが難しく、いずれ自滅《じめつ》する。

そして殺人を肯定《こうてい》することは、実は殺人者にも不都合だ。殺人者にしても、人を殺す機会を得るその前に、自分を殺されるわけにはいかない。つまり、殺人を原則的に否定する社会の方が、誰にとっても都合がいい」

怒《いか》りを含んだ沈黙《ちんもく》の後に、相手の声が続ける。

「関係ナい。僕は自分ガ殺シたいから殺すし、自分ノ死も恐《おそ》レなイ。無関係デスね」

「社会に恩恵《おんけい》を受けながらも、その社会と無関係を気どる。俺が言うのも何だが、それってカッコ悪いと思うがな」

そして、闇《やみ》にそびえるレヘイン工業の建物が目に入る。俺は車ごと衝突《しょうとつ》させ、入口の進入防止の板を破砕《はさい》、敷地《しきち》へと乗りこむ。

石造りの工場の内部へと入っていくと、撤去《てっきょ》され残った作業機械が錆《さ》びた地金を晒《さら》し、等間《かん》隔《かく》の太い石柱が、吹《ふ》きぬけの天井《てんじょう》を支えていた。

八年前のエリダナの咒震《じゅしん》以降、立ち直れない企業《きぎょう》の倒産《とうさん》が相次ぎ、廃墟《はいきょ》ばかりが市内に増えていて、人ごとながら心配だ。

二階の窓や破れた天井から降りそそぐ、星明かりと遠いネオン光を頼《たよ》りに奥へと進む。冷たい石柱の陰《かげ》に人影《ひとかげ》が見えた。

「僕ノ劇場へ、ヨウコソガユスさン」

二重音声変換《へんかん》器を口許《くちもと》に当てながら柱の陰から現れたのは、黒髪《くろかみ》に同色の服の上下で、小柄《こがら》な全身を包んでいる少年だった。その黒い瞳は、闇より静かな無感情を湛《たた》えていた。

「よう少年」

陽気な声を俺がかけてやると、連続咒式士《じゅしきし》殺人犯は、黒瞳《こくどう》に感情の揺《ゆ》らぎを見せた。

「僕が子供だからって驚《おどろ》かないんですね」

音声変換器を腰《こし》に戻《もど》した少年が言った。その腰に、少年には不似合いなほど禍々《まがまが》しい魔杖剣《まじょうけん》が下がっているのも見逃《みのが》さない。体格や地声の高さから言っても、まだ十代の半ばといった年《とし》頃《ごろ》だろう。

「自意識過剰《かじょう》な殺し方や、理屈《りくつ》を求める会話から予想はしていたよ。もっとも、普段《ふだん》から奇妙《きみょう》な相棒の行動を見ているから、驚かなくて済んだ、というのが本当だな」

俺の言葉の端々《はしばし》が、少年の無表情な瞳に感情の揺らぎを起こすのを確かめる。

「で、おまえに捕《つか》まったラクシュはどこ？」

「僕の名を名乗っていませんでしたね。まあ、イエッガとでもしておきましょうか」

自分の優位を確認したのか、イエッガと名乗る少年は元の無表情に戻る。

イエッガとは確か、何年も前に逮捕《たいほ》収監《しゅうかん》されている史上最悪の連続大量殺人犯、ザッハドの家名だ。ダメな人間がやりそうな最低の命名感覚だね。

「あなたが御執心《ごしゅうしん》の、くだらない女子高生はそこにいますよ」

少年が首で示した方向を横目で見ると、工場の奥一面を覆《おお》い隠《かく》すような幕がかけられ、その幕の足元に、手足を縛《しば》られたラクシュが転がっていた。

「意外に元気そうだねラクシュ。変なことされなかった？」

口にも布が巻かれているラクシュが何かを俺に叫《さけ》ぶが、不明瞭《ふめいりょう》でよく分からない。だが、言いたいことを代弁してやる。

「で、俺に何の用なわけ？　プリエール高等学院のラクシュの学級の男子生徒が？」

少年の瞳が動揺《どうよう》の色を浮《う》かべる。

「どうしてそれを？」

「何度もこんなショボイ誘導《ゆうどう》に引っかかるなよ。友達の少なそうなラクシュの携帯《けいたい》番号と、幼く見えるけど実は女子高生だということを知り、子供じみた犯罪をする奴《やつ》という条件範囲《はんい》は、かなり狭《せま》い。彼女が言った気持ち悪い級友というのが、犯人ではないかと適当に思っただけだ。あの夜、ラクシュを付けていて、出会った俺の方に興味を移したというのが本当の所だろう？」

少年へと言葉を向けると、イエッガは瞳を輝《かがや》かせて喋《しゃべ》りだす。

「やはりあなたは素晴《すば》らしい。ガユスさん、僕はあなたに共感を持っているのですよ」

少年は工場中央へと、舞台《ぶたい》俳優のごとく悠然《ゆうぜん》と歩み出る。

「以前からエリダナの咒式士《じゅしきし》を調べていたけど、あなたの殺人方法が一番恰好いい。単に刃物《はもの》を振《ふ》り回したり、爆裂咒式《ばくれつじゅしき》で殺害するのは退屈だけど、あなたはいろんな咒式を使って殺人方法にこだわっているのが素晴らしい。それはすでに芸術的だと言ってもいい！」

俺は黙っていた。イエッガという少年は素人臭《しろうとくさ》い勘違《かんちが》いをしている。

俺の手数が多いのは、単に化学練成系咒式士《かがくれんせいけいじゅしきし》だからだし、短期決戦の戦いが少ないからだ。裏を返せば、最初の一撃《いちげき》で勝負をつける力がないだけだ。

「初春に起こった咒式士連続殺人事件も、あの頭の悪い餓鬼《がき》の仕業《しわざ》じゃないのは分かっていた。どう考えても咒力が足りない。あれはあなたの仕業なんでしょう⁉」

調査不足だよ少年。死体は高位重力咒式《こういじゅうりょくじゅしき》で殺されていた。あの恐るべき復讐鬼《ふくしゅうき》、魔女《まじょ》ニドヴォルクの咒式によって。

「あなたはエリダナで唯一《ゆいいつ》、この僕の思想と闘《たたか》いを理解可能な人間だ。だからこそ、こんな手間をかけてまで呼びよせたのです。そして、僕の聖なる像を見てほしい！」

少年の口が半月状の笑《え》みを浮かべ、手元に隠し持っていた紐《ひも》を引く。工場の奥を覆っていた幕が落ちるのと同時に、用意されていた自動照明が左右から淡《あわ》く灯《とも》る。

ラクシュのくぐもった悲鳴が上がる。

四人目の被害者の女呪式士《じゆしきし》が、太股《ふともも》や足を四振りの魔杖剣に貫《つらぬ》かれて全裸《ぜんら》で立たされており、白い首筋に続く女の顔の代わりに、悪相の男の苦悶《くもん》の頭が乗っていた。

女の頭部は、腹まで切り裂《さ》かれた膣《ちつ》の中で血の涙《なみだ》を流しており、その口腔《こうこう》には、薄桃色《うすももいろ》の子宮と男の赤黒い陰茎《いんけい》が押しこまれていた。

腹部からは小腸と大腸が引き出され、女の全身を何重にも巻く衣装《いしよう》となっており、聖女のように高く左右に掲《かか》げられた両手の指先は、二人の咒式士の頭部の眼窩《がんか》から人指し指と中指を、口腔から親指を突《つ》き出していた。

首飾《くびかざ》りの正体が、瞳孔《どうこう》が収縮した八つの眼球に紐が通されていたものだと気づいた時、俺は胃から食道まで這《は》い上がる嘔吐《おうと》感を抑《おさ》えるのに必死だった。

腐臭《ふしゆう》を漂《ただよ》わせる眼前の造形物は、殺害された三人の咒式士たちの頭部と、四人目の死体を組みあわせた狂気《きようき》の聖像だった。

ラクシュの絶叫《ぜつきよう》があげつづけられる。

「うるさい。せっかくガユスさんに僕の聖像を鑑賞《かんしよう》してもらっている所なのに。もういいよ淫《いん》売《ばい》、さっさと死ね」

　イエッガが抜《ぬ》いた禍々《まがまが》しい形状の魔杖剣《まじょうけん》が〈爆炸吼《アイニ》〉を紡《つむ》ぎ、ラクシュへと放つ。

　闇《やみ》を照らした爆発《ばくはつ》が去り、爆煙《ばくえん》が晴れていく傍《かたわ》らに、俺はラクシュを抱《かか》えて転がっていた。

　口を布に覆われて嘔吐したため、呼吸障害を起こしはじめている少女の口布を取り、口に指を突っこんで吐瀉物《としゃ》を取りのぞく。

　咳《せ》きこみながらも、何とか自力呼吸を始めたラクシュを抱える俺を見据《みす》え、イエッガが苛立《いらだ》った声を上げる。

「なぜ邪魔《じゃま》をする。あなただって、その豚《ぶた》のような糞売女《くそばいた》を嫌《きら》っていただろうが！」

　震《ふる》えるラクシュを柱に凭《もた》れさせ、立ち上がった俺は吐《は》きすてる。

「気に入らないからって人を殺すなよ。真性のバカかおまえは？」

　瞋恚《しんい》の炎《ほのお》を宿していた少年の瞳が、氷点下の色へと凍《こお》りついていく。

「あなたも結局はくだらない蛆虫《うじむし》の一人か。まあいいや、あなたも悪人といえば悪人だし、それを殺すのも正義だ。そして僕は一人、高みに昇《のぼ》る」

　宣告の終わりと同時に放たれた、化学練成系咒式第三階位《かがくれんせいけいじゅしき》〈爆炸吼《アイニ》〉と、俺の〈爆炸吼《アイニ》〉のトリニトロトルエン爆薬の爆発が衝突《しょうとつ》。緋《ひ》と黒の爆風が工場内に吹《ふ》き荒《あ》れる。

「来いよ、蛆虫！　俺が殺してやる！」俺はラクシュを巻きこまないために、挑発《ちょうはつ》をしながら暗い室内を水平に疾走《しっそう》。イエッガは憤怒《ふんぬ》の足音で追ってくる。

横手からイエッガの化学練成系呪式《かがくれんせいけいじゆしき》第三階位〈緋竜七咆《ハボリュム》〉の、ナパーム火線が放たれるが、発動しない。俺が傍らで展開していた化学練成系呪式第二階位〈窒息圏《チャクス》〉の、二酸化炭素と一酸化炭素により、燃焼反応を阻害《そがい》されたのだ。

イエッガも瞬間的《しゆんかん》にそれを察し、窒息死《ちっそく》の空間から転げ逃《に》げ、同時に紡いでいた電磁雷撃系呪式第二階位〈雷霆鞭《フュル・フー》〉を放つが、俺は床《ゆか》の土に突き立てた魔杖剣ヨルガで受け、百万ボルトの電撃《でんげき》を床へ放電させて耐《た》える。

魔杖剣を翻《ひるがえ》し、飛翔《ひしょう》。俺の一撃を、呆然《ぼうぜん》とした顔をしながらも、魔杖剣で受け止めるイエッガを、そのまま体重差で石柱へと押しつける。

「光速の〈雷霆鞭《フュル・フー》〉がなぜ受け止められたのか、不思議そうな顔をしてやがるな」

化学練成系呪式第一階位〈矢毒《ビ・ネ》〉のd－ツボクラリンを宿らせた猛毒《もうどく》の刃を、イエッガの首筋へと力押ししながら俺は言ってやる。

「敗因その一。雷撃呪式でいきなり心臓を狙《ねら》うなんて予測が簡単で、今どき素人《しろうと》でもしない」

イエッガは俺の刃を反らし、石柱を蹴《け》って逃げる。

その刹那《せつな》、俺の化学鋼成呪式第三階位〈微塵極針《チリアット》〉の呪式で生み出された単分子の針の群れが、イエッガの逃げ後《おく》れた右足首へと放射され、血霧《ちぎり》となって消失させる。

悲鳴とともに石柱に隠《かく》れるイエッガ。俺も向かいの石柱に隠れ、空の呪弾倉《じゆだんそう》を捨て、新しい弾倉を装塡《そうてん》する。

「敗因その二。おまえは口先だけで、基本的な呪式《じゅしき》技術や体術ができていない。だから俺のような後衛の呪式士にすら圧倒《あっとう》される」

「うるさい、黙《だま》れっ！」

向かいの石柱の陰で、イェッガが止血呪式を発動する光が漏《も》れていた。

「それで、おまえは何のためにこんなくっだらない殺人をしたんだ？」

俺は遊底を引いて初弾を薬室へと送りこみながら、嘲弄《ちょうろう》するような声を出してやる。

「僕は、正しい殺人をしているんだ！」

苦鳴を漏らしながら、イェッガの返す叫《さけ》びが闇に反響《はんきょう》する。

「僕が殺した呪式士たちは、呪式を利用して、盗《ぬす》みや暴行傷害などの悪事を働く愚《おろ》かな奴《ヤツ》らだ。だったら殺しても構わないだろう？」

そして引きつった笑い声で続ける。

「みんな糞にたかる蛆虫だ。愛だの心だのくだらないし、生きる価値なんて誰《だれ》にもない。だから僕が殺してやるんだ！」

俺は、冷たくなっていく自分の声を聞く。

「笑っちゃうほど典型的、だな」

激昂《げっこう》したイェッガが飛びだし、俺と石柱ごと範囲《はんい》に巻きこむ呪式を発動する。

化学練成呪式第四階位〈死哭燐沙霧《バル・バス》〉で合成されるサリン、正式にはメチルホスホン酸イソプロピルフルオリダートが、副交感神経による熱代謝を破壊し、体内温度を五十度以上上げる毒霧となって、空中を満たす。

猛毒の霧の傍らに、俺は平然と立っている。

「敗因その三。死体の瞳孔括約筋は弛緩するのが普通だ。だが、おまえの殺した咒式士たちの瞳孔は収縮していた。これは有機燐系の毒により副交感神経が刺激され、心拍動が抑制されて停止し、瞳孔が収縮したまま死亡することによって引きおこされる症状だ。おまえのような咒式士見習いが、本職の咒式士を毒殺するには奇襲しかないことを併せて考えると、有機燐系の毒ガス咒式が奥の手だと宣言しているようなものだ」

俺は魔杖剣を掲げながら続ける。

「敗因その四。おまえの咒式は精密さも練りこみもまったく足りない。自分が巻きこまれるのを防ぐため、この手の毒ガス咒式は限定結界内に発動するが、純粋な透明のサリンならその範囲を見切って躱すのすら難しい。

だが、おまえは組成式だけで考え、サリンという物質が、ヘキサンを溶媒としてジエチルアニリンを反応促進剤に使い、ジフロとイソプロピルアルコールを反応させて作るという手順を、思考と咒式で辿っていない。だからおまえの咒式は不純物が混じり黄色がかってしまい、発動時に視認できてしまう」

俺はイェッガに近づく。少年は魔杖剣の引き金を何度も引くが、組成式すら紡いでいないめ、空砲音《くうほう》しか発生しない。

「僕は、僕は……」

　イエッガが掌中《しょうちゅう》の魔杖剣を突《つ》きだす。俺が体重を乗せた剣腹《けんぷく》で払《はら》いのけると、少年の手から魔杖剣が天井へと弾《はじ》けとぶ。

　落ちてきた魔杖剣を、俺が左手で掴《つか》む。

「おまえの使えない咒式《じゅしき》を、その特殊《とくしゅ》な魔杖剣の力だかで引きだして、一般人《いっぱん》や卑劣《ひれつ》な奇襲で咒式士を殺すことはできるだろう。だが、それを扱《あつか》う程度の頭も才能もないから、殺戮《さつりく》咒式が飛び交《か》う戦場では無力なんだ。せいぜい自決用の短剣にしかならない」

　イエッガが言葉にならない絶叫《ぜっきょう》をあげ、腰《こし》の後ろから短剣を引きぬこうとするが、俺はイエッガから奪《うば》った魔杖剣を半回転させ、少年の薄《うす》い胸板に突き刺《さ》す。

　跳《は》ねた鮮血《せんけつ》が、俺の顔や手に飛沫《しぶき》を作る。

「敗因その五。おまえにあるのは他者への不平不満と過剰《かじょう》な自意識だけ、だからといって何一つ生み出せないし、誰にも愛されない。平凡《へいぼん》な人間になれない、ただの屑《くず》だ」

　自分の胸から零《こぼ》れる血潮を不思議そうに見下ろすイエッガ。こんなのは嘘《うそ》だと同意を求めるように俺を見上げる。

　俺の胸の昏《くら》い何かが、絶対零度《れいど》の言葉となって口を衝《つ》いて出た。

「おまえの目に他人が蛆虫《うじむし》に見え、愛や友情を得られない理由を教えてやろう。それはおまえが思うように、この世界に愛や優《やさ》しさが存在しないからではない。

おまえ自身がそれを受けられる資格のある人間ではないからさ。おまえのような醜《みにく》く汚《きたな》らしい蛆虫以下の存在は、誰も愛せないんだよ」

「ち、違《ちが》う、違う、そんな、僕は……！」

俺は自分の魔杖剣《まじょうけん》で二重に紡いだ化学練成系咒式第一階位《かがくれんせいけいじゅしき》〈噴矢《ロレイ》〉を、少年の胸を貫《つらぬ》く魔杖剣に宿らせる。

イェッガの胸から生えた魔杖剣の柄頭《つかがしら》から、黒色火薬が炎《ほのお》となって噴射《ふんしゃ》し、少年の軽い体を後方へと引きずる。

そのままイェッガが造った呪《のろ》われた聖像に激突《げきとつ》。衝撃《しょうげき》で心臓を抜けた刃《は》が、少年の体を貫通《かんつう》し死体の山に刺さり、固定。イェッガが何かを言おうと口を開いたが、大量の血泡《ちあわ》を吐《は》き出すだけだった。苦悶《くもん》の表情は、イェッガ自身を血塗《ちまみ》れの聖像の一部と化させた。

折れるように後ろへと倒《たお》れた。

自らが偶然《ぐうぜん》に作ってしまった、悪趣味《しゅみ》な活劇の幕切れのような光景に、吐き気がするようなくだらなさを感じていた。

魔杖剣を鞘《さや》に収め、ラクシュを置いた場所まで戻《もど》ると、吐瀉物《としゃ》で服を汚した少女が手を突いて震《ふる》えていた。

「大丈夫《だいじょうぶ》だって。もう終わったよ」

俺が腰をかがめて手を差し伸《の》べると、ラクシュが腰を地面につけたまま後ずさりした。

「イヤ、イヤよ。あいつもあなたも！」

涙《なみだ》を零すラクシュの瞳に映る、血塗れの自分の顔を見てしまった。

そいつはどこかで見たような、半月状の歪《ゆが》んだ笑《え》みを口に浮《う》かべていた。

「怪物《かいぶつ》よ、心を持たない怪物だわっ！」

ラクシュの叫びが、俺の心を砕《くだ》いた。

少女はさらに高い悲鳴を上げ、俺の胸を両手で突きとばし、そして逃げていった。

暗い工場の中に、俺は一人で立っていた。

俺は差し伸べた自分の手を見つめる。掌《てのひら》を濡《ぬ》らす少年の血は、闇《やみ》の中で黒い染《し》みのように見えた。

静謐《せいひつ》から逃げるように、俺がその場を立ちさろうとした時、調子外れに陽気な電子音が工場内に鳴り響《ひび》く。音源を探《さぐ》ると、俺の傍らに落ちていた、少年の旧式な携帯端末《けいたいたんまつ》からだった。

無視して去ろうとすると、通話にしてもいないのに勝手に声が流れだす。

「どうも初めましてガユス君。どうやら少年は、君に殺されたみたいだね」

冷たい声に、俺はあることを想像していた。

「そう、君の想像どおりだよ。私こそが、愚《おろ》かな少年に、知識や力が不足している呪式《じゅしき》を発動可能にさせる、魔杖剣〈殺戮《さつりく》せし刃《やいば》イエッガ〉を渡《わた》した者だ」

地面で光る画面に俺は問いかける。

「何者だおまえは、何が目的で、子供の幼稚《ようち》な殺意を現実化させるような真似《まね》をする？」

相手は心底愉快《ゆかい》そうな笑声《しょうせい》を上げる。人の心に触《ふ》れてくるような不快な声だった。

「その二つの問いの答えは一つ。私が〈ザッハドの使徒〉の一人だからだよ」

声の主は世界を嘲《あざけ》るように続ける。

「賛美せよ、隷従《れいじゅう》せよ。偉大《いだい》にして至高なる我らが主君、狂王《きょうおう》ザッハドの勅令《ちょくれい》はいまだ発せられない。

私の役目は狂王の意思を慮《おもんぱか》り、楽しんでいただくために、可愛《かわい》い怪物どもを、心に黒き衣《ころも》をまとうものどもをこの世界に解きはなつことである！」

「そんなことをして何の意味がある！」

俺は瞬間《しゅんかん》的に問いかえしていた。

「意味？　何だねそれは？」

声は本当にそう思っている声だった。何の感情も存在しない無機質な声。

「君の中にも我らに通じるものがある。だからこそ、愚かな少年を使ってその怪物の資質を確かめたのだが、君の中の怪物は、予想以上に素晴《すば》らしい凶暴《きょうぼう》さを持つ。十分に合格だ」

「試験申請《しんせい》は送っていないがね」

俺の声の震《ふる》えを、声の主は嘲弄《ちょうろう》する。

「なぜ君は警察に少年を引きわたさなかった？　なぜ君はあんな残酷《ざんこく》な方法で少年を殺した？　本当は悪と低能を捩《ね》じ伏《ふ》せる、圧倒《あっとう》的な力と論理の行使を楽しんでいたのでは？」

俺には答えられない。

「答えはまだ出さなくてもいい。君はまた殺戮を繰《く》りかえすし、受験者は他にも膨大《ぼうだい》にいる。だが、いずれまた相見《あいまみ》える時もあろう。その栄《は》えある邂逅《かいこう》、祝福の迎《むか》えの時までに答えを用意してくれたまえ」

続くざらついた笑い声への返答代わりに、俺は携帯を踏《ふ》みつぶしていた。これ以上〈ザッハドの使徒〉を名乗る者の言葉を聞くのを耐えられなかったのだ。

振《ふ》り返ると、死体の聖像たちの五つの顔が、俺をあざ笑うように見下ろしていた。

少年の胸腔《きょうこう》を貫いた魔杖剣の柄頭が、砂のように崩《くず》れていくのが見えた。

通報した警察が到着《とうちゃく》する赤色灯を遠くに眺《なが》めてから、俺は事務所に帰った。

空薬莢《やっきょう》も拾っておいたから、俺が辿《たど》られることはないだろうし、真犯人制圧の手柄《てがら》を警察自身のものにしたいだろうから、少年の捜査以上はされないだろう。

愚かな少年は騙《だま》せたが、殺人を否定する言葉を、実は俺は提示しきれていない。

「どうして人を殺してはいけないの？」と問う存在。他者により自分の尊厳が作られているという大前提を必要としない、人間外の存在。

自分をも必要としない彼らには、社会や言葉という他者は風景や雑音にすぎない。

そんなくだらないことを事件の数日後にまで考えながら、俺は事務所を出た。気分転換《てんかん》にホートンの所でポロック揚《あ》げでも買おうかと歩き、駅前に向かう大通りの人波に混じる。

人波の中に見知った亜麻《あま》色の髪《かみ》と瞳《ひとみ》の顔を見つけ、俺は立ちつくす。

紺色《こんいろ》の襟《えり》の制服を着たラクシュが、同じ制服の少女たちと、俺のすぐ斜《なな》め前の人波の中にいたのだ。

俺とラクシュの視線が刹那《せつな》の時間だけ出会うが、少女は俺に気づきもせず、隣《となり》に並ぶ同級生と笑いあっていた。

ラクシュの左手首の包帯の量が減っていないことにも気づいたが、その顔の甘《あま》えた幼さは多少、消えていた。

非日常に憧《あこが》れ、どこにもない逃げ場所を探すことにも、ようやく飽《あ》きたのだろう。

どうしようもない自分と現実に納得《なっとく》するのは、女の子の方が早い。本当の自分はこんな惨《みじ》めな存在じゃないと、死ぬまで不平を言いつづける男たちとは、あまりに大きな差だ。

去りゆく少女たちの後ろ姿が人込みに消えていくのを眺め、やがて俺は歩きだした。角を曲がりしばらく歩くと、街の雑音に紛《まぎ》れ、前方から車輪の音が聞こえてきた。

旅行鞄《かばん》を引きずり、白金の髪を風になびかせて歩いてきたのは、ジヴーニャだった。

手を振りながら人波を掻《か》きわけ歩いてくる恋人《こいびと》を、俺はずっと眺めていた。

ジヴが口を開く前に、俺は左手で彼女を引きよせ、自分の肩口《かたぐち》へとその頭を抱《だ》いた。

「ち、ちょっと、たくさんの人がいるのに、いきなり何よ？」

恥《は》ずかしさにジヴは抱擁《ほうよう》に抗《あらが》ったが、やがて俺の左肩に額を押しつけた姿勢のまま動かなくなった。

人々と時間が通りすぎてゆき、俺はようやく重い口を開いた。

「許してくれジヴ」

ジヴは柔《やわ》らかな言葉を肩口へと告げた。

「ガユスの浮気《うわき》のことなら、もう許しているわ」

小さく笑いながらジヴは続けた。

「私も小娘《こむすめ》じゃないから、その、男の人がたまにそういう気分になるのも分かるし、他《ほか》の女の乳触《さわ》る程度で怒《おこ》るのも、悪かったと思ってるわ。ほんのちょっとだけね」

違《ちが》うんだジヴ、俺は子供を殺した。

どんな理由であれ、正義感の強いジヴはその行為《こうい》を、俺を許さないだろう。

ジヴは何かに気づいたのか、俺を支えるように細い腕《うで》を背中に回してくる。

「何だか知らないけど許してあげる。でも、どうして男って、母親みたいな許しを女に求めるのかしら。この地上には、一人で立てるような一人前の男は絶滅《ぜつめつ》したの？」

「そんな強い男は有史上存在しないよ。それに俺の恋人は男の趣味《しゅみ》が悪いだけだ」

虚《うつ》ろな俺の冗句《ジョーク》に、ジヴが朗《ほが》らかな声で笑い、少し真面目《まじめ》な声で続ける。

「でも次はダメよ。私だって普通《ふつう》の女なんだから、浮気されて嫉妬《しっと》するのは、とても辛《つら》いし苦しいの。次に浮気したら、また怪獣《かいじゅう》になってあなたに噛《か》みつくわよ」

うなずいた俺の手はいつも血塗《ちまみ》れだ。

〈ザッハドの使徒〉が嘲笑《ちょうしょう》したように、必要を言い訳とし、力が優越《ゆうえつ》する限り、俺は何度でも流血を繰りかえすだろう。

ギギナが指摘《してき》したように、愚行《ぐこう》に理由を求める者が愚かなら、正しい理由さえあれば同じ愚行を求める者も、さらに愚かであろう。

そして、裏側の声が囁《ささや》く。

（ラクシュの最後の問いへの答え、人を人として見られない、そんな怪物のような人間を作らない方法が、ただ一つだけある。

怪物の呪《のろ》いを救うのは、その怪物を抱きしめ、心から愛してくれる人の存在だ。

だが、そんな人がすべての怪物の前に現れ、さらに愛してくれる可能性は皆無《かいむ》に近い。

怪物の中に人に愛されるものが存在せず、愛するということが分からないからだ。

そして、もし怪物が人を愛したとしても、怪物の愛は相手を喰《く》らいつくす。

優《やさ》しい心も気高い愛も、自らの心の飢えを満たすための餌《えさ》でしかないからだ。

おまえには、そんなことしかできない）

昏《くら》く冷たいその囁きに、俺は前ほど惑《まど》わされない。

自分の中の怪物に、いつまでも付きあってやるほど暇《ひま》ではないし、広大な心の中の、たかが一要素にすぎないと知っているからだ。

ジヴや、すべての人が怪物を抱《かか》えている。だが、そんな囁きに真剣《しんけん》に耳を傾《かたむ》けることなく、自分と折りあって生きている。

俺の中の可愛い怪物よ、暇で暇でしかたない時にでも相手をしてやるよ。その時は、いじけたおまえをおちょくって笑いのめしてやるだけだ。

勝ったり負けたり、馴れあったり、死ぬまで退屈《たいくつ》しないだろう。

俺の肩からジヴが顔を上げて、優しい微笑《ほほえ》みを見せた。

俺はジヴに微笑みかえす。

そう、絶望と狂気《きょうき》を、嘘《うそ》と偽《ぎ》善《ぜん》の一切を隠《かく》し、怪物を追いはらうために、精一杯《せいいっぱい》に微笑むのだ。

「じゃ、仲直りに御飯《ごはん》でも食べに行きましょう。ホートンさんの店でいい?」

ジヴの朗らかな言葉に俺はうなずき、彼女の肩を抱えたまま、雑踏《ざっとう》の中へと歩きだした。

禁じられた数字

ジヴ

眩《まぶ》しい光。

自分が目を開けていたことに気づいた俺の視覚は、細長い四角形を捉《とら》える。

よく見ると、四角形は小さな机の天板の側面だった。その机の向こうには壁《かべ》があり、女ものの服が掛《か》かっていた。

頭の上の方からの眩しい光を向くと、窓の紗幕《しゃまく》の隙間《すきま》から朝日が漏《も》れていた。

いつもの朝、気だるい目覚め。

意識が少しずつ鮮明《せんめい》になってきた。俺は寝台《しんだい》の上に横たわっているようだ。

睡魔《すいま》が去る気配がないし、急ぎの用事も予定もない。論理的結論。掛布《シーツ》にくるまって二度寝《ね》に入ることに……って、ちょっと待てっ！

体内ホルモンを調節し、血圧を上昇《じょうしょう》させて、俺は脳を覚醒《かくせい》させる。

女ものの服を着る特殊趣味《とくしゅしゅみ》はないから、俺の部屋ではないし、殺風景すぎて、ジヴの部屋でもない。

（ここはどこだ？）

家具すらほとんどない無機質な部屋は、安ホテルの一室にしか見えない。

上半身を起こし自分の体を見下ろすと、薄《うす》い胸板に、痩《や》せ犬のような腹直筋と脇《わき》の外腹斜筋《しゃきん》が続き、その下は白い掛布に覆《おお》われていた。

生理現象が急角度で掛布を押し上げていたから、当然ながら下半身も裸《はだか》だ。だが、俺はなぜ全裸《ぜんら》で寝ていたのだろう？

知覚眼鏡《クルークブリレ》が鼻先に引っかかったままだから、自然に寝たわけでもない。

そう思った途端《とたん》に、こめかみの鈍《にぶ》い痛みと、脳の奥の鋭《するど》い痛みの二重奏が響《ひび》く。

親指と人指し指でこめかみを揉《も》みながら、痛みの嵐《あらし》が去るのを待つ。

たっぷり数分間は耐《た》えると少し治まってきて、思考もいくらか明瞭《めいりょう》になってくる。床の絨毯《じゅうたん》へと裸の足を下ろし、寝台に腰《こし》掛ける姿勢で、しばらく何も考えられない。

床には俺の衣服や下着や靴《くつ》、魔杖剣《まじょうけん》までもが無秩序《むちつじょ》に散らばっている。何があったのか脳で記憶検索《きおくけんさく》をかけるが、頭痛と吐《は》き気で上手《うま》く働かない。

自分の息を手に吐いて確かめると、かなり酒臭《くさ》い。

体内情報をざっと調査すると、血液一〇ミリリットル中、アセトアルデヒドが〇・三ミリリットルもあったので、そりゃ気分も悪くなるわ。

記憶を失うほど呑《の》むとは、ギギナが聞いたら、攻性咒式士《こうせいじゅしきし》の風上にもおけない不用心さだと言われるだろう。

体を動かすと、寝台の枠《わく》にぶつかった左足首に鈍い痛みが疾《はし》る。

痛みで急速に記憶が蘇《よみがえ》る。


夕方のエリダナの街。俺は七八年型セルトゥラを軽快に走らせていた。

長年乗っていてよく故障するが元気な単車で、事務所のヴァンのバルコムMKⅥといい勝負の年寄りだ。

耳元で唸《うな》る風が心地《ここち》よく、俺の気分も爽快《そうかい》だ。

オリエラル大橋へ出る道へと右折すると、前方から大きな衝突《しょうとつ》音があがった。

車の間をすり抜《ぬ》けていくと、道路の周囲では野次馬《やじうま》が遠巻きに眺《なが》めている。

俺も単車を止めて見ると、アスファルト上の急停止のタイヤ痕《こん》の先に、車と輸送車が横転しており、破片《はへん》や燃料が零《こぼ》れていた。

欠伸《あくび》をしながら単車を再起動させた時、ぶつかってくるものがあった。

単車ごと転がり、アスファルトに叩《たた》きつけられたことを、頰《ほお》と全身の痛みで気づいた。

口の中にも埃《ほこり》や小石やらが入って気持ち悪く、いくつかは飲んでしまったようだ。

「重い痛い、痛い重い！　痛重い！」

目眩《めまい》から視覚が戻《もど》ってくると、俺にのしかかる血塗《ちまみ》れの男がいた。

「あ、ず……けそ、れか、え……」

血塗れの男が襟元《えりもと》を摑《つか》み、謎《なぞ》の言葉を吐くが、そのまま胸の上で気絶する。

どうやら事故の被害《ひがい》者らしいが、男に上に乗られるほど不愉快《ふゆかい》なことはない。

救急隊員が男を俺から引き剝《は》がしてくれた時は、本当に嬉《うれ》しかった。

「負傷者はこちらで保護します。あなたは大丈夫《だいじょうぶ》なようですね」

女性救急隊員がケガ人を担架《たんか》で運んでいくが、俺には興味はないようだった。

周囲の人間に注目されていることに気づき、俺は笑顔《えがお》を作りながら単車へと歩きだす。実際は単車の下敷《したじ》きになった時に足首を捻挫《ねんざ》し、痛みで意識が混乱していたのだ。魔杖剣ヨルガを腰に差したまま、鎮痛剤《ちんつうざい》を合成して耐える。

女の前だとカッコつけたがる俺の癖《くせ》は病気だ。一方でカッコつけなくなった男は最低の生物だという学説もある。ないかも。

平気な顔を保って、口内の埃や小石を吐き、愛車のセルトゥラを引き起こした。

側面に傷が付いているが、気にするほどではない。他人の目には、どれが今の傷か分からないくらいの傷があるし。

それよりも、来た道を戻ることを考えると気が重い。

この服でジヴに会うと、「また何かしたの！」と怒《おこ》られるだけだ。

足首の痛みを摩《さす》りながら、俺は記憶から現実に戻る。

何というか、俺の運の悪さは極《きわ》まっている。

確かあの後、どこかへと向かっていたのだが。確か記憶の中の俺は、あれからジヴに会おうと考えていた。

しかし、単車で行き帰りし、ジヴと会う時に、頭痛がするほど呑むわけはないのだが。

とにかく、どこだか分からない場所で全裸でいるのは不安だ。相棒のギギナは自宅では全裸でいる方が気楽らしいが、動物と人類の羞恥心《しゅうちしん》を比べてはいけない。

床に散らばった衣服を拾いに立とうとして、絨毯の上に慎重《しんちょう》に両足を下ろす。足の裏に硬《かた》い感触《かんしょく》があった。

身を乗り出し指先で探《さぐ》って、足裏に落ちていたものを拾う。

指先には紙に挟《はさ》まれた燐寸《マッチ》。裏返すと電話番号と店の名前があった。

「エリダナ料理専門店『銀鱗亭《ぎんりんてい》』……?」

俺は急速に記憶の続きを思い出していった。


オリエラル大河《たいが》東岸の「海鳥亭《うみどりてい》」の丁度《ちょうど》向こう岸にある「銀鱗亭」は、値段も手頃《てごろ》でたまにジヴと二人で行く店である。

「ガユスにギギナさん、嫌《いや》な顔をしない」

ジヴの言葉にも、俺とギギナの表情は晴れない。

ジヴに誘《さそ》われて、その「銀鱗亭」に来たのだが、予約席には俺と同じような渋《しぶ》い顔のギギナが座っていたのだ。

「長外套《コート》をお預かりしましょうか?」

黒髪《くろかみ》のウェイトレスが俺に声をかけるが、無視して円卓《えんたく》の反対側に座る。

「ギギナ、どう騙《だま》されてここに来た？」

「ここで家具市があるからと」

子供でも分かりそうな嘘《うそ》だ。しかし、ガユスの料理に飽《あ》きたし六割引きの券をもらったとジヴが言った時、おかしいと気づかない俺の方こそ頭が悪い。俺の料理で、ジヴの体重が徐々に増えているといっても過言ではないのだ。

最近のジヴは、何とか俺とギギナの関係を改善し、人間として更生《こうせい》させようとしているらしい。

しかし、俺は酒を呑《の》み、ギギナは黙々《もくもく》と料理を片づけていくだけであり、二人とも目すら合わさない。

確かにこの仲の悪さでは、いつ殺しあいになるか分からない。

だが、磁石の同極くらい仲良しな俺たちには無理だと思う。

ジヴが肉叉《フォーク》を皿に叩きつける乱暴な音があがる。

「少しは仲良くできないの？」

俺とギギナは目線を合わせ、ジヴへと戻す。

「私とガユスは、お互《たが》いが仲良くならないように真摯《しんし》に協力しあっているのだ」

「ギギナの言う通りだ。ジヴ、よく考えてみろ。仲が悪いように協力しているということは、仲がいいってことじゃない？」

俺の真剣《しんけん》な表情に、ジヴが気圧《けお》される。

「え？　でも、協力して仲を悪くしているってことは結局仲が悪い？　でも協力しているから仲がいい……あれ？」

言葉の不完全定理の罠《わな》にはまっているジヴを見て、俺は大笑いする。だが、喉《のど》の奥に違和感《いわかん》を感じ、咳《せき》をしだすと止まらない。

目を細めて俺を観察するギギナがいた。

「ガユス、介錯《かいしゃく》が必要か？」

「こんなことで死ぬか。喉の奥に何か引っかかっただけだ」

咳は止まらず、俺は盛大に咳《せ》きこむ。

「うるさいぞ」

後ろの席の声へと振《ふ》り向くと、アルリアン族特有の尖《とが》った耳に銀環《ぎんかん》が並んだ男がおり、その向こうには亜麻色《あまいろ》の髪の女がいた。

「てめえはヘタレ眼鏡《めがね》のガユスっ！　その向こうは馬鹿《ばか》ドラッケン族！」

顔を逸《そ》らしたが、今さら遅《おそ》かった。

「てめえらに会うとはな。たとえるなら、糞《くそ》の上に糞が乗ってる珍《ちん》風景を見た気分だ」

「お二人さんが仲良く食事なんて珍《めずら》しい。来年はこの星が滅《ほろ》びるニャー」

騒《さわ》がしいアルリアン人の男は、イーギー・ドリイエ。生体生成咒式《せいたいせいせいじゆしき》を使う華剣士《かけんし》。

対して話し方が一定しない女は、同じ事務所に所属するジャベイラ・ゴーフ・ザトクリフ。電磁《でんじ》光学系《こうがくけい》呪式《じゅしき》を駆使《くし》する光幻士《こうげんし》。

ともに十二階梯《かいてい》に達する凄腕《すごうで》で、初夏の事件で顔見知りになったラルゴンキン呪式《じゅしき》事務所の連中だ。

「あの事件以来か。永久に会いたくなかったけどな」

俺は独り言を吐《は》き捨てる。

「あ、ジャベイラ先輩《せんぱい》？」

「あれ、ジヴーニャって、もしかしてガユスの恋人《こいびと》ってあなただったの？」

ジヴが声をあげ、ジャベイラが答える。

「この変態とジヴは知り合いなのか？」

「ええ、私が入社した時に、少しだけお世話になったのよ。その後、すぐに辞《や》めて攻性呪式士《こうせいじゅしきし》になったと聞きましたけど？」

「ええ、今はラルゴンキン呪式事務所にいるわ」

「わ、やっぱり。ラルゴンキンさんの所で似た名前を聞いたから、もしやと思っていたけど」

「大量生産される名前だからね」

ジャベイラは憂《うれ》いを帯びた瞳《ひとみ》で遠くを見る。ジヴはジャベイラからイーギーの方へと興味津々《しんしん》の目を向ける。

「こちらの方は先輩の彼氏ですか？」

「違《ちが》う」

アルリアン人は即座《そくざ》に否定する。

「イーギーは冷たいのう」

ジャベイラはイーギーの頬《ほお》に触《さわ》るが、アルリアンは露骨《ろこつ》に嫌《いや》そうな顔で振り払《はら》う。

「オッサンの人格で触るな。あとは、もう少し性格を統一しろ。そうしたら……」

「そうしたら何？」

俺の問いにイーギーは顔を背《そむ》ける。凶暴《きょうぼう》なくせに意外と純情なのね。

ジャベイラが豪快《ごうかい》に笑って続ける。

「私たちの方は、単に仕事の打ちあげ。ついでに久しぶりに従姉妹《いとこ》と会おうと思って。あ、姉さん、こっちよ」

俺とギギナが入口を向くと、豊満な体を場違いな白衣に包んだ、藍色《あいいろ》の髪と瞳の女が手を挙げる姿があった。

「あれ患者《かんじゃ》四九七〇七〇一号に、四九六〇二二四号？」

待ち合わせの女は、変態女医のツザン・グラル・デュガソンだった。

確かにジャベイラとツザンは、容姿と電波系な性格が似ているが、まさか血縁《けつえん》関係があるとは。

どうやら、ジャベイラは、元夫の家名のザトクリフで通しているらしい。

遺伝子の悪夢に恐怖《きょうふ》している俺とギギナを余所《よそ》に、ジヴが恐《おそ》るべき発言をする。

「どうぞ先輩、そちらの方と従姉妹の方も私たちと一緒《いっしょ》に食べませんか？」

丸い食卓《しょくたく》を囲む六人の男女。

女たちの会話は弾《はず》むが、俺とギギナとイーギーは黙《だま》りこむ。

よくもこれだけ仲の悪いヤツらが顔を揃《そろ》えたものだ。嫌な偶然《ぐうぜん》だけはよく起こる。

ジャベイラとツザンの悪魔女《あくまおんな》たちに合わせて、俺も酒杯《しゅはい》を次々と空けていく。しかし、喉の奥の引っかかりがまだ取れない。

「いろいろあったが、仲良くやろうぜ」イーギーがギギナへと酒杯を向ける。「と、ラルゴンキン親父《おやじ》が言えと言っていたから、誘《さそ》うだけだがな」

しかし、ギギナは酒杯に顔を背ける。

ギギナの体内には常に呪式《じゅしき》が働き、ある程度の毒や有害物質を分解する。

強化されたアルコール脱《だつ》水素酵素《こうそ》はアルコールをすぐに分解し、悪酔《よ》いの原因たるアセトアルデヒドもミクロゾームエタノール酸化酵素で酢酸《さくさん》になり、炭酸ガスと水へと分解される。つまりまったく酔えない。

だが、ギギナが酒を呑《の》まないのは、単に味が嫌《きら》いだからだ。

おまえの味覚は子供かと言いたいが、まだこの世に未練があるので言わない。

「てめえ、このイーギーの酒が呑めないってのか?」

「アルリアン人の長耳臭《くさ》い酒など、誇《ほこ》り高きドラッケン族が呑めるか」

「おいギギナ、アルリアン人の相手をするな。平和主義を掲《かか》げるくせに気の短い、嫉妬《しっと》深いヤツらなんだから」

「ガユス、アルリアンの血が入っている私に言いたいことがあるなら、直接言ったらどうなの?」

「ガユスはジヴと仲良しで、ジャベイラちゃん寂《さび》チー」

「あんた、まだ人格変化なんてもので人の気を惹こうとしてるの? その脳を外科的に除去したいわね」

「変態医師のツザンが言うな。てめえこそ腐乱《ふらん》死体と犯《や》って死ね」

「あんたが死ねイーギー」

「と言うツザン姉さんも死に腐《くさ》れ。血縁であることが恥《は》ずかしいわい」

「まあまあ、俺に任せろ。ここはギギナが死ぬということで、全部丸く収めよう」

「ガユス、表へ出ないか? あの世へ片道旅行する秘訣《ひけつ》を、貴様だけにそっと教えてやるから」

酒の所為《せい》なのか、咒式士《じゅしきし》どもの会話は口の悪さばかりが目立ってきている。

「もう、少しは仲良くできないの?」

呪式士《じゅしきし》たちの争いにジヴが怒《おこ》りだす。

俺としても、全員に含《ふく》む所があるので、ちょっとおちょくってやりたい。

「じゃあ、こんな余興はどうだ？」

夜空を見上げながら吐《は》いた俺の言葉に、ギギナ以外の全員が「何？」と一音《いちおん》で合唱する。

「順番に数字を三つまで言っていき、一〇〇を言った人間が罰《ばつ》を受けるという遊びだ」

「いいわよ。罰とか面白《おもしろ》そうだし」

ジヴや女たちが賛成し、イーギーも不承不承ながらもうなずく。

「あれか、あれは……」

ギギナだけは秀麗《しゅうれい》な鼻先に皺《しわ》を寄せていたが、異議があがる前に遊びを開始する。

円卓を囲んで俺の左へジヴ、ジャベイラ、ギギナ、イーギー、ツザンが座る。

「一、二、三」

「四、五、六ってトロいわね、この遊び」

「まあまあ、そのうち面白くなっていくって。七、八、九」

無駄話《むだ》をし酒杯が空になっていきながらも、数字は左へ左へと延々と続いていく。

「九七」

イーギーの発言まで回り、ツザンへと回る。

「悪いね患者、九八、九九」

める。

俺は驚《おどろ》いたような声を出し、全員の視線にうながされ仕方なく「一〇〇」と言い、負けを認

「俺かよっ！」

「提案者が負けてどうするのよ」

「さて、罰は何にするかな？」

ジヴやイーギーやジャベイラの笑《え》みを噛《か》み殺すような顔があった。

だが、俺の向かいのギギナだけは厳しい顔をしていた。

前に何度かやっているギギナだけは知っているのだが、これは俺の計算なのだ。

この遊び、敗者への罰は勝者たちの自由裁量である。

そして一回では終わらず、飽《あ》きるまで繰《く》り返される。これは何を示しているのか？

そう、罰を受けた敗者が次の勝者になった時、自分以上の罰を与《あた》えたくなるという当然の心理が働くのだ。

つまり、回が進めば進むほど、罰は爆発《ばくはつ》的に容赦《ようしゃ》なくなっていくのである。

たとえば、前に負けたギギナの罰は、十分間、俺の座る椅子《いす》になることだった。

屈辱《くつじょく》のあまり、最後には口から血を吐いたギギナは、写真を撮《と》っておきたいほど素晴《すば》らしい表情をしたものだ。

となると、智略《ちりゃく》を尽《つ》くして全部の勝負を勝てばいいと思うが、それは不可能である。

一人だけ敗者になっていないヤツは、後半には怨念《おんねん》に満ちた敗者たちの標的になる。そして敗者の何人かが組めば、簡単にそいつを陥《おとし》いれられるのだ。

合理的結論。最初の方に罰を受けて恨《うら》みを回避《かいひ》し、協力者を増やして、後半の大殺戮《だいさつりく》を開始するのだ。

罰にしても、女性、しかも初心者が混じっているから加減が分からず軽いものになる。俺の恋人《こいびと》のジヴも混じっているから、そう酷《ひど》いものにはならない。

そこまで読んでの、俺の緻密《ちみつ》な作戦なのである。

「さあ、みんなで何でも罰を言ってくれ」

ジヴが悩《なや》んでいると、即座《そくざ》にギギナの顔に邪悪《じゃあく》な表情が閃《ひらめ》いたのを俺は見逃《みのが》さない。

「ネレス通りで火事があったらしいぞ」

「やだ、それって私の家の方角じゃない」

ジヴが急いで店の奥へ確かめに向かっていったのを確かめ、ギギナがツザンに接近していった。

ギギナが耳元で何事か囁《ささや》くと、ツザンがうなずき、顔には邪悪な表情が浮《う》かぶ。

「うわ、何か嫌《いや》な笑い」

「いやガユスの服に酒が零《こぼ》れているから」

思わず腹部を見下ろすと、いきなり首筋に小さな痛みを覚えた。

振《ふ》り返ると、自分の首筋に突《つ》き立てられた注射器と、愉快《ゆかい》そうなギギナとツザン、そしてジャベイラやイーギーの顔が見えた。

麻酔《ますい》で意識が遠のきながら、俺は食卓《しょくたく》に摑《つか》まろうとして倒《たお》れる。握《にぎ》ったものを見ると、「銀鱗亭」の燐寸《マッチ》だった。

その瞬間《しゅんかん》、俺の意識は闇《やみ》へと落ちていった。

見知らぬ部屋に座りながら、俺はそこまで思い出した。

あの後にギギナが考え、ツザンが実行する罰を受けたのだろうが、思い出せない。

何かとんでもない、思い出してはいけないことのような。

混乱しながらも掛布《シーツ》から抜《ぬ》け出す。

下着とジーンズを穿《は》いて釦《ボタン》を止めようとした時、以前に倍する吐き気が返ってきた。

口許《くちもと》を押さえながら急いでトイレを探す。部屋の手前の扉《とびら》を開けると、衣装《いしょう》入れ。急いで次の扉を開けると、白磁《はくじ》の便器があり、顔を突《つ》っこんで吐く。胃から喉《のど》が一本の管となったかのように、盛大な反吐《へど》が出る。胃液が苦い。

吐きおわると、表現しがたい混沌《こんとん》の中に、飲みこんだらしい黒い小石が出ていた。

見ているとまた吐きそうになる。水を流して立ち上がると、尖《とが》った痛みが腹部に疾《はし》って俺はうずくまる。

痛みの発信源を探《さぐ》ると、裸《はだか》の腹部に小さな傷痕《きずあと》があり、薄《うす》く血が滲《にじ》んでいた。途端《とたん》に記憶《きおく》が蘇《よみがえ》る。最悪の記憶が。

喉に引っかかる不快感に薄目を開けると、銀鱗亭の屋外席の底があった。その上には月が輝《かがや》く夜空が見えた。

とすると、ここは銀鱗亭の下、オリエラルの川縁《かわべり》に置かれた長椅子《ベンチ》の上らしい。腹部を撫《な》でてくる感触《かんしょく》。ジヴの愛撫《あいぶ》かと思って放《ほう》っておくと、鋭利《えいり》な痛みが疾る。

上半身を起こすと、俺の服の前がはだけられており、裸の腹部にメスを当てているツザンと目が合う。周囲には呪式士《じゅしきし》どもが並んでいやがる。

「いや、この前のラズエル社事件で、汚《きたな》らしい禍《まが》つ式《しき》があんたの腹を触《さわ》ったと聞いて」

俺の視線に対し平然と言い放つツザン。

「だから、なぜ俺の腹を開こうとする？」

まったく聞いていないツザンが、夢見るように語りだす。

「皮膚《ひふ》を触っただけで分かったわ。ラズエルや中央病院の医者なんかに、あんたの内臓の修復なんかできるわけない。何千人もの内臓を見てきた私が保証するわ。あんたの内臓は、血塗《ちまみ》れの天使という名の楽園なのよ」

「嫌な楽園だな。それより俺の外面に興味を持てよ」

「平凡《へいぼん》。ギギナの顔の解剖《かいぼう》と保存なら興味あるけど。というわけで位置を直させて、ついでに保存させて。えーと、そういう罰《ばつ》。そうよね皆《みな》さん？」

ギギナが神妙《しんみょう》にうなずく。ジャベイラとイーギーも呆《あき》れ顔だが止める気配はない。

しまった、罰が最初から限界値に達しているとは、俺の人徳の無さを計算していなかった。

逃《に》げようとした俺は、麻酔で動けない自分の体に気づいた。

「ま、待ててほ」

舌まで麻痺《まひ》しだした俺の腹部に、人指し指を背に当てた冷たいメスが入っていく。

「このメスは私の宝物で、素晴《すば》らしい切れ味なのよ。安心して解剖されなさい♪」

皮膚の表面で赤い血の雫《しずく》が盛り上がり、さらに銀色の刃《は》が進む。それ以上の進入を別の刃が止めた。

細い魔杖剣《まじょうけん》の刃、その柄《つか》を握っていたのはジャベイラ。

「ツザン姉さん、罰としてはもう十分よ。それ以上は私の玩具《おもちゃ》にやりすぎよ」

「お俺はは、いつ、からおまえの玩具になったんだよよ？」

俺の呂律《ろれつ》は回らない。だが、ジャベイラが良心に目覚めてくれて助かった。

従姉妹《いとこ》同士の視線が、俺の上空で衝突《しょうとつ》していた。

「邪魔《じゃま》しないで。私が興味あるのはガユスの内臓だけ。あんたも後で遊ばせてあげるから。ね、従姉妹じゃない？」

「本当？　じゃ、協力するわ。従姉妹だから」

魔女たちの利害が一致《いっち》し、四つの悪意に満ちた瞳《ひとみ》が俺へと向けられる。デュガソン家の雑な遺伝子なんぞ呪《のろ》われろ。

「大丈夫《だいじょうぶ》よ、ちゃんと兜式無菌力場《じゅしきむきんりきば》を発生させ、輸血もするから」

消毒の後、ツザンは自分の手に輸血管の針を突き刺《さ》し、逆を俺の腕《うで》へとつなげる。輸血管を通って、赤い血液が俺の中へと浸入《しんにゅう》していく。

「ほーら、私の命がガュスの中へと入って、二人の命が混じりあう」

変態毒を注入される気分だ。逃げたいのだが、麻酔の効果で動けない。

ツザンは喘《あえ》ぎ声を出しながら、俺の胸から腹へとメスの刃で撫《な》でていく。麻酔で感触がなくなってきたのが、すっごく怖《こわ》い。

「初めてガュスの内臓を見たときの感動を思い出すわ。憂《うれ》いを帯びた肝右葉《かんうよう》に肝左葉《かんさよう》、その裏に恥《は》ずかしげに隠《かく》れた胃の横顔。大網《だいもう》に飾《かざ》られた小腸は、まさに美の化身だったわ！」

ツザンの声に、上気した顔のジャベイラが唱和する。

「人は外面じゃなく内面と言うけど、ガュスこそ内臓美人なのね。何か性的に興奮してきたわ！」

ツザンにジャベイラ。エリダナ最悪の変態女たちの発狂会話《はっきょうかいわ》に、次元が歪《ゆが》みそうだ。

俺は自分の内臓が晒《さら》されるのを想像し、気持ち悪くなってきた。

脳から血液が降下していくのが分かるが、気絶するな俺。したら終わりだ。内臓をみんなに見られるのって何か恥ずかしいな、とか思っている場合じゃないぞ。

「ちょっと、何してるんですか！」

夜のオリエラル大河を背景に、肩《かた》を上下させて怒《おこ》っているジヴが立っていた。

「それは私のですっ！　手を出さないでくださいっ！」

ジヴの指先をたどる変態女二人の視線。

「あなた膵臓派《すいぞうは》？　意外と渋《しぶ》い趣味ね」

「いやいやツザン姉さん。ジヴーニャはもっと下の方が大事で……」

「そ、それだけじゃなくて、それを含《ふく》めた全部ですっ！」

真っ赤になって怒るジヴ。

「では、誰《だれ》がガユスを解剖するかで、もう一勝負よ」

ツザンの宣戦布告にジャベイラがうなずき、ジヴが激しい視線を返し、ギギナもイーギーも楽しそうに去っていく。

「皆ささん、人権とかいう単語をを聞いたことがないでれすか？　ああと麻酔を解いてくれくれない？　もしもーし？」

思考を部屋に戻《もど》しながら俺は腹の傷を撫でる。たかが遊びで死にかけたことが恐《おそ》ろしい。

ジヴが来るのがもう少し遅《おそ》かったら、ツザンは俺の小腸に頰《ほお》ずりし、ジャベイラに悪戯《いたずら》をされ、解剖実習の蛙《かえる》と同じ運命をたどるところだった。寝台《しんだい》に腰掛《こしか》けた俺は感謝していた。

ありがとうジヴ。俺はもう絶対に浮気《うわき》なんかしないよ。

「うう、ん」

艶《つや》っぽい呻《うめ》き声が俺の背後から響《ひび》いた。だが、振《ふ》り向いた寝台の上には誰もいない。

恐る恐る探していくと、寝台と壁《かべ》の間の空間に人肌《ひとはだ》が見えた。

白い背中に滑《なめ》らかな臀《でん》部《ぶ》の曲線。つまり、全裸《ぜんら》の女が倒《たお》れていたのだ。

(うごあぱおえええええええええっ⁉)

言語にならない悲鳴をあげようとする口を手で押さえる。

言ったそばから、俺が他《ほか》の女と寝《ね》たという事実が信じられない。

俺自身が信じられないのだから、ジヴが信じてくれるわけがない。

この女は誰なんだったらなんだ？　近よって顔を覗《のぞ》こうとして、壁から出ていた上着掛けに鼻先をぶつけた。

目尻《めじり》に涙《なみだ》を滲《にじ》ませながらも見下ろすと、女の裸の背の上で赤い飛沫《ひまつ》が跳《は》ねていた。

鼻の下に熱いものを感じ、急いで鏡を探すが見つからない。床《ゆか》の魔杖剣を拾って刃に顔を映すと、俺は鼻血を流していた。

よく見ると、一度出た鼻血が乾《かわ》いたのだが、ぶつけてしまったことでまた流れだしたらしい。

それで一度目の鼻血を思い出した。

二回目。何とか自力で治療《ちりよう》した俺の左から、ギギナ、ジャベイラ、ツザン、イーギー、ジヴと席につく。

「あのお客様、騒《さわ》ぎは困ります」

ウェイトレスが怯《おび》えた声で言った。途端《とたん》に俺の厳しい視線に晒《さら》されたウェイトレスは短い悲鳴をあげ、長外套《コート》へと酒を零《こぼ》す。

「す、すいません。すぐにお洗濯《せんたく》して」

「いいから退《ど》いていろ」

俺は黒髪《くろかみ》のウェイトレスを押し退《の》ける。

楽しい食後の余興は、険悪な雰囲気《ふんいき》に変わっていた。

「まあまあ、遊びなんですから楽しくやりましょうよ。ね、ガユス？」

「そうだな。真剣《しんけん》に怒るのも子供だしな」

ジヴのとりなしに俺は微笑《ほほえ》む。

だが内心では、俺をハメた咒式士《じゆしきし》どもをまったく許していない。俺以上の地獄《じごく》を見せ、一人一人の心を破壊《はかい》すると決意していた。

まずはギギナ、てめえからだ。

俺の黒い心を隠《かく》し、数字は続いていく。

「九四、九五……」

「ゴホっゴホっ」

イーギーが数字を言った時、俺は咳《せき》をした。

「喉《のど》の奥の違和感《いわかん》がどうにも取れなくて」

「喉に眼鏡《めがね》と戯言《たわごと》を詰《つ》めて死ね」

イーギーが文句を言う間に、俺の視線に気づき、瞬時《しゅんじ》に意を汲《く》んだジヴが続ける。

「じゃあ、私は九六、九七、九八」

俺の左隣《ひだりどなり》のギギナの眉《まゆ》が跳ね上がる。

「待て、イーギーの数字を、ガユスがわざとらしく邪魔《じゃま》しただろうが」

「残念、ジヴが続けたからもう手遅《ておく》れだよーん」

舌を出しながら指先で耳をほじり、両の瞳孔《どうこう》を眼の端《はし》に寄せて嘲笑《ちょうしょう》してやる。

「俺は九九、ギギナの罰《ばつ》は何がいい？」

歯を噛《か》みしめるギギナ以外の全員が、真剣に考えこむ。

「だったらガユスちんと同じか、そうだギギナたんには女装が……」

ジャベイラが別人格で言った瞬間、周囲の気温が下がっていく。

屠竜刀《とりゅうとう》の柄《つか》に手を掛けている凄絶《せいぜつ》なギギナの視線が、物質的な圧力となって放射されていたのだ。

俺はジャベイラに近寄り、ギギナへと視線を向けながら耳元で囁《ささや》く。

「そうじゃな、女装では甘い。ギギナ殿《どの》への罰は……許嫁《いいなずけ》への愛の告白で」

ジャベイラの発言に、ジヴとツザンの顔がなぜか輝《かがや》いた。女ってこういうの好きだよな。

「ふざけるなっ、私はそんなことは絶対にせぬぞっ！」

ギギナが椅子《いす》を蹴《け》って立ち上がる。引き抜《ぬ》いた柄は、背中の刃《やいば》へと連結されていく。

「ギギナ、いい年して我《わ》が儘《まま》言うなよ、皆が困っているだろ？」

「我が儘ではないっ、そんな軟弱《なんじゃく》なことはドラッケン族の戦士の誇《ほこ》りが許さない！」

女性陣《じん》の興味津々《しんしん》の顔に対し、ギギナは抜刀《ばっとう》して戦闘《せんとう》態勢に入っていた。無理にやらせようとするなら、この場の全員を殺すという決意が表れている。表れるなよ。

「あれあれギギナ君、それはおかしいんじゃない？」

酒杯《しゅはい》を傾《かたむ》ける俺に、炎《ほのお》のようなギギナの視線が向けられる。

「誇り高きドラッケン族の戦士が、たかが遊戯《ゲーム》の規則も守れないの？　それとも許嫁が嫌《きら》いなのん？」

そう言った瞬間《しゅんかん》、ギギナの全身から一層凄《すさ》まじい殺気が俺へと放射される。

平気そうにしているが、俺の心臓は縮みあがっている。

道理とギギナ自身の誇りが俺の手札。ギギナの手札は憤怒《ふんぬ》。

銀の双眸《そうぼう》に複雑な色の嵐《あらし》が吹《ふ》き荒《あ》れ、ギギナの犬歯が鳴る。そして、ついに屠竜刀が静かに納められた。

俺の勝利だ。

心理学の初歩だが、最初に無理な願いをすると次の小さな願いが通りやすい。一度目を断った罪悪感と、難しさの比較《ひかく》による譲歩《じょうほ》だそうだが、今回も上手《うま》くいった。

全員の沈黙《ちんもく》のなか、ギギナの薔薇《ばら》色の口唇《こうしん》が震《ふる》えながらも言葉を紡《つむ》ぐ。

「わ、わ、わた私の許嫁は、す、素晴《すば》らしい女で、私は許嫁を……」

ギギナの顔には極限の苦痛の色が表れていた。

人前で愛を語るくらいなら、俺は裸《はだか》で親の葬式《そうしき》に行って失禁する。無意味に誇り高いギギナにとっては、死よりも辛《つら》いだろう。

無敵のギギナが地上で唯一恐《ゆいいつおそ》れるものが、故郷の許嫁の機嫌《きげん》である。

ギギナ以上の美貌《びぼう》で、ヤツの会話が退屈《たいくつ》だと尻《しり》を蹴《け》り上げる気性《きしょう》の持ち主らしく、非常に恐れている。

俺の想像するその姿は、美しい顔の下は獅子《しし》と象を混ぜ合わせた姿である。とにかく人間の範囲《はんい》ではないだろう。

「あ、い、愛、して……」

噛みしめたギギナの唇《くちびる》からは鮮血《せんけつ》が噴《ふ》き出していた。精神崩壊《ほうかい》を防ぐために、全身の細胞が必死に抵抗《ていこう》しているのだ。

「る？」

ギギナの目が焦点《しょうてん》を失い、隣にいた俺が逃《に》げる間もなく倒《たお》れてくる。

銀髪《ぎんぱつ》に包まれた後頭部が俺の鼻筋に衝突《しょうとつ》し、目と鼻の奥に火花が散る。

大型単車なみのギギナの体重の下で、俺は鼻血を出していた。

何かの下敷《したじ》きになるのは、今日だけで二回目だな、と余計なことに気づいた。


ギギナの表情を思い出すと、笑いと鼻血が止まらない。

大声を出さないために手で口許《くちもと》を押さえ、机に手をつきながら笑っていたが、笑えない事態を思い出す。

寝台《しんだい》と壁《かべ》の隙間《すきま》で意識を失っている女は誰《だれ》だ？

意識を無くした女の裸の肩《かた》を摑《つか》んで、少し覗《のぞ》いてみる。

ジヴではない。ジャベイラでもツザンでもないことには真剣《しんけん》に神に感謝した。

肩までの黒髪《くろかみ》に象牙《ぞうげ》色の肌《はだ》。美人だが、どこか険のある顔立ち。呻《うめ》き声に反射的に身を引くと、女の目が開き、漆黒《しっこく》の瞳《ひとみ》が俺と出会う。

壁と寝台の隙間から身を起こす女は、一糸まとわぬ全裸《ぜんら》だった。当然、豊かな胸と桃色《ももいろ》の山頂が俺の目に入る。

俺の視線は意外に鍛《きた》えられた女の腹筋をたどり、さらに降下しようとしたが、素直《すなお》な欲望に必死に抵抗し、何とか目を逸《そ》らす。

思考は混乱しきっている。

酒とツザンの麻酔《ますい》でおかしくなっていたといえど、俺の理性がそんなに簡単に浮気心《うわき》に負けるはずがない、と信じたい。

いや、勝ったことが一度でもあったっけかな？

動揺《どうよう》していると、女の朦朧《もうろう》とした目に意識が宿り、俺の姿を捉《とら》える。

「あの、あなた様はどこの女の方であらせられますので……」

「おまえっ！」

女は唸《うな》りをあげる回し蹴《け》りを放つ。腕《うで》を掲《かか》げて受けるが、重い衝撃《しょうげき》に骨が軋《きし》む。

続いて女がいつの間にか握《にぎ》っていた短剣が、俺の鼻筋へと突《つ》き出される。

三回目。円卓《えんたく》を囲んで、鼻血がようやく止まった俺の左に、ジャベイラ、ギギナ、ジヴ、ツザン、イーギーと並ぶ。

「あのお客様、お酒を零《こぼ》してしまったお召《め》し物の代わりをお持ちしましたので、お着替《きが》えください……」

背広を手にしたウェイトレスが俺に声を掛《か》けてくる。

「いらない」

俺の言葉にウェイトレスが怯む。

「大声出してすまない。だが、大事な戦いをしているから、しばらく話しかけないでくれ」

顔を円卓に戻すと、場の雰囲気は悪化の一途をたどっていた。それぞれの口から吐かれていく数字も、呪《のろ》いの言葉にしか聞こえない。

　ツザンの顔は真っ青だった。

　それはそうだろう。俺の各個撃破の次なる標的は、ツザンとしか思えないからだ。

「た、助けてジャベイラ。私たち従姉妹《いとこ》でしょ？」

「ボクは今、ジャベイラじゃないっピー。モピ星のポルロンガだプルッピー、九五」

　ジャベイラも自分の命が惜《お》しいのだ。続くギギナも「九六、次」と安全圏《けん》に逃《のが》れる。

「ゴメンねツザンさん。ガユスの仇《かたき》を取るから九七、九八、九九」

　ジヴの声に、ツザンの顔色は青から白になっていった。

「ひ、一〇〇って言いたくない。罰《ばつ》は何なの何なの何なの!?」

「全員でツザンを抑《おさ》えろ。悪の根を絶つ」

　泣き叫《さけ》ぶツザンを全員が抑え、俺は女医の懐《ふところ》からメスを奪《うば》う。

「さすがに仕事道具を壊《こわ》すのは可哀相《かわいそう》よ。ガユス、別の罰にしましょう」

　ジヴが止めようとし、ツザンが叫ぶ。

「そうよ、それは私の宝物なのよ。罪もない実験動物や人間を、ガユスを無意味に解剖《かいぼう》するために要るのよっ！」

「ガユス、思いっきりやりなさい」

ジヴの冷たい死刑宣告《しけい》とともに、俺はメスを夜空へと放《ほう》り投げ、魔杖剣《まじょうけん》ヨルガを抜《ぬ》き打ちで放つ。

メスが折れる軽い音が心地《ここち》よかった。ツザンの魂《たましい》が砕《くだ》ける音にも聞こえた。

折れたメスが俺の鼻先を掠《かす》め、落ちていく。

鼻先を掠めて記憶《きおく》を蘇《よみがえ》らせる短刀を躱《かわ》し、俺は後方回転。床《ゆか》に着地した足首の捻挫《ねんざ》が痛い。

俺を追って、全裸の女が寝台を蹴って飛翔《ひしょう》してくる。

短刀が煌《きら》めくのを躱すが、瞬時に上段からの一撃に切り換《か》わる。俺は左手で女の右手首を打ち、右拳《みぎこぶし》を脇腹《わきばら》へと打ちこむ。

苦痛の呼吸が吐き出されるのを待たず、摑んだ女の右手を捻《ひね》って床に転がし、首筋に右手刀を放つ。

床に倒れた女の鳩尾《みぞおち》に膝《ひざ》を落とし、喉《のど》への必殺の拳を叩きこもうとして、やっと我に返る。

「わっ、ゴメン、やりすぎた！」

俺が飛びのくと、女が床に手をついて胃液まで吐き、肩を上下させて喘《あえ》ぐ。

ギギナに教わったドラッケン式護身術が反射的に出てしまったのだが、どう考えても殺人が目的だと思う。

ちょっと待て、顔も知らないこの女が、俺を殺そうとする理由がどこにある？

もしかして、酔《よ》った俺が無理矢理に押し倒《たお》したとか？

んなアホなっ。それだけは絶対にありえない！

大急ぎで記憶の続きを検証する。


「さあさあ楽しい大道芸です」

屋外席では大道芸人が乱入し、帽子《ぼうし》から鳩《はと》を出し、人々に手品を見せていた。女大道芸人が陽気な声を俺に掛けてくる。

「お客さん、上着をお借りしてもよろしいですかな。中から兎《うさぎ》を出してみせましょう」

「いらん」

今日はよく話しかけられるが、今はそんな余裕《よゆう》はない。手を振って大道芸人を追い返し、勝負へと集中する。四回目。すでに楽しいという単語はこの場所から完全消失していた。

俺、ジャベイラ、ジヴ、イーギー、痴呆《ちほう》じみた顔をしているツザン、憮然《ぶぜん》としたギギナと並び、非情な数字が続いていく。

「四八、四九、五〇」

「あ」

「何よ」

五〇と言ったばかりのジヴが、俺の発言に疑念を返す。

「いや、何でもない。続けてくれ」

全員が不審《ふしん》そうな表情を浮かべる。俺の発言は本当に意味はない。しかし、今の「あ」で、その数字が何か決定的なものなのかと思ってしまうだろう。全員の心理を解説すると、五〇を二倍にすると一〇〇になるので、何となくそれが敗北の予兆に思えてしまうのだ。

だが、この勝負には数学的な勝利方法は存在しない。

数字を小さくして、終わりを二〇とし、二人だけでやるとする。先に一九を取ればいいから、一九の四つ前、一五を取る。一五を取るには一一を取ればいい。一一を取るには七となっていき、最終的には一を取る先手の勝利になる。さらには、数字が四の倍数、四の倍数足す二、四の倍数足す三なら先手必勝。四の倍数足す一の場合のみ後手必勝となる。

しかし、人数が三人以上となった時点で一九または一八を確実に取ることが不可能になるので、必勝法が存在しなくなる。

つまり、勝敗を分けるのは、純粋《じゅんすい》な心理の駆《か》け引きのみ。会話で圧力を加え、味方に引きこみ、特定の相手へと悪意を集中させるしか必勝法らしきものが存在しない。

悪意を込められた数字が続き、ギギナが九六と言って安全圏《けん》に入る。

このままいけば最小の数でも九七で俺、九八でジャベイラ、九九でジヴ、一〇〇でイーギーとなる。

さすがに次の罰《ばつ》には、ギギナの鋼《はがね》の精神も耐《た》えられないようで、誰の恨《うら》みも買わないような消極的作戦に切り換えたようだ。

その時、俺の脳内に悪魔《あくま》的な閃《ひらめ》きが疾《はし》った。このまま九七、九八、九九と言ってジャベイラを葬《ほうむ》るのもいいが、もっと愉快《ゆかい》痛快な考えがあるのだ。

「九七、次はジャベイラ」

「九八……」

ジャベイラは気づいた。九八のままだと、自分の隣《となり》のジヴが九九と言う。

当然、その隣のイーギーが一〇〇と言うことになる。迷いつつジャベイラは言った。

「九八、九九。次……」

「ジャベイラ先輩《せんぱい》っ、後輩の私より同僚《どうりょう》を取るんですかっ？　信じられないっ！」

ジヴが嘆《なげ》くが、ジャベイラはその言葉から逃《のが》れるように必死で視線を逸《そ》らす。

「あ、あなたの彼氏を恨みなさいよ。早く一〇〇を言いやがれっ！」

これでジャベイラとジヴのつながりは破壊《はかい》された。

残るジャベイラを葬るだけでは、俺の怒《いか》りは収まらない。腐《くさ》れ咒式士《じゅしきし》どもの人間関係を徹底《てってい》的に破壊しつくしてやる。

そのために恋人《こいびと》を悪魔に売ることになろうとも、俺は涙《なみだ》を堪《こら》えて耐える。

ジヴは可愛《かわい》い唇《くちびる》を噛《か》みしめながら、「ひ、一〇〇」と吐《は》き出した。

記憶《きおく》の中の俺はかなり酷《ひど》い人間だった。

「あの、いきなり襲《おそ》いかかってくるのは、俺が何かイケナイことをしたからとか？」

女は肩《かた》で息を整えながら考えこむ。俺が心配になっていると、やっと返答をしてくれた。

「私も混乱していたのよ。自分の前に半裸《はんら》の男がいたら驚《おどろ》くでしょう？　大丈夫《だいじょうぶ》、あなたが心配するような犯罪行為《こうい》はなかったわ」

胸を撫《な》で下ろす俺に、衝撃《しょうげき》的な追い打ちが襲いかかる。

「だって、合意のうえのことですもの」

女の言葉に悲鳴をあげそうになった。

悲鳴でまた記憶がつながっていく。

「ぴぎーぴぎー」

俺たちの眼前で可愛い子豚《こぶた》さんが鳴《な》いていた。

それはジヴの成れの果てだった。

エリダナの夜の川辺《かわべ》。テープで鼻を押さえ両手両足を床板《ゆかいた》につきながら、ジヴは子豚の真似《まね》をさせられていた。

「真剣《しんけん》さが足りないわ」

ジャベイラのつぶやきに振《ふ》り向いたジヴの顔は、鬼《おに》よりも恐《おそ》ろしかった。

「子豚さんはそんな怖《こわ》い顔はしないのう」

「止《や》めとけってジャベイラ。手負いの猛獣《もうじゅう》を挑発《ちょうはつ》してるようなもんだぞ」

イーギーは同僚の暴走を必死に止めようとするが、すでにジャベイラの顔からは正気が消し飛んでいた。

「ジヴ、いや子豚さん。もっと派手《はで》に鳴けっ！　手はちゃんと蹄《ひづめ》にして偶蹄目《ぐうていもく》の哀《かな》しみを表現するのよ！」

ひいっ！　ジヴの顔に殺意に近いものが浮《う》かんでいる。

涙を零《こぼ》すまいと耐える緑の双眸《そうぼう》は、地獄《じごく》の業火《ごうか》よりも激しく燃えさかっている。

ジヴの全身から立ちのぼる憎悪《ぞうお》が、夜にはありえない陽炎《かげろう》を作りそうだった。

「ぴぎーぴぎー、ぷぎーぷぎー」

エリダナの夕闇《ゆうやみ》に響《ひび》くその鳴き声は、冥界《めいかい》の底よりの呪《のろ》いの叫《さけ》びだった。

「なあガユスよ」

「何だねギギナくん」

お互《たが》いに平坦な声しか出ない。

「間違《まちが》いなく、次は死人が出るぞ」

ホートン占《うらな》いより遥《はる》かに確実なギギナの予測に、俺は苦すぎる唾《つば》を飲みこんだ。

そこまで思い出して、俺は笑う。

ジヴの子豚は可愛かった。子豚が成長し悲恋《ひれん》の末、出産して母となる場面には、生命の神秘に全員が思わず涙ぐんでしまった。

いかん、今は現実逃避《とうひ》している場合ではない。

「その、本当に俺は君と？」

「覚えていないの？　酷《ひど》い男ね」

床に落ちた掛布《シーツ》を拾って、女がまとっていく。

ありえない。いや、あったら破滅《はめつ》だ。

目の前の女はどこか信用できない。さっき見た裸身は鍛《きた》えられ、短刀と体術は戦闘《せんとう》訓練を受けたとしか思えない。何より、その目に嘘の光がある。

何か別の理由があるはずなんだ。脳神経を全開にして必死の本気で考える。

条件その一、見知らぬ男女が出会って安ホテルに泊《と》まった。

条件その二、その男女が裸《はだか》で目覚めた。

そこから導き出される論理的帰結は……。ダメだ、その結論は断固却下《きやつか》する。

生き残るために、必死に記憶をたどる。

「楽しいなぁ。ねえ、お兄さん」

酔《よ》っぱらった女が俺に寄りかかってきて、懐《ふところ》へと手を入れてくる。邪険《じゃけん》に振《ふ》り払《はら》うと去っていった。今日は不自然なまでに邪魔ばかり入る。

五回目。俺の左にジヴ、ジャベイラ、イーギー、ツザン、ギギナと並ぶ。

俺たちの席の雰囲気《ふんいき》は最悪になっていた。全員の顔に疑念と裏切りへの不安が明確に表れている。視線が合うと逸《そ》らしてしまい、それがさらなる疑いを呼ぶ。

張りつめた空気の圧力で、子象でも三匹《びき》は殺せそうだ。

「なあ、ここらで止めないか？」

唯一《ゆいいつ》正気を保っているイーギーの声が絞《しぼ》り出される。

「ダメよ。納得《なっとく》いくまでやります」

葡萄《ぶどう》酒を一気に空けたジヴの静かな声に、イーギーが怯《おび》えたように身を引き、椅子《いす》が床《ゆか》を擦《こす》る嫌《いや》な音が響《ひび》く。

周囲の客も、この食卓《しょくたく》の闘争に興味と恐怖《きょうふ》の入り混じった視線を注いでいる。

しかし、眼前の女性は、本当に俺が愛した可愛いジヴなのだろうか？

全体としては笑顔《えがお》なのだが、口許《くちもと》は憎悪に痙攣《けいれん》し、吊《つ》り上がった眼《め》には毛細血管が浮き出ている。異貌《いぼう》のものどもでも、こんな激烈《げきれつ》な殺気を放つヤツはいなかったような。

俺もギギナも似たような顔をしているだろうが。

イーギーがそれでも制止に入る。

「ガユス、冷静が信条のおまえなら分かるだろ、止めないと危険だ」

「引っこんでろイーギー。余計なことを言うと、おまえへの罰は公開自慰《じい》にするぞ」

「ガユスの言う通りだアルリアンの小僧《こぞう》。怖いのなら、自分の尻《しり》の穴に頭を突《つ》っこんで震《ふる》えているがいい」

俺とギギナの言葉にイーギーが溜《た》め息《いき》を吐《つ》く。

「てめえら正気じゃねえ。呪式士《じゅしきし》として一瞬《いっしゅん》だけ憧《あこが》れたけど、単にアホの二乗だ」

残念だが、お遊びの時期は過ぎている。すでにここは地獄の賭場《とば》で戦場なのだ。賭《か》けられているのは、掛《か》けがえのない自分の魂《たましい》。飛び交《か》うのは言葉の銃弾《じゅうだん》と裏切りの刃《やいば》だ、なんてね。

全員が無意味で不毛な闘《たたか》いだと気づいているのだろうが、引くに引けなくなっているのだ。

俺もアホの一人だと分かっていたが、冷静に戦略的思考に戻《もど》ることにする。

さきほどの勝負は、自分の恋人を陥《おとし》れて敵を増やしただけに思えるが、それは素人《しろうと》考えだ。

俺の誘導《ゆうどう》で、ジャベイラは同僚《どうりょう》を売るか、後輩《こうはい》を裏切るかの二《に》択《たく》にさせられたが、あくまで決断はジャベイラの意思である。

それが分かるからこそ、ジヴの憎悪はジャベイラへと向けられる。

そう、俺は共通の敵を持つ、ジヴという絶対の協力者を作ることに成功したのだ。

許せジヴ、腐《くさ》れ咒式士《じゅしきし》どもを葬《ほうむ》るためには必要だったのだ。君のマヌケ姿を見たい気持ちがあったのも確かだけれど。

とにかく、この回で宇宙の根源悪たるジャベイラを地獄《じごく》へと叩《たた》き落としてやるのだ。

ギギナの目も、自分と同じ苦痛を、全員に味あわせるべきだと雄弁《ゆうべん》に語っていた。

六人中、俺とジヴとギギナの三人が完全に手を組み、心が折れて負け犬となったソザンも俺に従うだろう。

となると、ジャベイラとイーギーの不完全な連携《れんけい》では勝てない。

「えーと四九、五〇で次……」

「あ」

ジヴに続くジャベイラの数字に、俺は小さな声をあげてやる。途端《とたん》に全員の顔に緊張《きんちょう》が疾《はし》る。当のジャベイラの顔も青ざめている。

「いや、今のは無しぢゃ。四九まで……」

「次と言ったからダメだ。人格変化の言い訳もなし」

俺の笑顔《えがお》をジャベイラが睨《にら》んでくる。女が奥歯を噛《か》みしめる音が、心地《ここち》よい天上の音楽にも聞こえる。

俺の「あ」で、さきほど敗北したジヴも五〇を言った事実が、ジャベイラと全員の脳裏《のうり》に思い出されたのだ。

「イーギー、私たちは生死をともにする同僚で、生涯《しょうがい》の友人よね」

「え？　ああ、そう、そうだな」

ジャベイラの縋《すが》るような眼差《まなざ》しに、イーギーがどこか寂《さび》しそうに答える。気づいてやれよジャベイラ。

しかし二人の美しい友情には涙が出そうだ。まったくの嘘《うそ》だが。

清い友情とやらがどこまで続くのか、確かめさせてもらおうじゃないの。

思惑《おもわく》を隠《かく》し、数字は淡々《たんたん》と続いていく。

「六〇……」「七〇、七一……」「八〇、八一、八二……というか、ウチだけが〇《ゼロ》番代を言ってるううっ！」とジャベイラの人格がまたおかしくなってきている通り、六人中四人の間違《まちが》った友情力が集結したのだ。

こうなると、ジャベイラに協力して自分の立場を危《あや》うくするような人間はいない。

泣きそうになっているジャベイラとイーギーの視線が交錯《こうさく》する。だが、イーギーですら何も言えなくなっていた。

「みんな、罰《ばつ》は何がいいかな？」

「下劣《げれつ》であるほどいいわ。まず脱《ぬ》がすわ」

「ドラッケン族の拷問《ごうもん》式に、生皮まで脱いでもらおうか」

俺たちの悪意満載《まんさい》の会話に、ジャベイラの蒼白《そうはく》な顔が、生物学的にありえない色になっていく。

折れたメスを抱《かか》え、虚ろな目をしたツザンが九五と言い、ギギナはまたも九六で安全圏《けん》に逃《のが》れる。俺は九七でジヴに渡す。

「うふふふふふふふふ、九八、九……」

気味悪い声でいきなりジャベイラを葬ろうとしたジヴ。その尖《とが》った耳元に俺が囁《ささや》く。

「それではジヴは復讐《ふくしゅう》の初心者だ。俺なら九八で止めて渡《わた》すね」

ジヴは俺の言わんとすることを察し、半月のような笑みを口許《くちもと》に浮かべた。

それは地獄の悪魔《あくま》と契約《けいやく》する、邪悪な魔法使いの顔だった。

「早く言いなさいよっ！　私に罰を受けさせたいんでしょうがっ！」

ジャベイラの苛立《いらだ》った声にも、ジヴは優雅《ゆうが》に微笑《ほほえ》んで返す。

「九八でいいわ、次をどうぞ先輩《せんぱい》」

「え、嘘？　本当に？　やったー」

気の抜けたジャベイラは九九とだけ言おうとし、眼を見開き硬直《こうちょく》する。

「あれあれ？　さっきは後輩を裏切って、今度は自分の隣《となり》の同僚を裏切るつもり？」

俺の声に、泣きそうな顔になるジャベイラがイーギーの方を向く。

「いいぜジャベイラ。俺が犠牲《ぎせい》になる」

次のイーギーの顔は引きつっている。

俺たちを見据《みす》えるジャベイラの悲壮《ひそう》な顔。俺はこういう顔を見たことがある。

賭博場《とばくじょう》の緑の羅紗《らしゃ》の上で、自分の全財産が溶《と》けていくのを見ている敗北者の顔。

決定的な破滅《はめつ》に、気持ちが折れてしまった人間の顔だ。

長い長い沈黙《ちんもく》の後、ジャベイラはようやく重い重い言葉を吐き出した。

「九九……一〇〇。これでいいんだろうがっ！」

ジャベイラの絶叫《ぜっきょう》に、イーギーが安堵《あんど》の息を漏《も》らした。だが、すぐに自らの卑劣《ひれつ》さを恥《は》じ入るようにジャベイラの肩を抱いた。

「イーギー、私、俺、儂《わし》は……」

「ジャベイラ、もういい。何も言うな。というか言っても虚《むな》しいし」

だが、俺はそんな美談を望んではいなかった。

俺が横目で確認《かくにん》すると、ギギナとジヴのその眼が、「我らが敵に凄惨《せいさん》な復讐を！」と求めていた。

任せろ。ジャベイラの魂を復活不可能なまでに砕《くだ》いてやる。

俺が机の上に小さく拳《こぶし》を握ると、ジヴとギギナの手もそれに答えて小さく拳を作る。

俺とジヴとギギナの負の魂が、今、一つになったのだ。

咳《せき》をする俺に、ジヴが心配そうな顔を向ける。

「まだ治らないの？」

「大丈夫《だいじょうぶ》だジヴ、何かが引っかかっているだけだ。ウェイトレスさん、勝利の美酒を俺に。それで喉の引っかかりと敗北を流そう」


ダメだ。眼前の女とどこで出会ったのか思い出せない。

「ちょっと待て、待ってくれ。本当に俺は、その、君と？」

寝台《しんだい》に腰掛《こしか》けた女が考えこむような顔つきになり、目を床《ゆか》に落とした。

「あんなに激しく愛しあったのに」

女の微笑みにも俺はまったく笑えない。

「喉が渇《かわ》いたわね。何か飲む？」

机の上にあった硝子杯《ガラスはい》を女が掲《かか》げるが、俺は首を振《ふ》る。女は杯を戻《もど》して俺の視線を受ける。

「服を着たいから、後ろを向いててくれると嬉《うれ》しいんだけど？」

俺は慌《あわ》てて寝台に背を向ける。魔杖剣《まじょうけん》の機関部を弄《もてあそ》びながら、思考に没頭《ぼっとう》する。

どこかでこの女を見た。それは確かだ。

記憶《きおく》が急加速ではっきりしていく。

「はいもう一回」

屋外席の手摺《てすり》に並んだ俺たちの眼下。下から出てきたジャベイラが、川縁《かわべり》の板の中央で固まり、通行人が何事かと見ている。

「早くしなさい負け犬」

ジヴの氷点下の声がジャベイラを打ちのめす。

唇《くちびる》を噛《か》んで堪《こら》えるジャベイラが、何事か言葉を漏《も》らす。

「聞こえないなぁ。もっと大声でないと商売にならないわよ?」

ジヴの追い打ちは厳しい。人間関係って簡単に壊《こわ》れるなぁと俺は感心してしまった。

「俺が教えた通りにやれよー。一つでも間違《まちが》えると、また最初からやり直しだよー」

俺の言葉にジャベイラの細い肩《かた》が震《ふる》える。そして長い息を吐《は》き、何かを振り切るように引きつった笑《え》みを浮《う》かべる。

魔杖剣サディウユを振って、光学咒式《こうがくじゅしき》の桃色《ももいろ》の光をまといつつ奇妙《きみょう》な舞いを踊《おど》るジャベイラ。

そして踊りながら、通りすがりの親子連れに向かって突《つ》き進む。

「年齢《ねんれい》的にかなり無理がある、魔法少女ジャベイラ参上!」

自らの目の前に、左手で横向きのV字を作るジャベイラ。勿論《もちろん》、反対の目は閉じ、口からは照れたように舌を出している。

上からは、イーギーが咒式生成《じゅしきせいせい》した食虫植物と有毒植物が降りそそいでいる。

父親は思いっきり引いており、父親の手を握《にぎ》っている幼児は泣きそうになっている。

「ポンピロ、ピンピロ、アロパロパ！　あなたのくだらない夢とゲスい欲望を、邪悪《じゃあく》な咒式で叶《かな》えちゃうぞ、ただしばっちり有料で♡」

さらに魔杖剣を振りつつ踊るジャベイラ。幼児は恐怖《きょうふ》のために泣きだし、父親はわが子を抱《かか》えて逃《に》げ出した。

超弩級《ちょうどきゅう》の変質者だと思ったのだろう。

板張りの川岸の上には、年増の魔法少女が一人取り残されていた。

ラルゴンキン事務所で一番の男前な姐《あね》さんことジャベイラが、耳まで真っ赤になってうつむき、肩を震わせていた。そのジャベイラが振り向き、二階の俺たちを涙《なみだ》混じりの双眸《そうぼう》で見上げる。

「こんな商売成立するかっ！　何だこのカワイさ目指してイタい呪文《じゅもん》はっ⁉」

手摺にもたれる俺は耳元に手を当てて、問い返す。

「はあ？　職業に貴賤《きせん》はない。そうだよね紳士《しんし》淑女《しゅくじょ》の皆様《みなさま》方？」

ジヴが鷹揚《おうよう》にうなずく。ギギナとイーギーとツザンは、俺たちと目も合わせない。

「ジャベイラ先輩《せんぱい》、こちらに声をかけないでいただけます？　私たちが変質者の知り合いだと思われてしまいますわ」

ジヴが手の甲《こう》を口許《くちもと》に当てて、優雅《ゆうが》に高笑いする。

「ジヴーニャ嬢《じょう》ったら、素敵《すてき》に残酷ですこと♡」

「いえいえ、ガユス元準爵《じゅんしゃく》こそ、素晴《すば》らしく冷酷でございますわ♡」

俺とジヴの笑いは止まらない。笑いすぎて腹が痛い。

悔《くや》しさのあまり、ジャベイラは床に落ちた食虫植物と有毒植物を踏《ふ》みにじる。

「ガユス、てめえの言う通りにやったが、これって恥《は》ずかしさを和《やわ》らげてないんじゃねーの？」

イーギーが疑問をつぶやくが、気づくのが遅《おそ》い。こいつの淡《あわ》い感情が一生実らないことを、俺が完全品質保証する。

「あの、御《ご》注文のお酒です」

すでに視線を合わそうともしないウェイトレス。銀盆《ぎんぼん》の上の酒杯を引ったくり、一気に勝利の美酒を味わう。独特の苦味で美味《うま》い。

俺とジヴは高笑いを止めて、眼下の下民へと視線を向ける。

「じゃあもう一回。頑張《がんば》ってくださいね、ジャベイラ・ゴーフ・ザトクリフ先輩」

「ジ、ジヴーニャちゃん、頼《たの》むから名前を全部言わないで！　外に出られなくなる！」

ジャベイラの絶叫《ぜっきょう》に、慈母《じぼ》のように目を細めてジヴが微笑《ほほえ》みかえす。

「では急いでくださいな。ジャベイラ・ゴーフ・ザトクリフ先輩」

「ジヴ、あんた、私以上に人格変わってない？　ガユスの悪い影響《えいきょう》が出てるわよ？」

俺は仕方なく正義の怒《いか》りを爆発《ばくはつ》させた。

「俺にまで謂《い》われのない文句を言うつもりかい？　ジャベイラ・ゴーフ・ザト……」

「わ、分かったわよ、この外道ども！」

「誰《だれ》が外道ですって？　ジャベイ……」

「う、嘘《うそ》です、すいません！　全力全開で魔法少女を喜んでやらせていただきますっ！」

ジャベイラは大きく息を吐いた。

「漢《おとこ》の散りざまをみさらせっ！」

俺たちの眼下。集まってきた周囲の人々を前に、ジャベイラはひたすら奇怪《きかい》な魔法少女の踊りと、謎《なぞ》の奇声を繰《く》りかえした。人々の奇異の視線と失笑《しっしょう》を一身に浴びて。

「脇《わき》が甘い！　アホ呪文が腹の底から出ていない！　先輩は不況《ふきょう》を舐《な》めてるの？」

「ダメだ、もっと真心《まごころ》を込めて踊れ！　誇《ほこ》りだとか自尊心だとか、人間としての大事なものを全部捨てろ！　話はそれからだ！」

「魔法で株価を上げなさい。魔法で世界中の民族紛争《ふんそう》を止めなさい。魔法でガユスの料理を食べても食べても私の体重が増えないようにして！　できないと終わりませんよっ！」

「もっと哀《あわ》れみを誘《さそ》え！　哀れみと施《ほどこ》しこそが魔法少女の喜びで主収入なのだっ！」

俺とジヴの苛烈《かれつ》なダメ出しが続き、すでに二十分が経過している。

はっきり言ってこんな商売が成りたつわけがない。つまり、俺たちの気分次第《しだい》で、この世の終焉《しゅうえん》までも続けられるのだ。

警官が来て逮捕《たいほ》、もしくは射殺する方が早いだろうが。

二十二度目、ついにジャベイラは下から出てこなくなった。

心配顔のイーギーが階下へと迎《むか》えに行くのにウキウキしながらついていく。

川縁へと出る階段の前でジャベイラは膝《ひざ》を抱《かか》えてうずくまっており、何やら呪文を唱えている。

耳を澄《す》ますと、「私の生まれてきた意味って何？　これが私の目指した咒式士《じゅしきし》の高み？　否《いな》、断じて否！　でもでも……」と、人として言ってはならないことを延々とつぶやいていた。

廃人寸前《はいじん》の状態に、さすがに可哀相《かわいそう》になってきた。

「もういいよジャベイラ、俺たちが悪かった。少しやりすぎた」

俺の言葉の傍《かたわ》らを、高い踵《かかと》を鳴らしジヴが通りすぎ、先輩のジャベイラの肩《かた》に優《やさ》しく手をかける。

涙を零《こぼ》しているジャベイラが振りむき、ジヴを見上げる。

恐怖に震えるジャベイラに、ジヴが許しを与《あた》えるように首を左右に振った。

「ジヴ、あなたに子豚《こぶた》の全力の物真似《ものまね》をさせた私でも許してくれるの……？」

「もちろん……」だが、ジヴの左右の首の動きは止まっていなかった。

「もちろん、子豚の物真似の屈辱《くつじょく》は、この程度の罰《ばつ》では晴れません」

感情の無いジヴの声に、ジャベイラの顔が極限の恐怖に歪《ゆが》む。

「はい、休みは終わり！　次は大通りの大観衆が魔法少女を必要としている気がするわ！」

「イヤ、それだけはイヤ！　エリダナで生きていけなくなるーっ！」

ジヴの細い手が鉤爪《かぎつめ》となってジャベイラの手首を摑《つか》み、表へと引きずっていく。

イーギーとツザンが止めようとしたが、ジヴの一瞥《いちべつ》を受けて、階段の壁際《かべぎわ》まで後退する。

大通りの方からジヴの怒鳴《どな》り声と、ジャベイラの嗚咽《おえつ》混じりの呪文《じゆもん》が響《ひび》いてくる。

「私の許嫁《いいなずけ》でも、あそこまで鬼《おに》では……」

ギギナの静かな述懐《じゆつかい》が、色濃《こ》い夜に谺《こだま》していった。俺にしても俺以上に性格の悪い、黒ジヴを初めて見た。

「ジヴ、みんな仲良くって言っていた優しい君は、一体どこに行ってしまったんだ？　なぜ人は憎《にく》しみあい、傷つけあうんだ？」

俺には深い哀《かな》しみを込めて、惨劇《さんげき》を見送ることしかできなかった。

「よく考えると、何もかも貴様が原因のような気がするのだが……？」

ギギナが俺を責めているようにも思えたが、気のせいだろう。

次の瞬間、俺は夏には相応《ふさわ》しくない体の震《ふる》えを感じた。

立っていられなくなり、俺は階段の壁際に肩を預ける。酒精とツザンの麻酔《ますい》は抜けているはずなのに変だ。

ギギナを置いて洗面所に向かうが、意識が朦朧《もうろう》としてくる。

何とか洗面所の扉《とびら》を開けた時、濡《ぬ》れたタイル床に片膝をついてしまう。

明らかに異常だ。解毒剤《ざい》を合成するため、体内の物質を調査しようとすると、声が聞こえた。

「大丈夫ですか？」

振り向くと、黒髪《くろかみ》の女が立っていた。

そのまま俺の意識が遠のいていく。


「そうか、君は倒《たお》れた俺を助けた女か？」

「え、ええ？　やっと思い出したのね」

背後で衣擦《きぬず》れの音をさせ服を着ているらしい女が同意する。

あの後の記憶《きおく》を検索《けんさく》しようとしたが、いくら考えても何も思い出せない。

「倒れたあなたを介抱《かいほう》したんだけど、帰りたくないって言うからホテルに来たのよ。後は、もう言わなくても分かるでしょ？」

確かに納得《なっとく》はできる。だが、どこかが決定的におかしいと感じている。

雷光《らいこう》のような閃《ひらめ》き。

俺は魔杖剣《まじょうけん》を引きよせて振り向きざまに掲《かか》げ、女が振り下ろしてきた短刀を受ける。

眼前で刃《は》が軋《きし》る悲鳴があがり、その向こうに女の殺意に満ちた瞳《ひとみ》があった。

「どうして分かったのかしら？」

「解剖《かいぼう》や嫌がらせ以外で、君みたいな美女から寄ってくるような魅力《みりょく》が、俺にあるはずがない」

「後ろ向きな推理ね。だけどあまりに正しい自己認識《にんしき》だわ」

「正しいって言うな！」

「分かっているなら、早くアレを出しなさい！」

「何だよアレって？」

同時に電磁雷撃系咒式第二階位《でんじらいげきけいじゅしき》〈雷霆鞭《フュル・フー》〉を刃に発動。刃と柄《つか》に耐《たい》雷撃処置をしていない女は通電し、背筋を逸《そ》らして硬直《こうちょく》。

倒れていく女。女の首の後ろに俺の足の甲を延ばし、後頭部から床に落ちるのを防ぐ。舌が喉《のど》の奥に入って窒息《ちっそく》しないように引き出すと、女の意識が戻《もど》ってきた。

「手加減したのね」

「俺はギギナじゃないからな。何も分からないままに死なれたら、寝《ね》覚めが悪いし」

「本当に何も知らないの？」

「ああ」見下ろしながら言った瞬間、昨日一日、この女の顔を何度も見ていたことにやっと気づいた。

「いや、思い出したぞ。救急隊員に大道芸人に酔《よ》っぱらい。そうか、あのウェイトレスもおまえて、勝利の酒に薬を盛ったんだな」

「正解。だけどあなたってあまり頭良くないわね」女は重い息を濡《も》らす。「アレってのは、具体名は言えないけど、ある企業《きぎょう》が開発した新型の記憶素子《そし》。それを他《ほか》の企業へと社員が持ち出したのよ。私はそれを追っていた探偵《たんてい》のイビサってわけ」

「つまらない映画とかでよくある話だな。だが、それが俺と何の関係が？」

「裏切り者の車に輸送車をぶつけて、記憶素子を奪《うば》おうとしたけど持ってなかったの。病院で力ずくで聴取《ちょうしゅ》したら、あなたに渡《わた》したと吐いたのよ」

夕方の事故を思い出した。

「その後も何度も変装して服を奪ったり探《さぐ》ろうとしたのだけど、その度《たび》にダメだったわ。ついには裸にしてまで調べようとした時、酔ったあなたに殴《なぐ》られて私も気絶したのよ。記憶がないようだから、途中《とちゅう》から何とか誤魔化《ごまか》して、奪う隙《すき》を伺《うかが》っていたんだけど」

「じゃ、俺と君は何もしていない？」

「残念だけど、あなたは私の好みじゃないわ。ただ『君が脱がないと俺も脱がない。脱がないったら脱がない』とあなたが言ったのは事実だけど」

イビサの言葉に俺は落ちこむ。酒と薬の効果が多少はあったとしても、俺の理性の不在が証明されたような。だが、乳と尻の魔力に男が勝てるなら、戦争も酒場の喧嘩もなくなると思う。自分に言い訳していると、イビサの真剣な瞳に気づいた。

「正直に言ったのは信じて欲しいから。記憶素子はあなたの役には立たない。報酬《ほうしゅう》を折半してもいいから、渡してくれない？」

「いや、俺もそうしたいんだけど、本当に俺は知らないんだ」

「嘘《うそ》、だって記憶素子の特殊《とくしゅ》波長の反応は、あなたの方から……」

イビサは足の先を寝台《しんだい》の下へと延ばして、器用に携帯端末《けいたいたんまつ》を取り出す。足の指先で操作すると、探知機らしきものが発動するが、何も反応しない。

「もしかして、新型の記憶素子って、これくらいの大きさの黒いヤツ？」

俺が指先に小石くらいの大きさを示すと、女探偵が大きくうなずく。

俺は裏切り者にぶつかった時以来、喉の奥に何かが引っかかった感じと、先ほど反吐《へど》を戻したことを思い出していた。

「多分、今ごろは便器から流れて、下水処理場に。わ、悪いことをしちゃったかな？」

俺の言葉にイビサが肩《かた》を落とした。

その時、俺の携帯が鳴った。ジヴからなので条件反射で出てしまった。

「ガユス、罰《ばつ》を最後まで見ないで帰るなんてもったいない。昨夜はあれからが面白《おもしろ》かったのよ。今日の朝までやっていたんだから」

立体映像のジヴの爽《さわ》やかな笑顔《えがお》。その横に廃人《はいじん》のように表情が消えたジャベイラやツザン、ギギナやイーギーの顔が並んでいた。

竜や大禍つ式をも倒す咒式士たちを廃人にする。それがどんな罰か、もう想像したくもない。

「それより今どこ?」

「え、いや、その……」

「ねえ、ガユス。私のブラとショーツはどこかしら?」

イビサの甘えた声に振《ふ》り返ると、俺の背後を女が歩いていた。

わざわざ全裸《ぜんら》になって。

「ガユス、そこを動かないでね」

向き直ると、ジヴの凄《すさ》まじい形相が待っていた。

表情は笑っているのだが、目だけは笑っていないあの表情だ。

「今、位置検索《けんさく》をしてそこに向かうから。昨日考えた最高に楽しい罰を試《ため》したいの」

俺の前へと回った女探偵は服を着ながら歩き、出口から出ていこうとしていた。

「おい女探偵、イビサ、ジヴに説明していけ。何にもなかったって!」

イビサは黒髪を掻《か》き上げながら振り返り、真紅《しんく》の舌を出した。

「ガユスの内股《うちもも》には、古い刀傷があって可愛《かわい》いのよね」

そして愉《ゆ》快《かい》そうな足取りで出ていった。

ジヴが通信を乱暴に切った音が、俺の鼓《こ》膜《まく》を破りそうになった。

寝台に腰を下ろし、ジヴを待ちながら、俺は上手《うま》い言い訳を考えていた。

企業間の諜報《ちょうほう》戦に巻きこまれて、女探偵イビサと戦った。仕事に失敗した女が、嫌《いや》がらせに俺をハメた。ダメだ。どこまでも真実だけど、電波系の妄想《もうそう》にしか聞こえない。

ええと、実はあれは医者である。いつも具合の悪い、俺の脳の緊急《きんきゅう》手術をしていた。ダメだ。医者まで全裸になる理由が、地の果てまでも存在しない。

ええと、実はあれは幻覚である。人類の感覚が絶対的に正しいとは言い切れない。人は自分が存在すると考えるがゆえに存在する、と思っている生物である、と自分で思っているだけである。

ダメだ。こんなアホ言い訳をしている間に、俺の鼻にジヴの踵《かかと》がめり込み、後頭部から鼻が出ることになる。

ええと、実は……。

そこまで考えた所で、入り口の方から高い踵がコンクリ床を叩く音が聞こえてきた。重ーい刃物と鈍器が床に擦れる、最高に不吉な伴奏つきで。

俺は静かに目を閉じて、ジヴの罰がせめて半殺し程度であることを願った。

その日、一日をかけて生地獄《いきじごく》という単語の正確な定義を、俺は身を以《も》ってジヴから教わることになった。

始まりのはばたき

イェスパー&ベルドリト

指輪に飾《かざ》られた手に羽筆が握《にぎ》られ、筆先が書類に端正《たんせい》な筆致《ひっち》を走らせる。

書類の最後には「オージェス選皇王代理モルディーン・オージェス・ギュネイ」と記されていた。

「今どき電子書類も使えないとは、公文書とは不合理だね」

僧衣《そうい》の襟《えり》を上まで留めたモルディーン枢機卿長《すうきけいちょう》が、樫《かし》机の上で嘆息《たんそく》を吐《つ》く。退屈《たいくつ》そうな表情のまま、指輪の一つに嵌《は》まっている印章を、書類へと押しつける。

「それでキュラソー君、あと何件残っているのかね？」

視線は傍《かたわ》らに控《ひか》える背広姿へと向けられた。キュラソーと呼ばれた痩身《そうしん》の影《かげ》が進み出て、手に持っていた書類を机に載《の》せる。

「龍皇《りゅうおう》全権大使として外交文書の確認《かくにん》。啓示《けいじ》派教会枢機卿長としての宣言と、ジュデッカ公爵《こうしゃく》としての議会への提案書類」モルディーンの右前に、辞書のような書類が積み上げられ、「アルベルム伯爵《はくしゃく》として官吏《かんり》任命書、シグルスの筆頭株主としての総会出席の返事と……」左前に書類の山が形成された。

激務から逃《のが》れるように、眼鏡《めがね》の奥の黒瞳《こくどう》が窓の外へと向けられる。窓の外には、ツェベルン龍皇国の首都、人口一千万を超《こ》える皇都リューネルグの街並みが広がる。

皇宮から離《はな》れた場所にあるオージェス家の館《やかた》。その執務室《しつむ》から都市を眺《なが》めていた、枢機卿長は現実に戻《もど》ることにする。

待ち構えていたキュラソーが、手紙の束を巨大《きょだい》な机に載せていく。

「さらには、ジスカル男爵《だんしゃく》の遺児、チェザース殿《どの》が面会を待っています。次にボルトス将軍から、西エインド鎮圧《ちんあつ》協力の陳情《ちんじょう》と、御《ご》子息の事故に対する口添《くちぞ》えの依頼《いらい》が」

「チェザース君は少し待っておいてもらおう。ボルストス君からの懸案《けんあん》の、前者は快諾《かいだく》しておいてくれ。しかし、直轄《ちょっかつ》軍の敷地《しきち》での事故は、私には権限違《ちが》いなのだが」

「そこでだ、キュラソー君。私は仕事から逃《に》げたいのだが、目を閉じていてくれないか？」

書類の峡谷《きょうこく》に囲まれたモルディーンが、以前にも増して重々しい溜《た》め息《いき》を吐く。

「逃げてはなりませぬ」

東洋的な顔だちの秘書が、謹厳《きんげん》実直な物言いで返す。

「人には、その立場と能力に応じた責任と立ち振《ふ》る舞《ま》いが求められるかと」

「その中年男のような口調はどうにかならないかな。もう少し女性らしい言葉であれば、私のやる気が出るかもしれないのに」

モルディーンの言葉に、キュラソーの形のよい唇《くちびる》が引き締《し》められる。

「秘書官に愛想は必要なく、忍《しの》びにも女らしさは必要ありませぬ。それが拙者《せっしゃ》の立場と責任でありますので、御容赦《ごようしゃ》のほど」

キュラソーが胸を張って返答した。背広の下のただでさえ小ぶりな乳房《ちぶさ》を帯で巻き、娘盛《むすめざか》りを押しこめているのだ。モルディーンが残念そうな顔をすると、女忍者《にんじゃ》の瞳に厳しさが宿る。

「十二代目甲賀《こうが》真伝を襲名《しゅうめい》した時から名と女は捨てました。それとも、拙者に夜伽《よとぎ》でも申しつけますか？　お望みとあらば、お館様の下で喘《あえ》ぐ演技もしてみせますが？」

切れ長の瞳の凝視《ぎょうし》に、片手を上げてモルディーンが議論を止める。

「分かった、そう怒《おこ》らないでくれ」

「御理解いただければ、幸い至極《しごく》」

「まったくキュラソー君は真面目《まじめ》にすぎる。だから、悪戯《いたずら》しがいがあるのだけど」

主君の戯言《たわごと》を無視し、キュラソーは報告を続ける。

「それでは、円卓《えんたく》評議会での議題『トレト公国問題』の提言書に目を通していただきます」

「グズレグ君が、また退屈なことをしようとしているようだね。東方諸国家との関税低減の提案は龍皇国に無益だと邪魔《じゃま》してくるだろうし、どうしたものか」

冷笑《れいしょう》しつつ、モルディーンが椅子《いす》の背に凭《もた》れる。思考に沈《しず》むように、遠い目をしていた。

主人の思考を邪魔しないようにキュラソーは控えていた。主《あるじ》の引き起こす、国家規模の悪戯に巻きこまれたくないというのが本音ではあったが。

「久蔵君」

珍《めず》しく一族の頭領としての名前で呼ばれ、女忍者の背が伸《の》びる。

「チェザース君を呼んでくれ」

即座《そくざ》にキュラソーが呼び鈴《りん》を鳴らし、侍従《じじゅう》が扉《とびら》を開ける。

静々と閉められた大扉の前に、青年が立っていた。新品の軍服の上の頬《ほお》を紅潮させ、直立不動の姿勢をとっていた。

「モ、モルディーン枢機卿長猊下《げいか》に、お会い、お会いできて、光栄です！」

「久しぶりだね。まあ、楽にしなさい。廃絶《はいぜつ》されたとはいえ、ジスカル男爵家の遺児として胸を張り、技術士官としての君の頑張《がんば》りを誇《ほこ》りたまえ」

モルディーンが手を振《ふ》って着席をうながすが、チェザースは疑念に囚《とら》われていた。

「僕ごときの個人軍歴を？」

「去年のネガデア作戦での技術支援《しえん》、ヒルビス事件への従軍は大変だっただろう？」

「そんなことまで……」

「勇者たちのすべての名前と、ある程度の経歴は覚えているよ」

それがいいことだとは思えないが、という続きをモルディーンは呑みこみ、遠い目をして顎《あご》の下に手を組む。

すべてを記憶《きおく》してしまった、青年咒式《じゆしき》博士の悲劇を思い出していたのかもしれない。

チェザースは首を振って続けた。

「覚えていただけるのは光栄ですが、あまり活躍《かつやく》したとはいえません。残念ながら僕には、十二翼将《よくしよう》になれるほどの咒力《じゆりよく》も知恵《ちえ》もありません……」

「卑下《ひげ》することはないよ」

「ですが、卑小な身なれど、猊下のお役に立つべく、直轄軍に転属希望を提出いたしました。麾下《きか》に加わっても何一つ出来ませんが、猊下の国外の耳目となろうと思います！」

モルディーンの黒瞳が、少しだけ厳しい闇色《やみ》を帯びる。

「私のために、とは言ってはならない。皇国と人民のために、と言いなおしなさい」

「はっ！　モルディーン猊下の御意志とあらば、皇国と人民のためにこの一命を捨てる覚悟《かくご》です！」

青年の若い言葉に、キュラソーが微笑《ほほえ》む。ふと主君を見ると、枢機卿《すうききけい》の双眸《そうぼう》が微妙《びみょう》な色彩《しきさい》を湛《たた》えていたことに気づいた。

「本当に、その覚悟はあるのだね？」

「はっ！」

「どんな残酷《ざんこく》な運命でも受け入れるだけの覚悟があると？」

「はっ！」

枢機卿長の長い長い沈黙《ちんもく》があった。若い士官と忍者が、言葉を待っていると、モルディーンの薄い口唇が開かれた。

「チェザース君の配属は、ボルストトス将軍の麾下になるよう頼《たの》んでおく。技術士官として、すぐに北国へと向かうことになるだろう」

「はっ！　ありがたき幸せです！」

頭を下げる青年にモルディーンが鷹揚《おうよう》にうなずいて会見は終了《しゅうりょう》。チェザースが部屋を退出していく。

侍従の手で扉が無音で閉められてから、キュラソーが口を開く。

「ボルストス将軍なら、グズレグ統合幕僚次官の息がかかっておりませぬから安心ですな」

「そうそう、クロプフェル師とヨーカーン君が、もうすぐ帰ってくるよ」

「〈聖者〉殿《どの》はともかく、〈大賢者《けんじゃ》〉殿が、ですか？」

ヨーカーンが戻《もど》ってくることを考えると、キュラソーの心拍《しんぱく》が跳《は》ね上がる。モルディーンの防御《ぼうぎょ》結界を管理している呪式士《じゅしきし》の一人だが、いまだに得体《えたい》が知れない。

「あの御仁《ごじん》が味方だとは信じかねます。以前、猊下のお命を狙《ねら》ったと聞きましたが？」

「ああ、遠い昔の話だ。今では私のもっとも近き友ともいえる」

「猊下と気が合うというだけで、拙者《せっしゃ》は最高の危険人物だと判断しますな」

「そうだね。私もそう思う。だからもしもの時は……、キュラソー君、頑張ってくれ」

「大陸第二位の超《ちょう》呪式士、大賢者相手に頑張れ、ですか？　それでどうにかなるのですか？　休暇申請《きゅうかしんせい》したくなりましたな」

「大丈夫《だいじょうぶ》だよ。それに、会議が続くこれからの日々に、秘書官のキュラソー君がいないと大変困る」

「聖者殿の到着《とうちゃく》の方が早いことを願います。休暇申請を出したイェスパー殿と、白由出勤のべかった。


「ルドリト殿も呼び戻すべきですな」

女忍者《にんじゃ》が少し不満げな顔をする。どこかで論点をずらされたような気もするが、指摘《してき》できなかった。

「責めてはいけないよ。今日は、イェスパー君にとって大事な日なのだから」

モルディーンの瞳《ひとみ》が、窓の外へと向けられる。キュラソーの瞳もそれを追った。

壮麗《そうれい》な尖塔《せんとう》と荘厳《そうごん》な城郭《じょうかく》で構成される、皇宮ギネクンコン。皇宮を囲むように、高級官吏《かんり》が住まう高級住宅地や、常駐《じょうちゅう》軍の官舎が並ぶ。その外に企業《きぎょう》ビルがそびえる商業街、住居区が入り乱れるように広がっていく。

皇都リューネルグを上空から睥睨《へいげい》することが可能なら、皇宮を中心とした同心円状に広がっていく街並みに、整然とした美を感じただろう。

そして、外から中心街に直接到達する放射状道路が一切存在しない、偏執《へんしゅう》的な用心を兼《か》ね備えた軍事要害でもあった。

郊外《こうがい》の小高い丘《おか》に造成された、高級住宅地。広い庭で、互《たが》いの距離《きょり》を取りすぎるほどに取った住宅が並ぶ。一軒《いっけん》の建物の中庭、男が椅子《いす》に座っていた。

男の略装の軍服の下には、布地を押し返すような鋼《はがね》の筋肉が伺《うかが》え、まだ一片の若さが残る厳しい顔の右目は革帯《かわおび》で覆《おお》われ、歴戦の戦士であることを雄弁《ゆうべん》に主張していた。

「イェスパー様、お話とは何でしょうか？　一時間も黙《だま》っておられては、何も分かりませんわ？」

イェスパーの向かいに座っていた女が、陶杯《とうはい》を握《にぎ》ったままで首を傾《かし》げる。長い金髪《きんぱつ》が肩口《かたぐち》に零《こぼ》れ落ちるのを、イェスパーの左目が捉《とら》えていた。

「エレネーゼ……」

それっきり無言だったイェスパー。女は杯を置いて続きを待つ。イェスパーが意を決したように左手で女の左手を取る。そして、懐《ふところ》から取り出したものを、強引にエレネーゼの左薬指に嵌《は》めていく。

「イェスパー様、これって……？」

エレネーゼの碧玉《へきぎょく》の瞳が、自らの指に飾《かざ》られた金剛石《こんごうせき》に驚《おどろ》き、次に自分の恋人《こいびと》が無言でうなずいているのを見た。

「あなたは、本当に、こんな時にまで寡黙《かもく》すぎるわ」

両手で口許《くちもと》を覆って、エレネーゼは嬉《うれ》し涙《なみだ》を堪《こら》えた。機剣士《きけんし》の隻眼《せきがん》が厳しく光る。

「それで、否《いな》か応か？」

「それは……」

「わーい、兄貴とエレネーゼさん、婚約《こんやく》おめでとう！」

二人から離《はな》れた茂《しげ》みから、声とともに影《かげ》が飛び出した。前のめりになりながら、紙吹雪《かみふぶき》を撒《ま》こうとした人物は、二人の前の芝生《しばふ》に転がり、イェスパーが抜《ぬ》きはなった魔杖剣《まじようけん》の切っ先の前で止まる。

「ベルドリト、エレネーゼの家に付いてくるなと言ったはずだが？」

切っ先の下のベルドリトが顔を上げ、額の飛行眼鏡《めがね》の下に、少年のような笑顔《えがお》を輝《かがや》かせる。

「だって、無愛想な兄貴が心配で」

「面白《おもしろ》がっているだけだろうが」

立っている兄と転がる弟の視線が、刃《やいば》を挟《はさ》んで向かい合う。

「とにかく、ムイムイっとおめでとう！」

芝生に転がりながら、ベルドリトが紙吹雪を撒き散らす。それはイェスパーとエレネーゼの足元にしか掛からないが、女の方は愛しげに笑っていた。憮然《ぶぜん》としたイェスパーが、刃を納めて椅子に戻る。

「まだ決まってはいない。どうなのだエレネーゼ？」

イェスパーのただ一つの目は、女の横顔を見つめていた。エレネーゼは泣きたいのか笑いたいのか、複雑な顔をした。

「決まっているでしょう？」

ようやく微笑《ほほえ》むエレネーゼに、イェスパーは困惑《こんわく》したような顔を返すしかなかった。女の微《ほほ》笑《え》みが求婚を受け入れるという意味だと気づくまで、一分二十五秒を必要とした。

「本当に俺でいいのか？　侯爵《こうしゃく》といえ、領地もなく、暗殺だけに生きる血塗《ちまみ》れの一族だが？」

「関係ありませんわ」

龍皇国《りゅうおうこく》の国境線沿いに領地が配置され、外敵に立ち向かうことを義務づけられてきた、軍事の専門家たる侯爵階級。そのほとんどが有名無実と化して没落《ぼつらく》したが、ラキ侯爵家は暗殺と局地戦闘《せんとう》の専門集団として、隆盛《りゅうせい》を誇《ほこ》っていた。

二人の父、先代ラキ侯爵イェルドレドが、主君たるモルディーンの暗殺を企《くわだ》てるまでは。

エレネーゼにはそんなラキ家の事情を話していた。それを気にしない演技をしてくれるだけでも、イェスパーはこの女が好ましかった。

そんな二人の周囲を、ベルドリトが初夏の陽気に狂う兎《うさぎ》のように跳《は》ね回っていた。

「本当に似ていない御《ご》兄弟ですね」

「ああ、容貌《ようぼう》だけなら俺は父に、弟は母にそっくりだ。寡黙な両親とラキ家の家風の、どこからベルドリトの騒《さわ》がしさが沸《わ》いてきたのか」

イェスパーは苦笑し、エレネーゼが小さく笑う。

「あら、イェスパー様も優《やさ》しく笑うことがあるのですね」

「俺は機械ではない。泣きもするし笑いもする。ただ頻度《ひんど》が少ないだけだ」

イェスパーは、内心と微笑みを分離《ぶんり》できる主君のことを思い出した。次に、心配が湧きあがる。

「おまえも、弟のようにいつも笑っている男の方がいいか？」

「いえ、私には今のあなたのままで十分です。無骨で一本気で、それがいいのですよ」

エレネーゼが首を小さく振り、イェスパーへと寄り添《そ》う。

「私は幸せです。これ以上なく」

こういう場合に適した、気のきいた台詞《せりふ》や行動が出来ない自分に、イェスパーは少し苦い顔をした。


エレネーゼの見送りを辞して、ラキ家の双子《ふたご》は夜の街を歩いていた。前を行くベルドリトは跳ねるように歩いている。何らかの理由で足元だけ重力が弱いとしか思えない。ベルドリトが立ち止まり、イェスパーへと向き直る。

「ねえ、兄貴」

街灯の下、ベルドリトのヘリウムめいた軽い声にイェスパーの足も止まる。

「今度は、エレネーゼさんとは、上手《うま》く行くといいね」

久しぶりの弟の真剣《しんけん》な表情と声色《こわいろ》だった。

「エレネーゼさんを義姉《ねえ》さんと呼べたらいいな。だって美人だし、何より僕の頭も撫《な》でてくれたし」

「ただの二人の間でだけの婚約《こんやく》に先走るな。確かにエレネーゼは出来た女だが、頭を撫でる撫でないで、人を評価するな」

「だって……」

「二十歳をすぎた男の頭を撫でる、エレネーゼもエレネーゼだとは思うが」

婚約者の性質に疑問を抱《いだ》きつつ、イェスパーが歩きだす。ベルドリトを小犬の一種と定義している自分と一緒《いっしょ》なのだろうという結論が出ているのも知らずに、ベルドリトが兄の後に続く。

「ねえねえ、兄貴、子供の名前は僕に決めさせてよ。女の子だったらンモンモで、男の子だったらテケレケテケレスがいいっ、いいったらいい！」

「先走るなと言っただろうが？　しかも、その二つの名前は、おまえが昔飼っていた火竜《かりゅう》と人喰《く》い鬼《おに》の名前だろうが。ついでに、おまえの命名感覚そのものが、人類には理解不能だ」

「僕は完璧《かんぺき》に人類だけど？」

「おまえは変わらぬな。そういう言いぐさが子供時代のままだ。俺とて、いつまでもおまえの相手はしてやれぬぞ」

ベルドリトの頬が膨《ふく》れるが、イェスパーの隻眼《せきがん》はリューネルグの街を見ていた。

「俺は父ではない。父にはならない」

「どういう意味？」

イェスパーの何気ない一言に、ベルドリトが押し殺した叫《さけ》びをあげた。イェスパーの足が止まる。

華奢《きゃしゃ》な拳《こぶし》を握《にぎ》って、ベルドリトは兄を見据《みす》えていた。イェスパーは無機質な表情で続ける。

「誤解するな。父を悪く言うつもりはない。ただ、俺に父のような役目を期待するなという意味で言っただけだ」

「嘘《うそ》だよん。本当はそんなに怒《おこ》ってなんかないよ。父上なんかどーでもいいし」

ベルドリトの真剣な顔が、軽薄《けいはく》な笑顔に変わっていく。だが、イェスパーは自分の失言を後悔《こうかい》していた。

父イェルドレドが起こした皇族暗殺未遂《みすい》は、天下の重罪。イェルドレドはその場で自死したが、侯爵家の家名は断絶するのが当然だった。しかし、暗殺されかかった当のモルディーンがイェルドレドを名誉《めいよ》の戦死と偽《いつわ》り、ラキ家の二人の遺児と一族を召《め》し抱《かか》えた。

イェスパーには、その理由が分かっている。だからこその過剰《かじょう》な忠誠心だとも。

隻眼の視線が弟を見据える。裏切りの真相を知らぬからこその、ベルドリトの混乱。自分や猊下《げいか》に尊敬していた父の面影《おもかげ》を重ねてはいるが、態度を決めかねているのだろう。

ベルドリトが意を決したように、真正面から兄の隻眼を見据える。

「兄貴、父上はどうして猊下を……」

「いつか話す。おまえが強くなった時に」

「また、子供扱《あつか》いする。僕はもう兄貴と同じくらい強いよ？」

「ああ、そうだな。おまえは確かに強い。ある意味では俺よりもな」

弟の頭を軽く叩《たた》き、イェスパーが歩みを再開する。納得《なっとく》していない顔のベルドリトが広い背中に続く。

　リューネルグの夜は、百万の灯火で輝《かがや》いていた。

　黄金龍《りゅう》と聖剣《せいけん》の旗から、モルディーンは室内へと目を戻《もど》す。巨大《きょだい》な円卓《えんたく》を囲むように座る、円卓評議会の面々と、通信画面を見回す瞳。

　五つの選皇王のうち、アドリアル王は龍皇陛下について大陸会議に出席。ウルフェ王は映像回線で参加し、エギラン王は相変わらずの病気療養《りょうよう》で欠席。オージェス王は幼少すぎるため出席せず、モルディーンが代理を務めている。

　イルム王のゼノビアと目が合ったので、モルディーンが小さく手を振《ふ》ってみせると、女傑《じょけつ》が凍《い》てつく微笑《ほほえ》みを返す。獅子《しし》の鬣《たてがみ》のような黄金の髪《かみ》が綺麗《きれい》だな、と枢機卿長《すうきけいちょう》は思っていた。

　ゼノビアの方では、嫌《いや》な人間と目が合ったとしか思っていなかった。傍《かたわ》らの新参の側近が女王に囁《ささや》く。

「これから会議が始まるのですね」

「違《ちが》うな。戦いが始まる。おまえが見てきたどんな戦場よりも、陰惨《いんさん》で卑劣《ひれつ》な戦いが」

「まさか。ここにいるのは、本物の紳士《しんし》と淑女《しゅくじょ》ですよ？」

　側近の視線が、皇族の二人、執政《しっせい》官と軍幹部の七人を捉《とら》える。十二人の評議員がこれだけでる。


も揃《そろ》うのは珍《めずら》しい。ここにいる人間の役職と肩書《かたがき》を合わせると百は越《こ》えるだろう。無闇《むやみ》に広い会議室だが、それぞれの秘書官も含めて三〇名以上もの人間がいると、狭《せま》く感じる。

「それでは会議を始めます。それではグズレグ統合幕僚《ばくりょう》次官から」

老執政官が開始を告げ、円卓に座っていた男の一人が立ち上がる。瘦《や》せた風貌《ふうぼう》に収まる目が、
虎狼《ころう》のような厳しい光を孕《はら》んでいた。

「卒爾《そつじ》ながら私から報告を。書類にお目を通されたかと思いますが、再度の説明をさせていただきます」

巨大な円卓の中央に、立体光学映像が浮《う》かび上がる。まずは皇国全土地図が示され、国境の北限の向こうの国に光点が灯《とも》る。

「これが問題のトレト公国。総人口八百万人にも満たず、咒式《じゆしき》技術は二流、軍備は三流の小国です。いわば、我らと神聖イージェス教国との間の緩衝国《かんしようこく》の一つです」

光学映像に、軍事力や技術や資源などの膨大《ぼうだい》な情報が重なっていく。

「近ごろ、トレトでは反政府運動が活発化しており、我らはイージェス教排斥《はいせき》を掲《かか》げる現政権への技術支援《しえん》を打ち出しました。これは壁《かべ》としての安定性を保つため、そしていつかは、神聖イージェス教国の脅威《きようい》を打倒《だとう》するという我らの方針と合致《がつち》します」

モルディーンは、グズレグの言葉の端々《はしばし》に苦笑《くしよう》していた。体内通信で秘書官のキュラソーが

問うてみる。

(お館様《やかたさま》、何がおかしいのですか?)

(グズレグ君がだよ。攻められる前に攻めるという、古臭《ふるくさ》い予防戦争の思惑《おもわく》が透《す》けてみえることと、我ら我らと、国家と自分の同一化が激しいので、つい)

(少しは真面目《まじめ》にしてくだされ)

主従の無駄《むだ》話の通信の間に、立体映像の中心が変化。氷雪の冠をいただく山々を背景に、人々が蠢《うごめ》く光景を映していた。

トレト公国軍の銀の鎧《よろい》の群れの間に、民間人らしい人間の姿があったが、それが偽装《ぎそう》した皇国士官なのだろう。

「北トレトの中継《ちゆうけい》映像です。我が軍と現地政府軍と会談の場を設けました。皆様《みなさま》とは、通信回線でお話しをしていただきます」

グズレグの声に続いて爆音《ばくおん》。血飛沫《しぶき》と爆煙《ばくえん》で画面が激しく乱れ、雑音だけが吹《ふ》き荒《あ》れる。呪《じゆ》式《しき》の火線が飛び交《か》い、干戈《かんか》が交えられる音が聞こえる。

円卓評議会が凍りつく中、雑多な魔杖剣《まじようけん》を握った一団が、遠くから突進《とつしん》してくるのが見える。

「我らとトレト公国軍は、奇襲《きしゆう》を受けている模様!」轟音《ごうおん》。「こちら、通信兵のサボス軍曹《ぐんそう》です。責任者のヒジャーキ一等技官は戦死! 副官のデュルクルム少佐《しようさ》も戦死! ああっ!」さらに爆音。吹雪《ふぶき》と爆煙に視界が塞《ふさ》がれ、轟音と悲鳴だけが会議室に鳴り響《ひび》いていた。

モルディーンが驚《おどろ》いたような表情をしているのに対し、キュラソーは何の表情も浮かべないように堪《こら》えていた。

反政府軍に会談の情報を漏《も》らしたのは、モルディーンの意思で動いたキュラソー配下のコウガ忍軍《にんぐん》。キュラソーは体内通信で主君に問うてみた。

（自国軍を捨て石にしてでも、現政権との交渉《こうしょう》を阻止《そし》するのは少しやりすぎでは？）

（過激な反イージェスの現政権に協力すれば、強気になったトレトに皇国が巻きこまれる。反政府軍は親イージェス派ではないし対決派でもなく、主張は単純に生活改善だ。壁の役目を果たすのはどちらでもいいが、おとなしい壁が良い。皇国と無関係な壁だとなお良い）

モルディーンは沈痛《ちんつう》な面持《おもも》ちを作ったまま、体内通信を続ける。

（確かにイージェスは、ウルムンも真っ青の狂信《きょうしん》的宗教に縛《しば》られた超《ちょう》圧政国家だ。そして龍皇《りゅうおう》国《こく》が神聖教国と戦っても、グズレグ君なら何とか勝てるだろう。だが、龍皇国に得はない。戦争で不況脱出《ふきょうだっしゅつ》？　武器商人が儲《もう》けても、龍皇国が当事国となっては全体として赤字だよ）

混乱の後、民間人を装《よそお》った男に画像の焦点《しょうてん》が合う。

「つ、通信兵は先ほど戦死、新入士官のぼ、いえ、私が代わって連絡《れんらく》を務めさせていただきますっ！」

「チェザース殿《どの》が、どうしてトレトに⁉」

「控《ひか》えなさいキュラソー君」

モルディーンの静かな叱責《しっせき》に、秘書官としての役目を思い出した忍者が下がる。

グズレグが氷の瞳《ひとみ》で、モルディーンを眺《なが》めていた。

キュラソーは察した。これはグズレグの牽制《けんせい》なのだ。モルディーンの邪魔《じゃま》が入ることを見越《みこ》してチェザースをトレトに向かわせたのだ。策動するなら、家臣を失うことになると。

(しかし、硬骨漢《こうこつかん》のボルストス将軍が、なぜグズレグの言いなりに？)

(ボルストス将軍の息子《むすこ》が、軍敷地《しきち》で交通事故を起こしただろう？　グズレグ君はこう言ったのかもね。『御子息の起訴《きそ》を預かる代わりに、ある技術士官を貸していただけないでしょうか？　いえ、技術士官が足りないもので、同行させたいだけです』とね。それでボルストス将軍の罪悪感が消され、チェザース君は生贄《いけにえ》に差し出された)

モルディーンの視線にうながされて、キュラソーが顔を向けると、グズレグがさも無念といった面持ちを作っていた。だが、目だけはモルディーンを笑うように輝いていた。

この会議室で戦いは始まっていたのだ。

「私が話をしよう」

モルディーンが回線をつなぐ。

「チェザース君、私だ、モルディーンだ」

「ああ、猊下《げいか》」映像のチェザースの若い顔は、悲痛なものに支配されていた。「どうしたらいいのでしょうか？　ああ、部隊は全滅《ぜんめつ》寸前ですっ！」

映像が揺《ゆ》れて、爆音が響く。冬山を背景に雷撃《らいげき》に貫《つらぬ》かれ、毒ガスに捲《ま》かれて苦鳴をあげる兵士が映る。戻《もど》った映像には、恐怖《きょうふ》に心臓まで摑《つか》まれたチェザースの顔があった。

「怖《こわ》いです、とても怖いです。ああ、ディリクネ大尉《たいい》がっ！　みんな死んでいく！　援軍《えんぐん》は来ないんですか？　僕は、ここでし死ぬ、死ぬんでしょうか⁉」

「援軍は間に合わないし、間違《まちが》いなく君は死ぬ」

モルディーンの冷厳な死刑《しけい》宣告に、チェザースの顔が青ざめ、円卓《えんたく》を囲む人々が息を飲む。

「あの男の計画どおりだな」

「は？」

ゼノビアの小さな独白に、側近が疑問を返した。ゼノビアが体内通信に切り換《か》える。

（モルディーンは、ボルストスが自分に背《そむ》くことを決定事項《じこう》としていたのだ。そして、チェザースの死で被害《ひがい》者の側につき、謀略《ぼうりゃく》の痕跡《こんせき》を消した。チェザースの命より、国家の防衛と国内の不和を防ぐことを優先したのだよ）

モルディーンの策謀《さくぼう》に、主君の分析《ぶんせき》に、側近は戦慄《せんりつ》していた。

「龍皇国軍人として、廃絶《はいぜつ》された元ジスカル男爵《だんしゃく》として、恥《は》ずかしくない死に方をしなさい、とは言わない。私にできることは、君と会話をすることだけだ」

枢機卿長《すうききけいいちょう》は目線を逸《そ》らさずに、言葉を続ける。

「今は亡き父君に連れられた君と初めて会ったのは、十三年前だったね。私が挨拶《あいさつ》をしても父君の後ろに恥ずかしげに隠《かく》れていた君が、よくぞここまで大きくなったものだ」

「はい、はいっ！」

死の恐怖の中で、涙《なみだ》と鼻水を流しながらもチェザースがうなずく。

「打ち解けた後の、君との呪式論議《じゅしき》は楽しかったな。呪式界面理論に対する君の補足論は、私も興味深く聞いたものだ」

「はい、僕の生涯《しょうがい》最高の一時でした」

チェザースが清冽《せいれつ》に笑った瞬間《しゅんかん》、笑顔《えがお》が爆風《ばくふう》に引きちぎられた。眼球と脳漿《のうしょう》が飛んで行く映像が途切《とぎ》れ、砂嵐《すなあらし》だけが吹《ふ》き荒《あ》れる。評議会の全員が言葉を失っていた。

「さて、本作戦の失敗をもって、トレトへの干渉《かんしょう》は一時凍結《とうけつ》としたく思います。異存のある方はおありですかな？」

モルディーンの笑顔に、全員が戦慄し、咄嗟《とっき》に反対意見を出せるものはいなかった。グズレグでさえ声を出せなかった。何事もなかったかのように、枢機卿長が続ける。

「それでは次の議題です。私が提案していた東方二十三諸国家との関税低減の一件ですが、同連合の各国の……」

「モ、ルディーン卿《きょう》、それではあまりにも、せめて討伐軍《とうばつ》の派遣《はけん》を……」

老執政官《しっせいかん》がようやく声を出す。

「イージェスを刺激《しげき》するような動きができないからこその、秘密裏《り》の技術協力。それが失敗した今、これ以上の動きは無用と先ほど全員で合意したのでは？　問題の対処策の方向が定まったなら、後は担当官が具体案を立案するでしょう。我々は次の議題に進むだけです」

モルディーンが語り、黒瞳《こくどう》が会議室を睥睨《へいげい》する。いつも浮《う》かべている優雅《ゆうが》な笑顔は、顔筋一つ変化していないが、何かが変貌《へんぼう》していた。

「それとも、ここに集まった人々は、慈善《じぜん》家や批評家なのですか？　この場所は、個人の好き嫌《きら》いで物事を品評する老人の寄り合いなのですか？」

モルディーンの細い指先が、静かに円卓を指し示す。

「否《いな》、ここは円卓評議会、龍皇国の最高意思決定機関。龍皇国のためなら、どんなに非情で残《ざん》酷《こく》な決定をも下せる。そのような意思と心を持った人々のみが集《つど》う場所です」

モルディーンの言葉が会議室に響《ひび》き、評議会の人々は、ただの聴衆《ちょうしゅう》となっていた。

「我らが存在するのは何のためです？　貧しいものは今日の糧《かて》を得ることに、虐《しいた》げられたものは自らの自尊心を守ることに、必死にならざるを得ない。我らは諸々《もろもろ》の労役《ろうえき》を免除《めんじょ》され余った時間と頭脳で人々のために考え、行動せねばならない」

退屈《たいくつ》な道理を述べているかのように、モルディーンの双眸《そうぼう》は一切の熱を帯びていなかった。

「血の犠牲《ぎせい》があった。だが、それに嘆《なげ》いている間があるのならば、過去を分析《ぶんせき》し、現在を見据《みす》え、未来への対処策を講じるのです。次の損失をより少なくし、より多くの利益と合意を得る手段を練る。それだけが我らの存在意義。言葉と思考の枷《かせ》に惑《まど》ってはならず、決めなければならない」

モルディーンの金剛石《こんごうせき》の論理が、会議室の空気を貫く。キュラソーも、モルディーンの一面、冷徹《れいてつ》な論理の怪物《かいぶつ》の顕現《けんげん》に耐《た》えていた。

だが、何かが違《ちが》う。合理論理がどこか別のことへと移行しているような気がする。

「化け物め、最初からこれも狙《ねら》っていたのか」

ゼノビアが小さくつぶやき、背後に控《ひか》えた側近が、体内通信で主君に尋《たず》ねる。

（どういうことです？）

（チェザースとの会話を利用し、非情さで会議の雰囲気《ふんいき》を一気に支配することが、モルディーンの目的だったのだ。見ていろ、あの男は、先ほどの事態を踏《ふ》まえた論理を切り出し、その議案は通ることになる。私もそれに相乗りするがな）

ゼノビアの苦々しい体内通信が、側近の背筋を凍《こお》らせる。モルディーンの平静な声が円卓の上を渡《わた》っていく。

「では、トレト公国での失策を踏まえて、イージェスより経済的に優位に立つべく、東方二十三諸国家との通商条約の議案を続けます。まずは各国の勢力情報を御覧《ごらん》ください……」

新入りのイルム家側近は、この円卓《えんたく》評議会の恐《おそ》ろしさをやっと理解できた。戦場とは咒式《じゆしき》と剣《つるぎ》が交《か》わされる場所だけではない。

ここが、この場所こそが、見えざる策謀《さくぼう》と心理戦が飛び交う、皇国でもっとも陰惨《いんさん》で卑劣《ひれつ》な戦場だということを。

寝台《しんだい》の端《はし》に足を下ろし、イェスパーは右目で窓の外を眺《なが》めていた。左肩《ひだりかた》には寄り添《そ》ったエレネーゼの頭が乗せられていた。

エレネーゼの婚約《こんやく》指輪が飾《かざ》られた指先が、イェスパーの厚い胸板をなぞっていく。指先が男の左胸の上で止まる。

「ここで、鋼《はがね》の心臓で何を考えているのです？」

イェスパーは何も答えず、金の髪《かみ》に包まれたエレネーゼの頭を肩に引き寄せる。女の瞳《ひとみ》が部屋の壁《かべ》の時計の針に気づく。

「二人でいると時間が飛び去ってしまうわ。そろそろ準備を始めないと」

エレネーゼの言葉に、イェスパーがうなずく。掛布《シーツ》で裸身《らしん》を隠しながら、エレネーゼが寝台から立ち上がり、浴室へと向かっていく。すぐにシャワーの音が響く。

（婚約か。この俺にも、そんなままごとのような社会契約《けいやく》をする時が来るとはな）

やがて浴室から掛布で裸身を隠したエレネーゼが現れた。女が部屋を横切り、戸棚から取り出した黒のドレスに腕を通していく。

（俺に人並みの幸せがあっても、罰《ばち》は当たるまい）

隻眼《せきがん》の男の口許《くちもと》に、苦笑とも微笑《びしょう》ともとれない笑みが零《こぼ》れた。突如《とつじょ》、イェスパーが跳《は》ね起き、骨伝導で直接鼓膜《こまく》に響く通信に耳を澄《す》ます。寝台から飛び降り、横の鎧《よろい》入れを引《ひ》っ摑《つか》むように開け、積層鎧を装着していく。

「どうかされたのですか？」

エレネーゼがイェスパーに呼びかけるが、隻眼の恋人《こいびと》は無言で積層鎧を装着していく。籠手《こて》を装着したところで、返答が発せられる。

「キュラソーが『モルディーン猊下《げいか》が、今夜は楽しいお遊戯《ゆうぎ》があると言っている』と、不安がっている」

「それは、ただの杞憂《きゆう》でしょう？　今夜、私の両親に会う約束はどうなるのです？」

イェスパーは右手で左腰の魔杖剣《まじょうけん》〈九頭竜牙剣〉を引き抜《ぬ》き、九つの宝珠《ほうじゅ》の輝《かがや》きを眺める。弾倉《だんそう》を引き抜いて残弾数を確かめ、機関部に叩《たた》きこむ。今度は左手で右腰の〈九頭竜爪剣〉を引き抜き、同様の手順で確認《かくにん》する。

「他《ほか》の翼将《よくしょう》の方々がいるのでしょう？　非番のあなたが行く必要があるのですか？」

「必要は、ない。俺が行かずとも、他の翼将の誰《だれ》かが万全の警護で侍《はべ》っている」

「あなたには、私との将来を考えるより、モルディーン猊下とのお遊びが重要なのですか？」

エレネーゼが問いかけるが、イェスパーは寡黙《かもく》さを守っていた。男が黙《だま》っている以上、女は続けるしかなかった。

「どちらかを選んでくださいとは申しません。モルディーン様をお選びになるのが男の方、私がお慕《した》いするイェスパー様です。ですが……」

エレネーゼが言葉に詰《つ》まる。この先を続ければどうなるか分かっていた。

「ですが、私は女です。『待っていろ、用が終われば、最後にはおまえの元へ戻《もど》ってくる』と嘘でも言ってください。そうでなければ、私は……」

感情を抑《おさ》えたエレネーゼの視線を、イェスパーは真正面から受け止めた。

突《つ》きつけられた問いは、一生関《かか》わってくる。二つを選ぶか、一つを選ぶか。

右手が眼帯に触《ふ》れていた。無くなった右目が痛み、父の決断を思い出してしまう。長く考えたつもりだったが、最初から答えは分かっており、返事も一言だった。

「済まぬな」

それで二人の関係は終焉《しゅうえん》を告げたと、イェスパーとエレネーゼには分かってしまった。

積層鎧を軋《きし》ませながら、イェスパーが部屋を辞した。玄関《げんかん》口に機剣士《きけんし》の一歩が踏み出された時、エレネーゼの言葉が背後から追いかけてきた。

「あなたは機械です。忠誠と執念《しゅうねん》に縛《しば》られた鋼の刃《やいば》です」

機剣士の足が、石段の上で止まる。

「それは、俺にとって最大の賛辞だ」

背中越《ご》しに放たれたイェスパーの言葉は、二人の間に落ちて、散った。

エレネーゼの邸宅《ていたく》を辞して道路に出たイェスパーは、呼吸を吐《は》いた。

「兄貴の恋愛《れんあい》って、いつもこんな寂《さび》しい結末だね」

門柱に背を凭《もた》れる痩身《そうしん》、ベルドリトがいた。イェスパーと同じ連絡《れんらく》を受けたようだ。

「そうは見えないから言っておくけど、僕は本気で怒《おこ》っているんだからね。無愛想で面白《おもしろ》み皆《かい》無《む》の兄貴を好きになってくれる女性は、今どきもういないよ？」

「分かっている」

イェスパーが歩きだすと、跳ねるようにベルドリトが付いてくる。

「忠義のためには女も捨てるって、兄貴って古すぎ、大昔の騎士みたい」

「俺は一度に二つのことは考えられぬ。二つを得ようとして両方を失う失敗はしない。それだけだ」

「僕なら、お嫁《よめ》さんとお仕事、動物の飼育と猊下との遊びも、ぜーんぶやるけどね」

ベルドリトが軽い言葉を返す。

イェスパーには、モルディーンが、自分たち兄弟とラキ家一党を召《め》し抱《かか》えた理由が分かっていた。父の裏切りの罪を償《つぐな》おうと、狂信的《きょうしん》なまでの忠誠を捧《ささ》げる自らの姿がその答えだ。

イェスパーが父の過《あやま》ちを取り戻そうとするのと同様に、ベルドリトは亡き父への哀惜《あいせき》が処理できないのだ。優しく無骨な父の思い出と、最悪の背信者の父という現実。

そこでベルドリトは、何事にも囚《とら》われず、すべてに無関係だと自己を退避《たいひ》させた。だが、それが執着《しゅうちゃく》のなさと不安定さを呼んでいる。だが、真相を知ればどうなるか。

「行くぞ」

イェスパーが走りだす。旋風《せんぷう》の速度と全身を金属に置換された体重に、足裏のアスファルトが砕《くだ》け、背後に飛び去っていく。疾走《しっそう》するイェスパーに、ベルドリトが並走してきていた。

坂道の終わりは、道と垂直に交差する崖《がけ》。二陣《じん》の颶風《ぐふう》は躊躇《ためら》うことなく空中に飛翔《ひしょう》し、低い家屋を飛び越《こ》えていく。月光を渡《わた》る双影《そうえい》の先には、遠くオージェス家の別館。

長い滞空時間の後に、道路に着地。イェスパーの足元でアスファルトが粉砕《ふんさい》され、ベルドリトは軽《かろ》やかに足を下ろす。

ふたたび疾走に移るラキ家の戦士たち。二人の行く手には、小高い丘《おか》の傾斜《けいしゃ》を覆《おお》うコンクリの壁《かべ》が立ちふさがる。

「直線で行った方が早いから、ニュニュっと壁を抜けるよっ！」

ベルドリトが魔杖剣〈空渡《そらわた》りスピリペデス〉の引き金を引き、〈量子過躯偏移《タプ・ス》〉の咒式《じゅしき》を発動。

延ばされた剣の先の、強固なはずのコンクリ壁《へき》に波紋《はもん》が疾《はし》る。十の二四乗分の一という極微《きょくび》の確率が強制励起《れいき》され、細い指先の分子がコンクリの分子の間を透過《とうか》していく。

半ばまでコンクリ壁に侵入《しんにゅう》したベルドリトが背後へと伸《の》ばした左手を、イェスパーが無言で摑《つか》む。瞬間《しゅんかん》、兄弟の決意の瞳《ひとみ》が出会い、獰猛《どうもう》な笑《え》みを交《か》わす。

我が道はただ一つ。モルディーン猊下《げいか》の進む荊《いばら》の道の露払《つゆはら》い。

コンクリの表面にベルドリトとイェスパーの笑顔が吸いこまれ、二人の姿は消えた。

何事もなかったかのように、コンクリ壁は冷たい月光を跳《は》ね返していた。

書類に指輪の印章を押して、モルディーンが顔を上げる。

「これで東方二十三諸国家との関税低減条約も前進する。軍人と政治家が互《たが》いの専門について話すという円卓《えんたく》評議会は、時代錯誤だね」

「お疲《つか》れでございました」キュラソーが書類を受け取り、目を通す。「しかし、産業界の一部は文句を言うでしょうな」

「一部の古臭い産業を保護するより、龍皇国《りゅうおうこく》の主力たる咒式《じゅしき》産業が新たな市場へと勇躍《ゆうやく》する方が全体の利益になる。これは避《さ》けられない流れで、どこかの国に後《おく》れるよりも先んじるべきだろうね」

モルディーンが自嘲《じちょう》めいた笑みを浮《う》かべる。

「これも戦争の二律背反か」

「は？」

「いや、愉快なこととはほど遠いと言いたかっただけだよ」

モルディーンが目を閉じると、キュラソーが机の上の書類を集め、整理していく。

執務室《しつむ》は夜の静けさで、紙の音だけが響《ひび》く。扉《とびら》の外の侍従《じじゅう》に書類の発送を依頼《いらい》し、キュラソーが部屋へと戻《もど》る。

豪奢《ごうしゃ》な椅子《いす》に凭れた主君が、目を閉じていた。立ち去ることが出来ずに、忍者《にんじゃ》は男の顔を見下ろしていた。

極東の島国の政治の道具だったコウガ一族は、用済みとなれば排斥《はいせき》された。活躍《かつやく》の場所を求めて大陸に渡った一族を拾ったのは、モルディーンであり恩義は計りしれない。

腰《こし》の魔杖刀《まじょうとう》の柄《つか》に、キュラソーの手が掛《か》かる。

円卓評議会でのモルディーンの真意は、単なる非情さではない。それだけなら、誰にでも理解でき、一族のために本名すら捨てた自分が捨て石になるのも当然のことだと思える。

だが、主君の言動は、常にもう一つの意図を隠《かく》している。キュラソーには言葉にできないが不遜《ふそん》な挑戦《ちょうせん》の手触《てざわ》りがする。そんなもののために自己と一族の命運を預けていいのか。凡庸《ぼんよう》な自己は、理解できないものに反発するか同一化するかだ。だとしたら……。

「夜這《よば》いに刃《やいば》が必要だとは、東方の人々は過激だね」

目を閉じたままのモルディーンの言葉に、柄に掛けたキュラソーの手が凍《こお》りつく。

「合理主義者たる君が、理解できないものを嫌《きら》うのは分かる。だが、理解とはそんなに重要かな？　たかが自己の価値判断を、どうして至上のものとするのかね？」

白皙《はくせき》の男は、瞑目《めいもく》したままで問いかける。

「どういう、意味、ですか……？」

違和感《いわかん》を感じた瞬間、キュラソーは腰の魔杖刀〈夜鴉《よがらす》〉を抜刀《ばっとう》。背後に回した漆黒《しっこく》の刃の先端《せんたん》から、化学練成系《かがくれんせいけい》第四階位〈微塵維畳壁《ミー・タエシ》〉が放たれ、単分子繊《せん》維《い》で編まれた壁が出現。鋼《はがね》の矛《ほこ》の殺到《さっとう》を表面が受け止め、撓《たわ》むが、背後の枢機卿長《すうきけいちょう》には届かず、床《ゆか》の絨毯《じゅうたん》に落下していく。

「お館様《やかたさま》、お怪我《けが》はありませんか？」

繊維の防壁の前に立つ女忍者が、刃を構えて背後へと叫《さけ》ぶ。部屋の照明が落ち、執務室が闇《やみ》に包まれる。超《ちょう》感覚で室内を走査するが、音、熱量ともに知覚不能。

違和感は、モルディーンを常時保護している強大な咒式《じゅしき》結界の消失と殺意。

「賊《ぞく》の侵入を許した、拙者《せっしゃ》の不明。一命をかけてお館様をお守りすることでご容赦《ようしゃ》あれ！」

見えざる敵と刺《さ》し違《ちが》えても、主人を守る。モルディーンさえ生きていれば一族と技は残る。

決心したキュラソーの切っ先に、強大な咒式が紡《つむ》がれていく。

キュラソーの左の死角、執務室の壁《かべ》に面した出窓に、人影《ひとかげ》が座していた。

黒と白に塗《ぬ》り分けられた長い装束《しょうぞく》、年齢《ねんれい》も性別も分からない中性的な容貌《ようぼう》。

「我の気配を察し、瞬時《しゅんじ》に防壁《ぼうへき》を張りめぐらせるとは、さすがに忍《しの》びの者」

大賢者《だいけんじゃ》ヨーカーンが、水面に広がる波紋の笑みを浮かべていた。同じ翼将《よくしょう》の出現にも、キュラソーの刃は引かれない。

「ヨーカーン殿《どの》、猊下を保護する防禦結界《ぼうぎょ》を解除し、許可なく侵入するとは、謀叛《むほん》とみなしますぞ！」

「だとしたらどうする？」

大賢者の言葉だけで、キュラソーの咒式《じゅしき》の構成が粉砕《ふんさい》され、壁が光となって砕《くだ》ける。

「モルディーンの首をいただく。汝《なんじ》は世界の脅威《きょうい》、誅戮《ちゅうりく》するのが大賢者の役目というものだ」

椅子に座って欠伸《あくび》を噛《か》み殺しているモルディーンと、窓に腰《こし》掛けたヨーカーンの目が出会う。闇の中の枢機卿長の静かな黒瞳と、大賢者の虹色に変化する瞳。間に立つキュラソーは、背中を疾る悪寒《おかん》に、一歩も動けなかった。

すべての系統の咒式を完璧《かんぺき》に極《きわ》め超定理系咒式《ちょうていりけいじゅしき》すら操《あやつ》るという、大陸第二位の咒式士《じゅしきし》にして、世界の果てを見たという大賢者。家名もなく敬称《けいしょう》もなく、ヨーカーンという名と大賢者の尊称《そんしょう》だけの魔人《まじん》。

ヨーカーンは微笑《ほほえ》みを浮《う》かべて無造作に立っているだけだが、咒式干渉《じゅしきかんしょう》結界と物理障壁《しょうへき》が何重にも展開し、巨大《きょだい》な攻性《こうせい》咒式が六つ同時に紡がれはじめている。

（怪物《かいぶつ》め、あの天才レメディウスの咒力《じゅりょく》と演算能力程度は、軽々と可能にするか！）

ヨーカーンと自分とは同じ翼将だが、席次が二位と末席というだけで、ここまで格が違《ちが》うとは信じられなかった。大賢者を倒《たお》すことも、モルディーンを守りきる手段も皆無《かいむ》という結論に、キュラソーの刃が揺《ゆ》れる。刺し違える覚悟《かくご》の奥義《おうぎ》で、他の翼将が到着《とうちゃく》する時間を稼《かせ》ぐ覚悟を決め、魔杖刀〈夜鴉〉を握《にぎ》りこむ。

「キュラソー殿、短慮《たんりょ》は止《や》めなさい」

老人の声にキュラソーの刃が止まり、同時に、モルディーンの周囲に強大な結界が構築される。

「ヨーカーン殿は、やつがれとの結界交代のついでにキュラソー殿を試《ため》したにすぎぬよ」

慈愛《じあい》に満ちた穏《おだ》やかな声が続く。

「クロプフェル師？　間に合ったのですか！」

全員が見上げると、天井《てんじょう》一杯《いっぱい》に広がる巨大な老人の顔。白髪《はくはつ》と白髯《はくぜん》。白い眉《まゆ》の下の、慈愛に満ちた瞳《ひとみ》が室内を見下ろしていた。

いつの間にクロプフェルが帰還《きかん》していたのか、結界を展開していたのか、キュラソーの超感覚を以《もっ》てしても分からなかった。

クロプフェル・セイン・デズデモイ。モルディーンの揺籃《ようらん》の師にして、もっとも信頼《しんらい》厚き側近。魔人や妖人《ようじん》という曲者揃《くせものぞろ》いの翼将の中にあって、唯一《ゆいいつ》、徳と学識で名声高き聖者。

教会を統《す》べる法王や、龍皇国の頂点たる龍皇その人とて敬意を払《はら》う、現代の聖人。

室内を見下ろす幻影《げんえい》の聖者の瞳が、モルディーンとヨーカーンを捉《とら》える。

「やつがれが間に合わずとも、何も起こらぬよ。道徳的には褒《ほ》められたことではないが、襲撃《しゅうげき》の悪戯《いたずら》も、モルディーン猊下《げいか》が指示したのであろうしな」

聖者の声に、大賢者と枢機卿長が叱《しか》られた子供のように首を竦《すく》めて、苦笑いを交《か》わした。

「だから我が言っただろう。厳格なクロプフェル師は怒《おこ》るであろうと」

「突発《とっぱつ》的な事態に対する訓練は必要だよ」

モルディーンとヨーカーンならあり得る遊びだとようやく気づき、キュラソーは心から二人が信じられなくなった。

「猊下を守るべき大賢者殿《どの》が、悪戯に乗るのは浅慮《せんりょ》にすぎる。やつがれとて次は許さぬよ」

穏やかなクロプフェルの声が、厳しいものになる。

「クロプフェル師には我とて敬意を払う。素直《すなお》に謝罪をしよう」

ヨーカーンが、敵意がないといったように両手を広げる。

「心配無用。私は一部の翼将とは違って、モルディーンの命を狙《ねら》ったりはしない」

キュラソーの内心を見抜《みぬ》いたかのようなヨーカーンの言葉。掲《かか》げられたままの忍びの刃《やいば》が揺れる。

「ヨーカーン殿は、我が教え子モルディーン猊下を助け守護するべき立場。要らざる疑念を呼ぶ言動は自重されよ」

「聖者殿もキュラソーも真面目《まじめ》にすぎる。モルディーンと我は遊び心を大事にするのだ」

空間を隔《へだ》てた大賢者と聖者のやりとりに、キュラソーは自分が十二人の翼将の末席にすぎない事実を改めて確認《かくにん》させられた。大賢者か聖者のどちらかが敵の放った刺客《しかく》なら、モルディーンは先ほどだけでも何十回でも暗殺されている。下位翼将は人間の限界を極めた勇者であるが、上・中位の翼将はそんな限界など鼻歌まじりで超越した存在だった。

暗澹《あんたん》たる思いから一転、キュラソーの刃の揺らぎが止まる。

「まだ不審《ふしん》な気配がします。表門はラキ家の二人が迎撃《げいげき》しているようです。裏門は護衛の咒式《じゅしき》士《し》だけでは少し頼《たよ》り無いですな」

「キュラソー君、相手してあげなさい」

モルディーンの言葉にキュラソーが恭《うやうや》しく一礼をし、執務《しつむ》室を飛び出していく。

執務室には枢機卿長《すうきけいちょう》と大賢者が残され、天井《てんじょう》では聖者が悲しげな顔をしていた。沈黙《ちんもく》が降り積もる。ヨーカーンが耳を澄まして、微笑する。

「手際《てぎわ》が悪すぎるからグズレグではない。あの男なら、モルディーンが忘れたころに、今度こそ万全の準備で襲撃するだろうな」

大賢者《だいけんじゃ》が分析《ぶんせき》すると、モルディーンは悲しい目をする。

「今月で五回目の刺客の来訪か、一時期よりも少なくなったものだ。私の人気も翳《かげ》ってきて寂《さび》しいかぎりだよ」

「猊下の脳には、危険を感じる部分が欠落しているのかね」

クロプフェルの責めるような言葉に、モルディーンは、あくまで上品に欠伸《あくび》を噛《か》み殺した。

「まさか。私ほど臆病《おくびょう》な人間はいない。こういう言い方は聖者のあなたには怒られるのでしょうが、翼将に守られていても怯《おび》えるほど、現状認識ができないわけでもないよ」

ヨーカーンが窓の外へと感覚を伸《の》ばし、微笑みを浮かべる。

「裏門は陽動だが、ラキ家の双子《ふたご》が向かっている表門は、少し厄介《やっかい》な相手が来ている。我かクロプフェル師が出ていった方が確実だが？」

「イェスパー君は律儀《りちぎ》だからね。あ、ヨーカーン君もクロプフェル師も手は出さないように。最近、あの子たちも悩《なや》んでいるみたいだから、好きにやらせたい」


夜の底、オージェス館の庭園の刈《か》り込まれた茂《しげ》みは闇《やみ》より黒々とした影《かげ》となり、白い石畳《いしだたみ》も暗色に沈《しず》んでいる。等間隔《かんかく》で灯《とも》る庭園灯が、闇を切り崩《くず》していた。

朧《おぼろ》な光が、疾走《しっそう》する影の群れを一瞬《いっしゅん》だけ浮《う》かびあがらせた。黒装束《しょうぞく》に身を包んだ暗殺者たちは、それぞれの手に、黒塗《くろぬ》りの魔杖剣《まじょうけん》や魔杖短剣を下げていた。

先頭の暗殺者の歩みが止まる。後続の暗殺者たちが、何ごとかと立ち止まった。

右の茂みから延びた銀光が、犠牲者《ぎせいしゃ》の額に眉間《みけん》に喉《のど》、心臓に両肺、魔杖剣を握《にぎ》る右手首、両太股《ふともも》の九箇所《かしょ》を貫通《かんつう》していた。

呪式士《じゅしきし》ゆえの生命力のために、死に切れない同胞《どうほう》の背後から、光が灯る。

「猊下に会いたくば、このイェスパーを退けることだ」

現れた隻眼《せきがん》の機剣士《きけんし》が、右手を捻《ひね》ると、九つの銀光が犠牲者を切り刻む。続いて左手の魔杖短剣を一閃《いっせん》。飛び退《すさ》る暗殺者たちの二人の体に、九つの朱線《しゅせん》が描《えが》かれ、内臓と鮮血《せんけつ》を零《こぼ》す肉塊《にっかい》へと変えられる。無言で包囲網《ほういもう》を作る暗殺者たち。

苦鳴に暗殺者たちが振《ふ》り返る。

暗殺者が、胸から刃を生やし、黒血を零すのが見えた。犠牲者の心臓を貫《つらぬ》いた剣の根元は、石畳の中へと戻《もど》されていく。

痙攣《けいれん》しながら倒《たお》れる死者に続いて、石畳の表面が水面のように歪《ゆが》み、人型を生んでいった。

「ミュミュっと登場ベルドリトだよ。よっろしく！」

無邪気《むじゃき》に笑いながら、ベルドリトが一歩を踏《ふ》み出す。

逆に包囲された状況《じょうきょう》に、暗殺者たちが退避《たいひ》もできず、突貫《とっかん》していく。応じるように十八条の鋼が吹《ふ》き荒《あ》れ、神出鬼没《しんしゅつきぼつ》の哄笑《こうしょう》が夜に響《ひび》く。

ラキ家の兄弟が刃と呪式《じゅしき》を納めると、夜の庭園には肉片が散乱し、血の大河が流れる惨状《さんじょう》が作られていた。

血刀を提《さ》げたイェスパーとベルドリトが、最後に残った影に呼びかける。

「殺しはせぬ。何が目的か、誰《だれ》の差し金か吐《は》く役目がある」

「ペラペラっと喋《しゃべ》ってね。僕はインケンな拷問《ごうもん》とかは嫌《きら》いなんだ」

暗灰色《あんかいしょく》の背広に同色の手袋《てぶくろ》の襲撃者《しゅうげきしゃ》は、返答もせずにただ死体を見下ろしていた。

「雇《やと》った刺客では陽動にもならぬか」

秀《ひい》でた額を上げて、翼将《よくしよう》二人を見据《みす》える。その瞳《ひとみ》は真紅《しんく》に輝《かがや》く宝玉。

「要求は一つ。私に指輪を渡《わた》せ。〈宙界の瞳〉を」

影の言葉に驚愕《きようがく》する内心を、二人の咒式士《じゆしきし》は堪《こら》えた。

「その名前を知っているということは、竜《りゆう》か禍《まが》つ式《しき》か。情報が古いということは、〈賢龍派《ヴァイゼン》〉でも〈秩序派《オルドネン》〉や〈混沌派《ケイオス》〉でもないな」

「私単体の意思だ、それに汝《なんじ》らの戯言《たわごと》など聞く気はない。持ち主に直接、指輪の行方《ゆくえ》を尋《たず》ねるまでだ」

言葉とともに、灰色の影の輪郭《りんかく》が揺《ゆ》らめく。

「貫く角、無派の第四九三式、ハビカイアー。止められるものなら止めてみよ！」

額を突《つ》き破り、鋭《するど》い角が生えていき、肩《かた》が、胸板が爆発《ばくはつ》するように隆起《りゆうき》していき、金属のような厚い皮革で装甲されていく。凄《すさ》まじい圧力が夜の庭園に満ちていった。

「子爵《ししやく》級の〈大禍つ式《アイオーン》〉か、洒落《しやれ》にならぬ相手だな」

大気が変成するほどの咒力《じゆりよく》の圧迫感に、イェスパーが歯を食いしばる。

「どうする兄貴？　僕の演算だとニドヴォルクと同じくらいの咒力で、全対応型だよ？　お家帰って寝《ね》る？」

ふざけたベルドリトの言葉だが、声に余裕《よゆう》はなく、魔杖剣を握りしめている。

「二度の敗北は許されぬ」

イェスパーが大きく息を吸い、両手の九頭竜剣を交差させる。

「ラキ家に妥協《だきょう》と怯懦《きょうだ》など皆無《かいむ》、退路など自ら捨てよっ！」

イェスパーが裂帛《れっぱく》の気合とともに両手を開いて、疾走を開始する。決死の形相のペルドリトが後を追って走る。

ハビカイアーは、二足歩行の巨大《きょだい》な犀《さい》へと変貌《へんぼう》を遂《と》げており、夜空に突き上げられた角の先《せん》端《たん》に強大な咒式《じゅしき》の光点が灯る。放たれた強烈《きょうれつ》な爆裂《ばくれつ》波が、庭園を破壊《はかい》していく。


「双子が頑張《がんば》っているようだな」

外からの重低音に執務《しつむ》室全体が小さく振動《しんどう》し、飾《かざ》り皿が傾《かたむ》く。モルディーンが欠伸をし、ヨーカーンの瞳が闇《やみ》に輝く。

「少し騒《さわ》がしいから、空間を閉鎖《へいさ》する」

ヨーカーンが、魔杖剣すら使わずに咒式《じゅしき》を発動。途《と》端《たん》に執務室には静寂《せいじゃく》が満ちる。

「それでは、ヨーカーン殿《どの》は、猊下《げいか》と語りたいことがあるようだし、やつがれは瞑想《めいそう》に入る。やつがれの思いも少しは代弁してくれるであろう」

「クロプフェル師は察しが良すぎて困りものだ」

大賢者《だいけんじゃ》が笑うと、天井《てんじょう》に広がるクロプフェルの皺《しわ》深い顔の幻影《げんえい》が消えていき、結界だけが残った。モルディーンが苦笑を漏《も》らす。

「やれやれ、これからしばらく、道徳的なクロプフェル師に護衛されると思うと、肩が凝《こ》るね。それで、大賢者が何の用だね？」

「モルディーン、昼の会議での策謀《さくぼう》は汝にしては不手際だ。あれでは良くて引き分けにしかならない」

「あれが最善で必然だ。勝ちすぎると復讐《ふくしゅう》心を呼び、負けすぎれば侮《あなど》られる」

モルディーンが返答し、指先を掲《かか》げて言葉を続ける。

「戦争の二律背反という思考遊戯《ゆうぎ》がある。A国が防御《ぼうぎょ》を選びB国も防御を選んでいれば、両者に小康状態。Aが防御しBが攻撃《こうげき》すれば、Aが衰退《すいたい》しBは繁栄《はんえい》。逆ならAが繁栄でBは衰退。両者が攻撃すれば、両者とも破滅《はめつ》寸前。これを繰《く》り返す思考遊戯では、どのような戦術が総合的に得をすると思うかね？」

「初歩の遊戯理論だ。同時に出す規則で一回かぎりならば攻撃。繰り返しなら、同時でも相互《そうご》でも、基本は防御で相手が攻撃を選べば次の回に仕返しする戦術が最適だ」

「そう、そして、この思考はほとんど勝てずに、引き分けが多くなる。だが、利益を求めて攻撃重視の他者が敗北で失点していくと、総合的に勝者になっているという高等戦術だ。しかし、大部分の人間は敗北に耐《た》えられず、目先の勝ちを欲しがる」

モルディーンが一息ついて、静かにつぶやく。

「最上の戦略では、相手を完膚《かんぷ》なきまでに叩《たた》きつぶせる時までは、負けないことに徹し、戦ってはならない。勝負が始まってもいないのに吠《ほ》えるのは、負け犬にすら劣《おと》る不用心さだよ」

「チェザースを裏切って殺したことも、最善で必然かね？」

ヨーカーンが窓の表面に手を延ばす。秀麗《しゅうれい》な横顔には、残酷《ざんこく》な微笑《ほほえ》みが浮《う》かんでいた。

「確かに、廃絶《はいぜつ》されたジスカル男爵《だんしゃく》のチェザースの命と、龍皇国の戦争では引き合わない。だから、汝は愛するものですら方程式で殺せる。それは、我ら翼将《よくしょう》をも殺せるということだ。汝はすべてを遊戯にしている」

「問題の次元をずらすのは止めたまえ。私はチェザースを裏切ってはいない。総合的な国益を目指す私への信頼《しんらい》をね。私の相手はその先にある世界であり、君たち個人の愛憎《あいぞう》ではない」

モルディーンは、疲《つか》れたように目を閉じた。

「私のために、これまで六千九百十二名の勇者が死に、その何百、何千倍もの敵を葬《ほうむ》ってきた。これは始まりにすぎず、私の味方も敵も、これまで以上に死ぬだろう」

言葉は重く、組み合わされた指の下に零《こぼ》れ落ちた。

ベルドリトが召喚《しょうかん》した軍用火竜《かりゅう》の灼熱《しゃくねつ》の吐息《といき》が夜の庭園を朱《しゅ》に染め、軍用氷竜が液体窒素《ちっそ》の冷たい吐息を吐《は》き散らし、ハビカイアーの突進《とっしん》を阻止《そし》しようとする。

干渉結界《かんしょうけっかい》で焰《ほのお》を無効化しながらのハビカイアーの巨腕《きょわん》が、火竜の顔に振《ふ》るわれる。眼球と脳漿《のうしょう》の破片となって、竜の頭部が消失。延ばされた左の足が氷竜の首をへし折り、空中で回転。

巨大な踵《かかと》が、ベルドリトの頭蓋骨《ずがいこつ》に振り下ろされる。

岩をも両断する一撃《いちげき》が、ベルドリトの額の前で急停止。九条の帯となったイェスパーの九頭竜牙剣が、足首に巻きつき阻止していたのだ。

渾身《こんしん》の力でハビカイアーを引き寄せながら、イェスパーが左の九つの毒蛇《どくじゃ》を放つ。跳躍《ちょうやく》しながらハビカイアーの剛腕《ごうわん》が掲げられ、鋼の殺到《さっとう》を防ぐ。着地と同時に、低い体勢からの突き上げが放たれた。

ハビカイアーの巨大な槍《やり》のような角が、イェスパーの防壁《ぼうへき》を破砕《はさい》し、鎧ごと胸板を貫通《かんつう》。呪《じゅ》式《しき》の崩壊《ほうかい》する光の散乱とともに、機剣士《きけんし》の口から鮮血《せんけつ》が夜気に噴《ふ》きあがる。大禍つ式の突進は止まらず、イェスパーを串刺《くしざ》しにしたまま、進行方向にあった石像に激突《げきとつ》。可憐《かれん》な乙女《おとめ》が破砕され、石塊《せっかい》とともにイェスパーが宙に舞《ま》う。

落下してくる兄の巨軀《きょく》を、量子移動し大地から現れたベルドリトが受け止め、肋骨《ろっこつ》が砕《くだ》ける乾《かわ》いた音が鳴る。兄の体重に思わず膝《ひざ》をつくベルドリト。

「重い、よ兄貴。減量し、たら？」

「前衛が軽く、ては、役に立た、ない」

二人の呪式士《じゅしきし》が互《たが》いに肩《かた》を支えあいながら、立ち上がる。

「本当に、どうしてこんなことしているんだろ？　僕って苦労とか痛いとか大嫌《だいきら》いなんだけどなぁ？」

ベルドリトの自嘲《じちょう》は、イェスパーの問いでもあった。

イェスパーには、自分がなぜここにいるか、なぜ戦っているか、それすら分からなくなっていた。忠誠？　名誉《めいよ》の回復？　復讐？　すべてが違《ちが》っていた。

父を失った幼い自分の頭を撫でる、男の穏やかな瞳が脳裏をよぎる。

ラキ兄弟が戦闘《せんとう》態勢を取ると、ハビカイアーの顔は、激突時にイェスパーが放った刃《やいば》によって縦横に刻まれたままだった。時間が逆流するように眼球が眼窩《がんか》に引き戻《もど》され、零れた脳漿が頭蓋《ずがい》に戻っていく。呪式士たちの突進開始と、ハビカイアーの完全回復は同時。両者が巨大《きょだい》な呪式《じゅしき》を紡《つむ》ぎながら、距離《きょり》を詰《つ》める。

両者の呪式《じゅしき》が炸裂《さくれつ》。夜の庭園に閃光《せんこう》が生まれた。

外部と隔絶《かくぜつ》された執務《しつむ》室。モルディーンは、目を閉じたまま大賢者《だいけんじゃ》に語りつづけていた。

「知恵《ちえ》と勇気があれば、何の犠牲《ぎせい》もなく利益を得られる。そのような英雄《えいゆう》物語が可能なら、誰《だれ》もが夢を叶《かな》え幸福になれる。楽園では政治も法律も必要ない」

月光が朧《おぼろ》に射しこむだけの闇《やみ》。モルディーンの唇《くちびる》だけが言葉を紡いでいく。それは自らに言い聞かせるような言葉だった。

「この星の資源も人も無限ではないのだ。有限を奪《うば》い合うしかないのが、この星の摂理《せつり》。成長社会では協力理論がまだ有効だが、衰退《すいたい》社会では奪い合うしかない。自己にとっては最適の判断から、最大多数の最大不幸が起こるという二律背反。残酷だが下りられない、退屈《たいくつ》だが真剣《しんけん》にならざるを得ない遊戯《ゆうぎ》だ」

モルディーンの言葉に、大賢者が耳を傾《かたむ》けていた。ヨーカーンの唇が皮肉に歪《ゆが》む。

「その方程式、自らの双子《ふたご》の兄を殺した数量判断は、どういうものなのだろうな」

「可哀相《かわいそう》に、アスエリオは事故死だ」

「我の失言だ。そういうことになっていたな」

自らの鮮血色の唇を、ヨーカーンの華奢《きゃしゃ》な指先が押《おさ》える。瞼《まぶた》を閉じたままで、モルディーンが返答を紡ぐ。

「所詮《しょせん》、命は時価で思考は虚構《きょこう》だ。天秤《てんびん》を君に認めてもらおうとは思わないし、そもそも正邪好悪は無意味だ」

「そうだったな。人類には〈分かる〉ことは不可能で〈決める〉ことしかできない。それが汝《なんじ》の認識《にんしき》論だった」

モルディーンとヨーカーンの視線は、出会うこともなかった。

「聖者殿《どの》が悲しむな」

「ああ、クロプフェル師は、理解はするが納得《なっとく》はしてくれない」

大賢者は問いを発してみた。

「では、血の方程式の彼方《かなた》にあるという汝の目的は、果して彼らと我らの信頼《しんらい》と犠牲に値するのか？」

「犠牲に値する対価など、有史上に一つも存在せず、叶うこともなかった。だが、誰もが何かを求めてきた。私もその葬列《そうれつ》に並ぶ一人にすぎない。私に従うも去るも、敵対するのも、君たちの選択《せんたく》だ」

モルディーンの瞳《ひとみ》は閉じられたままだった。部屋に差しこむ月光が、枢機卿長《すうききけいちょう》と人賢者の横顔に深い陰影《いんえい》を刻む。モルディーンは瞑目《めいもく》したままで、小さく笑う。

「相変わらずヨーカーン君は怖《こわ》いね。私が何かを起こす度《たび》、意思と決意を確認しにくる」

「優《やさ》しさというべきだ。望むなら、汝の首を即刻切り落とす優しさではあるがね」

ヨーカーンの唇の両端《りょうたん》が上がり、半月の笑みを浮《う》かべる。

「我には楽しいぞ、モルディーン。汝は歪んでいて真《ま》っ直《す》ぐな、一つの問いだ。だからこそ、我やクロプフェルといった咒式士《じゅしきし》たちに、その果てを見届けたくさせるのかもしれない」

「まさか。私はさして面白《おもしろ》みのない弱い人間の一人だよ」

モルディーンは瞳を開き、自らの顎《あご》の下で組んだ指を入れ換《か》える。五指に嵌《は》まった指輪を興味なさげに眺《なが》める瞳が、何かを思い出したように細まる。

「そういえば、春のエリダナは楽しかったな」

「汝が〈宙界の瞳〉を渡《わた》したとかいう一件だったな」

「事件自体は大したことはなかったが、なかなか可愛《かわい》らしい咒式士たちがいてね。一人は強がりすぎて強くなってしまった子で、一人は心が弱くて小知恵が回るために、私の舞台《ぶたい》でよく踊《おど》る子だったよ」

「モルディーンに気に入られるとは、不幸な子たちだ。あの指輪を渡されたなら、これから先が思いやられる」

「波瀾万丈《はらんばんじよう》な物語の鍵《かぎ》を送っただけ、私の不幸と遊戯のお裾分《すそわ》けだ。今ごろ、苦労つづきだろうね」

モルディーンの目が遠いエリダナに思いを馳《は》せる。喉《のど》を仰《の》け反らして、ヨーカーンが笑声を弾《はじ》けさせる。

「本当に汝は内心を見せぬ。我にだけは吐露《とろ》してもいいものなのだが」

「これほどに胸襟《きようきん》を開いていることは、自分でも珍《めずら》しいと思っているのだけどね」

モルディーンが机の上で微笑《ほほえ》む。ヨーカーンは窓の外の夜を眺めていた。

「夜明けが近いな」

イェスパーは夜空を眺めていた。全身は自らが流した血に塗《まみ》れ、積層鎧《よろい》は割れ砕《くだ》けていた。右腕《みぎうで》の肘《ひじ》から先は照明灯の上に引《ひ》っ掛《か》かって血の滴を零《こぼ》している。石畳《いしだたみ》に突《つ》き立てた九頭竜剣に、寄り掛かるようにして何とか立っている状態だった。

「……兄貴、生きてる？」

ベルドリトが声をかける。同じような瀕死《ひんし》の状態で、砕けた石像に背を預け、足を投げ出していた。

「何とかな」

「……何、な、のだ、おま、おま、えたちは……？」

庭園に穿《うが》たれた大穴。その円周に引っ掛かった、頭部だけになったハビカイアーが、切れ切れの疑問を発した。イェスパーが一歩を踏《ふ》み出す。それだけで全身から鮮血《せんけつ》が噴出《ふんしゅつ》する。だが、よろめきながらも二歩、三歩と足が進む。

「人間、が、ここまで戦え、るとは……」

ハビカイアーの頭部は半ば消失し、脳漿《のうしょう》を零していた。治癒呪式《ちゆじゅしき》が発動しようとしては、不完全な組成のために砕ける。

滴《したた》る血液が、石畳に黒々とした血痕《けっこん》を描《えが》く。それでもイェスパーは歩みを止めない。

「大禍つ式たる我を圧倒《あっとう》、するなど、あり、あり得、ない……」

ハビカイアーの頭部の前に、機剣士《きけんし》が到達《とうたつ》し、緩慢《かんまん》な動作で刃《やいば》を振《ふ》り上げていく。

「な、んなのだ、おまえたちはっ！」

ハビカイアーの頭部へ、剛剣《ごうけん》が振り下ろされた。頭蓋骨《ずがいこつ》が粉砕《ふんさい》、眼球が飛び出し、青黒いヘモシアニン基の鮮血と脳漿が飛び散る。イェスパーの全身を染める朱色《しゅいろ》に、青が足された。

「知るか」

イェスパーが吐《は》き捨て、隻眼《せきがん》が空を見上げた。夜の黒が薄《うす》まった空はどこまでも広がり、イェスパーは地響《じひび》きとともに仰向《あおむ》けに倒《たお》れた。鎧と自分の肉体が軋《きし》み、肺からは血臭《けっしゅう》の混じった呼吸が吐き出される。

半ば以上、機械と化した体が重く、視界も暗くなっていく。背中に当たる石畳の冷たさが心地《ここち》よかったが、その感覚も消え去っていく。

衣擦《きぬず》れの音。途端《とたん》に全身の激痛が消失、冷たい体へと熱が注ぎこまれる。右腕の違和感《いわかん》へと視線を走らせる。切断された右下腕が傷口に添《そ》えられると、強大な治癒咒式によって筋肉と骨と神経系が、一瞬《いっしゅん》にしてつながれる。

「これで死にはしない」

「大賢者《だいけんじゃ》らしいことを初めてしたね」

急速に戻《もど》っていく視界の端《はし》に、大賢者ヨーカーンが治癒咒式を畳《たた》んでいき、怜悧《れいり》な顔のモルディーン枢機卿長《すうきけいちょう》が興味深げに組成式を眺めていた。

「汝は、我を何だと思っていたのかね？」

「もっとも信用ならない友人にして、優しい敵かな？　おや、イェスパー君の意識が戻ったようだ」

モルディーンが機剣士の傍《かたわ》らの石材に腰掛《こしか》け、何ごともなかったかのように言葉をかける。

「子爵級《ししゃくきゅう》の〈大禍つ式《アイオーン》〉相手に正面から立ち向かって勝つとは、少し腕を上げたね」

倒れたままのイェスパーが、無言でうなずく。

「それでイェスパー君。迷いは晴れ、何か分かったかね？」

悪戯《いたずら》めいた言葉に、イェスパーは黙《だま》りこむ。なぜ自分がエレネーゼを捨てたのか、なぜモルディーン枢機卿長に仕《つか》えるのか、なぜここで倒れているのか。

「分かりません」

イェスパーは叫《さけ》んでいた。

「俺には、何一つ分かりませんっ！」

機剣士の叫びを背中で受け止めながら、モルディーンは小さく笑った。

「君は、良くも悪くも、一振《ひとふ》りの刃《やいば》のような男だね」

「はい。猊下《げいか》の良き刃でありたいと思います」

「律儀《りちぎ》に答えなくていいよ」

「はい」

どこまでも律儀すぎる応答に、モルディーンは呆《あき》れたような苦笑を口《くち》の端《はし》に浮《う》かべた。

「イェスパー君に器用な真似《まね》を期待していたわけでもなかったが、ここまで徹底《てってい》しているといっそ清々《すがすが》しいね。それで、気分はどうだね？」

モルディーンは眼鏡《めがね》の奥の目を細めた。その目は、夜を朝が駆逐《くちく》しはじめた東の空を眺《なが》めていた。イェスパーも主君の視線の先を追って空を眺めた。自然な想《おも》いが口を衝《つ》いて出た。

「なぜか爽快《そうかい》です」

「よろしい。気分がいいことは大事だ。さて、頑固《がんこ》な兄を泣き虫な弟に返してやるかな」

モルディーンが立ち上がる。自らが非礼な状態で話していたことに気づき、イェスパーが跳《は》ね起きる。

膝《ひざ》が笑い、倒れそうになるのを支える手。復活したベルドリトが顔を覗《のぞ》きこんでくる。

「兄貴、大丈夫《だいじょうぶ》？　死なない？」

両目を潤《うる》ませている弟の顔を、イェスパーは不思議そうに眺めていた。

「だって、兄貴って、みょーに熱い時があるから、猊下のために笑って大往生しそうな役っぽいし……」

「……おまえが俺をどう思っているのか分かった。だが、俺はこの道を選んだ。だから、おまえもおまえの道を行け」

「そーゆー暑苦しい役も言葉も今後はなし。僕も巻きこむんだから、なし」

ベルドリトが拗《す》ねたように顔を逸《そ》らし、兄の肩《かた》を支える。イェスパーの口許《くちもと》に自嘲《じちょう》めいた笑みが顕《あらわ》れた。父と自分はまったく違《ちが》い、まったく同じ道を歩いているのだろう。

「本当に、おまえはラキ家らしくないな」

「それは、僕にとって最大の賛辞だ」

兄弟が肩を支えあって歩きだす。前方には、モルディーンとヨーカーンが並び立つ。いつの間にか血刀を提げたキュラソーが合流していた。

「拙者《せっしゃ》だけ、どうも話に寄っていない気がしますな」

どこか不満そうな忍者《にんじゃ》に、枢機卿長が微笑《びしょう》を返す。朝日を背にしたモルディーンが、朗々と呼びかける。

「さあ、次の意地悪をしにいくよ。退屈《たいくつ》な人々が作る退屈な世界を、楽しい舞台《ぶたい》に作り替《か》えよう。楽しい悪戯をしにいこう」

モルディーンが前へと向き直り、庭園を歩きだす。

「庭園の修理費の捻出《ねんしゅつ》は……、拙者が考えるのでしょうな」と、重い嘆息《たんそく》の忍者キュラソーが左背後に従う。

「次の意地悪には我も交ぜて欲しいね」

大賢者ヨーカーンが謎《なぞ》めいた微笑みとともに右に続く。

「猊下と大賢者殿《どの》は、やつがれが納得《なっとく》していないことも忘れずに」

聖者クロプフェルの声だけが響《ひび》く。

「行くぞベルドリト」

「ここで逆に行くと、意外なんだけどなぁ。でも、意外性って、意図が鼻につくんだよなぁ」

機剣士《きけんし》イェスパーの肘《ひじ》に頭を叩《たた》かれながら、虚法士《きょほうし》ベルドリトが列に加わる。

血色の朝日が登る中、枢機卿長の背に翼将《よくしょう》たちが続いていく。その光景は雁行《がんこう》する鳥の編隊にも似ていた。

「これはまだ始まりだ。終わりの遊戯《ゆうぎ》の始まりにすぎない」

モルディーンの言葉は、遠い何処《どこ》かへと向けられるように放たれた。

誰《だれ》かに呼ばれたような気がして、俺は振《ふ》り返った。そこにいたのは、エリダナの雑踏《ざっとう》と、壁《かべ》に凭《もた》れて目を閉じたドラッケン族。

「ギギナ、呼んだか？」

「呼ぶ時には刃物《はもの》で刺《さ》している」

「そりゃそうだ。ドラッケン族には、言葉なんて高級なものはまだ発明されていないものな」

横薙《よこな》ぎの刃を屈《かが》んで回避《かいひ》し、俺は見張りに戻《もど》る。車の月賦《げっぷ》を払《はら》わないアホから車を回収するという、俺に取っては、世界一重要な仕事があるからだ。

まあ、そのアホがいつ帰ってくるかは分からない。帰ってきたら、アホの人生ごと仕事を終わらせてやる。始まりだ。これは終わりの遊びの始まりにすぎない。

そんな器《うつわ》の小さい決意をしていると、背後でギギナが欠伸《あくび》をしやがった。ビルの隙間《すきま》から覗くエリダナの空は、忌《い》ま忌ましいまでに青かった。

あとがき

三巻はなぜか短編集になりました。大人の事情というやつなので察してください。

萌《も》え小説をやるんじゃなかったかって？　ええと「○○な（各自で考えよう）美女や美少女が、あんなことやこんなことを……」と、これで条件を満たした……ことにしよう、というかしろ。

突然《とつぜん》だけど心理テスト。そんな私や社会に言いたいことを思い浮《う》かべてください。多いほどいいです。その間は解説で穴埋《あなう》め。

「翅《はね》の残照」（一巻前らしい）

一日半で書きました。今思えば、そんな無理をしたから、このペースで書けると編集部に誤解された元凶《げんきょう》で憎《にく》い。無理は無理と言え、昔の自分！　うるさい、未来の自分！

「道化の預言」（一巻後、二巻前風《ふう》）

こっちが第一話になる予定でした。あまりにもアレなので、第一話の地獄《じごく》へ。二巻の広告で「愚者の預言」となっていたのは、編集も頭がおかしくなるほどのスケジュールへの、優《やさ》しい天使の啓示《けいじ》なのかもしれない。早く無理スケジュールに気づいてください。

「黒衣の福音」（一巻後、二巻前調）

敵役がショボくなっていくことで、デブレを風刺《ふうし》。嘘《うそ》。自殺したがりの知り合いのために書いた。「悪評も評」という、やらしい計算で「自殺する時は、私の本を持って自殺して宣伝してね」と言ったら、苦笑いされました。

「禁じられた数字」（二巻後ぎみ）

ほぼ実話。ゲームの駆《か》け引きとは、人生のあらゆる勝負に必須《ひっす》の技能、相手の思考を読み、自分の感情を制御《せいぎょ》するための訓練だと思う。という言い訳をして、人に意地悪することを正当化したりするとロクな人間になりません。

「始まりのはばたき」（二巻後といううわさ）

書き下ろし。主人公を代えるだけで爽やかになった気がします。このまま、熱血スポ根小説に突然変異したりすると意外でいいと思います。

心理テストの結果は、思い浮かべた言葉が、あなた自身を示す言葉です。信じる信じないは自由ですが、かなり正確な判定なはずです。

協力。

二話以降担当…編集K（担当になって以来十kg痩《や》せたが、もちろん偶然《ぐうぜん》の時期の一致《いっち》で私の所為《せい》ではない）

脚本《きゃくほん》協力…J子&Y子、科学考証協力…亜留間次郎《あるまじろう》・Coreander、応援《おうえん》…公式放任機関の方々、心理テスト…ブッダ（もしくは浄土真宗《じょうどしんしゅう》のジジイの捏造《ねつぞう》）、お告げ…ムハジャキン・トントゥク（順不同・敬称略《けいしょうりゃく》）

例によって、いろんなマズさと考証間違《まちが》いは、私の投げやりな態度の所為ですが、もはやどーしよーもない。

それでは機会があれば、またどこかで。

〈初出〉

翅の残照　「ザ・スニーカー」２００２年２月号
道化の預言　「ザ・スニーカー」２００２年４月号
黒衣の福音　「ザ・スニーカー」２００２年６月号
禁じられた数字　「ザ・スニーカー」２００２年８月号
始まりのはばたき　書き下ろし

されど罪人《つみびと》は竜《りゅう》と踊《おど》るIII

災《さい》厄《やく》の一《いち》日《にち》

浅《あさ》井《い》ラボ

角川文庫 13166

平成十五年十二月一日　初版発行

発行者――井上伸一郎

発行所――株式会社角川書店
東京都千代田区富士見二―十三―三
電話　編集(〇三)三二三八―八六九四
　　　営業(〇三)三二三八―八五二一
〒一〇二―八一七七
振替〇〇一三〇―九―一九五二〇八

印刷所――暁印刷　製本所――コオトブックライン

装幀者――杉浦康平

定価はカバーに明記してあります。

S 165-3　ISBN4-04-428903-4　C0193